文春文庫

水軍遙かなり

上

加藤 廣

文藝春秋

水軍遙かなり　上巻　目次

水軍遙かなり　下巻　目次

水軍遙かなり　上巻

第一章　我は海の子

少年は、海を眺めるのが好きだった。

暑かろうが寒かろうが、風が吹こうが、吹くまいが、お構いなし。それも一人で、じっと遠い水平線の彼方《かなた》を、倦《あ》かず見つめたまま動かなかった。

時折、沖を通る他国や異国の船には、異常なほど関心を示した。その都度、腰から矢《や》立《たて》を取り出し、船の形を紙に書き写していた。

とにかく変わった子だった。いつの頃から、そんな海の好きな少年になったのか。噂《うわさ》では、這《は》い回るだけの幼児の頃かららしい。

子守りの娘が、背中から砂浜に敷いたゴザの上に下ろす。すると、そのまま亀の子のように小さな首をもたげて辺りを見回し、鼻を巡らせて潮の匂いを嗅いだ。その後、波《な》切《きり》の海に向かって、恐れげもなく這って行った。気がついた乳母や従者が、あわてて幼児を抱きかかえると、火のついたように泣いた。「まるで波切湊《みなと》の潮水で産湯《うぶゆ》をつかった、生まれながらの海の和子《わこ》ぞな」と、女たちは笑った。

ここ志摩半島南端は、そんな「海の民」の別天地である。幼い頃から活魚をふんだんに食べるせいか、子は、すくすくと大柄に育った。海洋性の開放的な性格で、物事にくよくよせず、人生を陽気に楽しむ。沖を行く潮流との戦いが厳しいせいか、気性は荒いが、仲間内は、団結心に富み、多弁であった。

この少年も、すくすく育った点では変わりない。七歳の割には、ずっと大きく、大人びていた。

しかし、他の点では、すこし違っていた。

言葉は少なく、考え深げだった。大柄で力はありそうだが、争う姿を見た者は皆無といってよかった。仲間の子と群れることもほとんどない。

天正《てんしょう》七年（一五七九）、一月十一日。

この日も、少年は、朝の勉学を終えると、一人、海を眺めるのに余念がなかった。

海岸で働く船子《ふなこ》（水夫）は、最近では、そんな少年の姿を見ると、面白がって寄ってくる。

「和子さま、また海を見てござらっしゃるだが、よくまあ、寒い風の中を飽《あ》きもしねえで」

少年は、振りかえって、にっこり笑った。

「それは、いくら考えても不思議だからだ」

白い歯を見せてしゃべる、この愛くるしい少年。

その名を孫次郎《まごじろう》と言った。のちに志摩国鳥羽《とば》藩主となる九鬼守隆《くきもりたか》、その人であった。

「どこが不思議だかね、和子さま」

船子たちは、なんの変哲もない海を不思議がる少年の方が、おかしいと思ったに違いない。

「そうではないか」

孫次郎は大人びた口調で答えた。

「第一に、あの空と海の接する横一線——水平線というのだが、それが、なんだか解らない」

「と、申されますと？」

「水平線の先は、どうなっているのだろう」

「どうなっているかって、言われましても」

船子たちは、顔を見合わせた。

「沖に向かって漕《こ》いでも、漕いでも、あの横の線は、まだ、その先にありますだで……」

「そうだろう。だがそれが、おかしいのだ」

「なぜで、ございやす」

「戻り船を考えたら解るだろう。沖に出て戻る時、あちらから、こちらを見ると、やはり、同じような横の線が見えるそうな。俺は、まだ沖まで連れていってもらえないので知らないが」

「もうそろそろ、お館《やかた》さまが、遠乗りを、お許しになされましょう。そうなれば……」

「そうだといいが、父上は忙しいのか、俺のことを一向に構《かも》うては下さらぬ」

少年は、ちょっと寂しげな顔を見せた。

が、それも一瞬だった。

「それは、ともかく、戻り船では、この大王崎《だいおうざき》が水平線の上に浮かぶと、小早船《こばやぶね》を十四挺櫓《ちょうろ》で、懸命に漕げば、四半刻《しはんとき》（三十分）たらずで、この波切湊に着くそうではないか」

船子たちは、こくりとうなずく。

「それが、出船では、あの横の線に終わりがない。おぬしらの船長《ふなおさ》からも、そう聞いたぞ」

「確かに、そうでございますな」

「すると、行きと帰りで同じ横の線の距離が違うことになる。絵に描いてみせようか」

少年は、矢立を取り出し、懐紙に、砂浜に立って海を見る男と、船の舳先《へさき》に立って陸《おか》を見ている男を器用に描いて見せた。

「なるほど」

船子らは、ようやく少年の疑問に納得した。

だが、これ以上は少年の、小難しい理屈に付き合い兼ねると思ったのか、ペコリと頭を下げると、「では、仕事がありやすだで」と、早々に退散した。

残った少年は、そのまま、もう一度、海を振り返った。と、その時である。

「和子さまあー」と、叫びながら、こちらにやってくる馬上の男の姿が目に入った。

「なんだ、じい」

孫次郎は、やってきた守《も》り役《やく》の磯部武吉《いそべぶきち》が馬から下りるのを見ると、手にした棒きれを、勢いよく海に投じて叫んだ。

「お館さまが、毛利《もうり》との海戦で大勝利を収められ、たった今、畿内《きない》から鳥羽湊にお戻りなされましたぞ。すぐに参りましょう。屋敷で祝賀の宴が間もなく始まりますだ。遅れては叱《しか》られますだに」

「父上が戻られたか」

孫次郎は、ぽっと頰《ほお》を上気させて答えた。

だが、すぐに「行こう」とは言わなかった。

鉄の大船造りと海戦に明け暮れる父とは、一年以上会っていない。飛び上がって喜びをあらわすには、少年は、わだかまりがありすぎた。

父に会うのが恐ろしかった。集まってくる大勢の親族もわずらわしかった。

父・嘉隆《よしたか》は、九鬼《くき》家中興の人である。若くして九鬼家の分家の波切砦の頭領《とうりょう》となり、志摩の陸と海を荒らし回った、あらくれ男である。

最初の妻は、難破船の略奪中に捉《つか》まえた公家の娘だったという。娘は伊勢神宮の神官の所に嫁ぐ航海の途中だった。これを横取りして妻とし、その間に三人の男の子をもうけた。

しかし、そんな乱暴な所業がたたって、地元では爪弾《つまはじ》き者となり、志摩を追われた。三年余の流浪の末、永禄《えいろく》末期、尾張の新興武将・織田《おだ》信長《のぶなが》に拾われ、配下となる。その強力軍団と手を結ぶことで、一度追われた志摩国に再上陸。今度は、自分を追い出した志摩国の土着勢力・英虞《あご》七党ら十二の地頭を駆逐し、逆に、志摩国の盟主に成り上がったのである。

復帰後、名門・鳥羽一族から、当主・鳥羽監物《けんもつ》（宗忠《むねただ》）の娘を降伏の代償に差し出させて正妻とした。これに伴って前妻を側室に落とした。鳥羽の名門の娘の正夫となる方が、志摩国の支配に有利と見たのであろう。打算にも長《た》けていたようだ。

この二度目の妻との長子が孫次郎である。

つまり、祝賀の宴には、孫次郎と同腹の弟や妹の他に、前妻で、今は側室に落とされた女との間にできた異母兄弟たち、更に、九鬼本家の後継ぎである七代当主・澄隆《すみたか》（父・嘉隆の兄・浄隆《きよたか》の子）と、その子たち——、そんな連中が、ぞろぞろやって来るだろう。

挨拶《あいさつ》を交わすだけでもわずらわしかった。

（俺は、このまま好きな海を見ていたい。父も母も、従兄も兄も、いや人間は、皆、好

かぬ)

それが、少年孫次郎の本心であった。

「和子《わこ》さま、なにをぐずぐずなされます。兄上たちに後れを取ってはなりませぬぞ」

大男の武吉は、孫次郎の首根っこをつかむようにして離さない。少しでも早く行って、孫次郎を、父・嘉隆の、近くに座らせたい。本家の者や異母兄に邪魔だてさせたくない。その一心のようだ。

「早うに、この馬に乗られませ」

「じいはどうするのだ」

「和子さまの、おそばを走りますだで」

「館までは遠い。走り切れぬぞ」

鳥羽砦は、七里(三十キロ弱)の彼方にある。

「ご安心下され。途中、和子さまの馬は峠の手前に繋《つな》いでおりますで。そこからは一気に」

仕方なく孫次郎は馬の背に乗った。が、走る武吉は、すぐに、はあはあ、喘《あえ》ぎ始めた。

「じい、代わるぞ。俺が走る」

見かねた孫次郎は、途中で、武吉の馬から飛び降りた。武吉がためらったことから、しばらくは二人して並走し、裸馬が続いた。やがて五知峠《ごちとうげ》にかかると、武吉が待機させていた馬の姿が目に入った。

「あれか。では、あそこからは思いきって一緒に馬で走れるな。どちらが速いか、競走だぞ」

「まだまだ、和子さまには負けませぬわい」

「言ったな、じい」

二人の騎馬競《くら》べとなった。鳥羽砦に近づくと武吉が言った。

「お屋敷では、父君を始め御本家の皆さまに礼儀正しくなされませ。後々、うるそうございますで」

「解っているわ」

「しかし、成隆《なりたか》さまには、卑屈な態度を取られますな。先に挨拶する必要もございませぬぞ」

成隆は、父の最初の妻の子で、孫次郎よりはるか年長である。しかし、武吉にすれば、今は「格下」というのであろう。それに、孫次郎を、ひどく憎んでいるとの噂があった。

「うるさいな、じい。兄は兄だ」

孫次郎は、武吉を軽く睨《にら》みながら言った。

「いえ、うるさくはありませぬ。跡目を取るのはこちらでございますから、そのお積もりにならなくては」

「わかった、わかった。それ以上は言うな」

九鬼の分家の跡取りなど、孫次郎には、どうでもよかった。そんなことより、一日も早く船で沖合に出て、水平線の、その先が見たい。

孫次郎の夢は、海原の彼方に飛んでいた。

鳥羽砦は、鳥羽の錦浦《にしきうら》海岸の東隣、日《ひ》和山《よりやま》一帯に拡《ひろ》がる黒壁の館である。嘉隆の復帰前は、後鳥羽上皇の末裔《まつえい》を称した名門・鳥羽一族の砦であった。鳥羽氏は、名門の上に、地元が日本有数のボラ漁の盛んな湊とあって財政的に豊かだった。この砦館は、日本一の小国・志摩の府でありながら、六町四方に及ぶ壮大な構えであった。海に向かって多数の水門、櫓《やぐら》を擁し、朝廷関係者を迎える時のためか、壮麗な大手門まである。

宴席は東南に美しい海を展望する、この砦一番の大広間で催されていた。畳敷きなら四百畳ほどの広さがあり、九鬼氏の一族郎党、およそ三百人ほどが、ぎっしりと詰めかけていた。

皆、正装で威儀を正していた。孫次郎も武吉に言われるまま、慣れない肩衣袴《かたぎぬばかま》に着替えた。

既に短い冬の陽光は、傾きかけており、宴たけなわである。だが、武吉の恐れた、遅参へのお叱《しか》りは杞憂《きゆう》(余計な心配)に過ぎなかった。

孫次郎の到来が告げられると、一番奥の上座から、嘉隆の、雷のような大声が響いたのである。

「孫次郎か! 待ちかねたぞ。早うにここへ」

嘉隆の隣の上座が用意されていた。それだけで武吉は、感涙で顔をくしゃくしゃにした。

「ささ、早うに行かれませ。和子さま」

とんと背を押されて前に出た孫次郎。武吉に教えられた通り、袴の股立《ももだ》ちを軽く握ると、辞を低くして、ツツツツと進んだ。そして、父の上座の前まで来ると、ぴたりと正座して言上した。

「父上、お久しゅうにござりまする。無事の御帰還、孫次郎、心よりお喜び申し上げます」

「うむ。よくぞ申した。久しゅう見ぬ間に、大きゅう、立派になったな。ささ、遠慮せず、余の横に座《ざ》せ」

「では、お言葉に甘えて」

ここまでは武吉から、道々教え込まれた口上である。が、そこから先は違っていた。着座する前に、何気ないふりをして、嘉隆の下座に控える従兄・澄隆《すみたか》と兄・成隆《なりたか》に、深々と頭を下げて挨拶したのである。

「澄隆殿、そして兄上、お久しゅうにございます。父の命にて御前を失礼仕《つかまつ》りまする。では御免下され」

この挨拶に、「ほぅ」という賞賛の声が上がった。――これが、海ばかり見ている変わり者の子、あの孫次郎か――と。

しかし、従兄と異母兄は、無言のまま、冷ややかに頷《うなず》いただけであった。

孫次郎が着座すると、嘉隆は、一声高く、

「静かにせよ」と、告げた。

一座が、夕凪《ゆうなぎ》のように静まりかえると、嘉隆は、満面に笑みを湛《たた》えて、語りかけた。

「此度《こたび》、右府《うふ》（信長）さまの安土《あづち》城からの帰路、つくづく考えてきたことだが……」

嘉隆は、そう切り出し孫次郎の頭を撫《な》でた。

「余は、この孫次郎を元服させ、以後、守隆《もりたか》を名乗らせようと思う。そして、余の留守中は、ここ鳥羽砦に、余の名代《みょうだい》としてこの子を置きたい。如何《いかが》か」

相談するような言い方だが、本気で意見を聞いているわけではない。孫次郎に言い聞かせ、部下からは、「仰《おお》せに従いまする」という同意の言葉を待っていただけである。

果たして、並み居る部下たちからは、「拙者、賛成でござる」「もちろん拙者も」と、異口同音の声が上がった。

これまで、嘉隆不在中の鳥羽砦は、田城《たじょう》砦を預かる九鬼本家の澄隆が兼務して看《み》てきた。これを自分の子の守隆に決めようというのである。ここで本家の澄隆が異議をはさんできた。

「叔父上、孫次郎は、まだ七歳。昔はいざ知らず、元服には、ちと早うはござらぬか。まして、この九鬼家要《かなめ》の地、鳥羽の名代は如何かと存ずるが」

「昔はいざ知らず」というのは、澄隆も、嘉隆も幼少で元服していたからである。武家社会では、元服は十五歳が普通だが、ここ志摩は、狭い領土を十三人もの地頭が砦の取り合いで鎬《しのぎ》を削った。そのため跡取りが早死にする。

そのせいで、上に立つ頭領家《とうりょうけ》では、主人は、五歳で元服し、十五歳で女を娶《めと》り、二十歳の時には、子がぞろぞろいるのが普通だった。それに早熟だ。これを称して、――志摩の生き急ぎ――などと、周辺の国から、からかわれたものである。

だが、嘉隆の志摩統一後は、そんな争い事はなくなっている。だから孫次郎の元服も、急ぐことではないのでは――という意味である。

しかし、その裏には、言外に、（本家の俺をさし措いて、なぜ分家の子、孫次郎に、この志摩一番の、豊かな鳥羽砦を与えるのだ）という非難の意味が込められていた。序列から言えば、本家の澄隆がこちらに移り、現在澄隆が本拠とする田城砦を、分家の嘉隆が継承するのが筋だ、と言うのであろう。一同、固唾《かたず》を呑《の》んで、澄隆の異議に対する嘉隆の反応を待った。

だが――。

「鳥羽砦は、志摩の要衝《ようしょう》なれば、嘉隆、そなたが砦を固めて自ら治めよ。これは、右府（信長）さま直々《じきじき》の御下命である」

嘉隆は、信長の権威をかさに、あっさりと、澄隆の意見を退けた。

「守隆が幼いことについても、こう命じられた。そなたは新しい大船造りに、今しばらく努めねばならぬ。その間は、一益《いちます》（滝川一益、長島城主）に後見させよと。よって、澄隆には、長い間、鳥羽砦と兼ねさせて、苦労をかけたが、もう、その心配は要らぬ。田城砦の経営専一《せんいつ》に戻られよ」と有無を言わせなかった。

終わると、嘉隆は「すべては落着」とばかりに、全員に向かって一段と声を張り上げた。

「さて、そういうことで各々方《おのおのがた》。今宵《こよい》は、余の瀬戸内での戦勝祝いと守隆の元服の前祝いを兼ねた祝宴ぞ。存分に過ごすがよかろう。以後、無礼講じゃ」

一同、膝を叩《たた》いての喜びとなった。料理はもちろん出世魚の代表、ボラである。

正月の「真魚箸《まなばし》」の神事の後の、お下がりの魚を、たらふく食った。

「真魚箸の神事」とは、魚に手をふれることなく調理したボラの肉を神棚に供え、豊漁を祈願する儀式で、この地方独特の祭りである。

だが、居心地が悪いのか、本家一族は、いつの間にか消えていた。そうなると、分家の嘉隆一党は、益々《ますます》陽気に、口も軽くなった。

「本家さまにも、困ったものよ」

「いや、これでいいのだ。本家というが、一度は滅《めつ》したのだ。その九鬼党を復活させたは、我等がお館さまじゃぞ」

「そうだ、そうだ。それも解らぬ御本家など、もう要らぬわい」

「しーっ、声が高いぞ」

「もう澄隆さまは帰ってしまわれたわ。気にすることはないぞ」

お館さまこと嘉隆は、そんな部下たちの話に乗ることはなかった。だが、だからと言って「止《や》めよ」とも言わない。どこ吹く風と、次々に来る盃《さかずき》を、鯨のように飲み、たらふく喰《く》って屈託がない。思い出したように、隣の守隆を見ると、目を細めて言った。

「守隆、勉強しているか」

「はい」

「数日中に父と一緒に、ここを発《た》つ。よいな」

どこへ、と訊《たず》ねる前に、父は、守隆の頭を、そっと抱きかかえて、ささやいた。「行く先は安土。右府さまに、お目通りするのだ」

右府さまって誰？　安土ってどこ？

皆目見当がつかない。

だが、父はそれ以上は説明しなかった。不意に、ふらりと席を立つと、守隆を上座に置いたまま、部下の輪の中に入っていった。

次々に起こる歓声、そして祝杯の嵐。

父は、輪の中を、巧みに巡り始めた。どの部下の間でも気軽に割って入っていった。一箇所に長居はしないが、誰彼なく等しく酒を注いで回り、相応に返杯を受けた。

どの部下の輪の中でも、最大の話題は、瀬戸内の海戦の勝利の鍵「鉄甲船」のようだ。

だが、父は、なぜか、あまり、この鉄の船のことはしゃべらない。触れたがらないようだった。

「そげなことより、さきほども言ったとおり、これからの我等が軍団の名よ」

嘉隆の声が、ここで一段と高くなる。

「以後、我等は、安土の信長さまのご命名で、水軍を名乗る。二度と海賊などと呼ばれまいぞ」

「海賊」は、二百年以上に亘《わた》って九鬼一族に浴びせられてきた、おぞましい「あだ名」である。

元々九鬼一族は、熊野水軍の一派であった。

それが、南北朝の政治的混乱期に、紀州・熊野から志摩・波切へと進出してきた。

なぜの移動だったかはわからない。それだけに、当時、伊勢国司《こくし》・北畠《きたばたけ》氏の支配下にあった志摩先住の地頭たちにとって、九鬼の割り込みは、はなはだ迷惑な事件だったに違いない。

団結して、波切と田城に拠点を置く九鬼氏の排除を試み、永禄（一五五八〜七〇）中期、ようやく、これに成功した。その成功も束の間。九鬼嘉隆は、今度は尾張の新興勢力・織田信長の力を借りて逆襲。先住の地頭勢力の方が、駆逐されてしまったのである。

だが、よそからやってきた志摩国の強奪者「海賊・九鬼」の名は、こびりついて消えなかった。

この海賊の汚名が、やっと信長さまのお陰で消してもらえるのだ。それだけではない。

此度の毛利水軍攻略の戦功によって、志摩に加え摂津《せっつ》野田・福島など七千石を加増され、一躍、三万五千石の大名になった。近々朝廷から官位まで戴《いただ》けるらしい。自分でも嬉《うれ》しくてたまらないのだろう。

嘉隆は、珍しく、立って、踊り始めた。

嘉隆の踊りは、もちろん自己流である。

だが、それに合わせるようにして、どこから呼んだのか、盲目の女たちが現れ、三線《さんしん》と呼ばれる、当時流行の、琉球わたりの楽器（後に三味線《しゃみせん》となる）で、嘉隆の踊りを囃《はや》し立てた。たちまち座が華やいでいった。

嘉隆は、二、三曲ほど踊ると、ふらふらと、座敷の隅に引っ込んで叫んだ。

「よし、これからは唄だ。皆、自慢の喉を披露せい」

「海の民」は唄好きだ。我先に手を挙げた。一族の宴では、最初に唄うのは決まっている。新造船を祝う「船卸唄《ふなおろしうた》」である。

あれさご覧な　わが新船《にいぶね》を
木の香かぐわし　白帆もまぶし
よめごの肌より　ずんとよし
いやさそうかい　どうかいな
　ヤトコセ　ヨイヤナ
アララ　コレハイセ

ヨイトコ　イセ

最後の合いの手は、伊勢木遣《きやり》の囃子をそのまま持ってきたものである。次いで、潮替《しおかえ》節《ぶし》、土搗《どつき》唄、網起《あみおこ》し唄などの地元唄が次々に披露されていった。だが、その頃、嘉隆は、ぐうぐう眠っているように見えた。

その様子を、遠く見ていた守隆は、隣の控えの間にいる武吉を呼んだ。

「じい。父上が眠っておられる。お風邪を召されるといけない。寝所にご案内せねば」

武吉は、しかし、笑って言った。

「大方、タヌキ寝入りでございましょうな」

「まさか、そんなはずは……」

しかし、事実だった。眠っていた筈の嘉隆が、突然、むっくり起きあがり、こう叫んだのである。

「その唄やめい」

それは、部下の唄が一通り出尽くしたあと、盲目の女が、近頃の流行りの唄を、とせがまれて唄った、たたら場（製鉄所）の厳しい労働を恨《うら》む「たたら踏唄《ふみうた》」であった。

一つ踏んでは　父のため
二つ踏んでは　母のため

三つ四つ　踏んでは　子を想う
たたら女は　この世の地獄

「申し訳ありませぬ。場をわきまえませんでした」

女たちの頭らしい中年女が平謝りした。だが、嘉隆は許さない。冷たく言い放った。

「とっとと失せよ。目障りだ」

翌日、嘉隆は、砦の幹部となにやら密談にふけっているらしく、守隆は、ほって置かれた。

しかし、「ご心配なく。和子さまのことを、お忘れなのではございませぬ。今朝も、お館さまは、守隆は、どうしていると、お訊ねになられました」

武吉は、うきうきしていた。

「別に、俺は心配などしてはおらぬ。それより昨夜の盲目の女たちだ。とっとと失せよなどと、父は手荒なことを申されたが、その後どうしたであろうな」

「さて、拙者、一向に」

「知らぬか。情のない奴め。女を去らせるにせよ、伊勢から、ここまで来た給金は与えたであろうな」

「さて、そこまでは。しかし、なぜ女たちが伊勢から参ったと言われるのでございます

「か」

「あの唄は、伊勢の大湊の流行り唄だ」

「へえ」

「へえではない。大湊は、昨年来、たたら踏みで沸きかえっている。そこで生まれた哀唄だ。ここ志摩からも女たちが、無理矢理駆りだされておる。そして病を得て戻ってくる。俺の耳にまで入っているぞ」

「拙者は、ちっとも知りませんでした」

「愚か者。上に立つ者は、足で歩き、耳を澄ませて下情を知らねばならない。俺は、あの唄は、とっくに諳《そら》んじている。唄ってみせようか」

「よして下され。お館さまに叱られますだで」

「はははは、ウソだ、冗談だ。だが、いつかは大湊のたたら場に行って見ねばならぬ。じい、行きたいところが一杯あって、俺は困っておる。あの海の向こうもそうだ。あの空と海のくっつく水平線の先を見てみたい。それには、はやく大人にならねばならぬ。なんとか、もっと早く大きゅうなる方法はないものか」

守隆は、両手をひろげて天を仰いだ。

「大きゅうなりますとも。もうじきでございますよ」

「そうかな。おや？」

守隆は、ふと指を舐《な》めて天に向けた。

「風が変わったぞ。天気がいいうちに船に乗りたい。見晴らしがいいうちにな。じいも安土とやらについてくるな」

「はい。そう命じられておりますで、ご一緒させていただきます」

「そうか。それならよい。どうせ、帰りは、父にほったらかされるのであろうしな」

守隆は、ため息混じりにつぶやいた。

守隆が父に連れられて鳥羽湊を発ったのは、翌朝の夜明けである。

守隆が乗船したのは――、九鬼水軍の旗艦・安宅船《あたけぶね》が、瀬戸内の海戦を終えて修理中ということで――、安宅と小早《こばや》の中間の大きさの「関船《せきぶね》」であった。

船体上部を総矢倉で囲み、小櫓六十挺立《ちょうだて》の五百石船。毛利との海戦に備えて新たに造られ、実際に威力を発揮した大型の新鋭船である。これまで、浜から沖を行く船を望見するだけだった守隆にとって、乗って見る、その速さは驚きの連続だった。

「すごい、すごい。速い、速い」

ただの少年に戻った守隆。鋭くとがった竜頭《りゅうず》（船首）に立つ舵手《だしゅ》の後方で、横板にしがみついたまま、冷たい波しぶきを浴びても終始動かなかった。時々、武吉が顔をだすが、見向きもしない。

そんな時が一刻（約二時間）ほど続いたであろうか。突然、「若、若、若」と、激しく三度呼ばれた。

「うるさいぞ、じい」と、振り向くと、武吉の後に、にこやかに父が立っていた。

「あっ、父上」

思わず不動の姿勢をとる。すると、

「構わぬ。好きなだけ見聞するがよい。父も、今は調べごとがあるでな。だが、間もなく昼食《ひるげ》じゃ。しばらくしたら俺の部屋に上がって来い」

そのまま父は消えた。

この後、景色に倦いた守隆は、今度は船の中央から下部へと降りて、船の漕ぎ手たちを覗《のぞ》いた。

そこは、一転、ムッとするほどの、汗と人いきれの充満する男の世界であった。

上船梁《うわふなばり》を飛び跳ねるように往復する水主頭《かこがしら》は、守隆を見ると、ぴょこりと頭を下げて叫んだ。

「和子さまが来られたぞ。それ、お館さまのご命令どおり、目一杯の走りをご覧にいれよ」

「おう、おう、おう」

「では、舵手に、押し走り、ようそろ～、と伝えよ。合図に大太鼓を」

やがて、甲板の帆柱の前にあった大太鼓の威勢のいい響きが伝わってきた。

「それゆけ」の命令一下、横板上で音頭を取る水主頭、これに応ずる六十人の船子の、一糸乱れぬ「櫓の舞」が始まった。紀州・熊野では代々、小舟を操って鯨を追ってきた。その伝統を受け継ぐ船子の力と技に守隆は目を見張った。

「櫓の舞」を十分堪能した守隆は、水主頭に深々と頭《こうべ》を垂れると、身を翻《ひるがえ》して甲板に戻った。そこには、波を切る形に似た、箱形の櫓部分があった。父の部屋だと教えられた。

父は、木の大机を真ん中にして、数人の船大工をまじえて細長い図面を眺めていた。守隆を見ると、「おう、やっと来たな。では、皆の者、これで評議は一時中断だ。そちらも少し休め」と言った。

船大工たちが、一礼して去ると、嘉隆は、守隆の肩を抱くように部屋の隅に連れて行った。

「その濃紺の緞子《どんす》の前に下がっている金色の紐を引くがよい」

言われるままに紐を引っ張ると、緞子が、さっと両側に開き、一瞬で目の前の世界が変わった。そこは正面と左右の三方に窓を配した、二十畳ほどの明るい部屋であった。窓の外を白い高波が、時々、しぶきを跳ね上げて消えていくのが見えた。

内部は、窓枠から天井板、四囲の壁、床の敷物まで、すべて黄金色。そして今は点灯していないが、四角い机の上の照明器具まで――、なにもかもが、話に聞く南蛮調のようだった。

目を見張る守隆に、父は、笑顔で言った。

「旗艦の安宅船の船主部屋はこの三倍ある。贅沢なようだが、南蛮船のカピタン（船長）の部屋から見れば、まだまだ粗末なものだ」

「そんなに南蛮船の内部は豪華なのですか」

守隆は、今さっき通ってきた船腹の船子《ふなこ》溜《だ》まりの小さな部屋を思い浮かべながら言った。

「豪華どころか、まるで竜宮城だ。かれらの船上の身分差は、想像を絶するだろう。今、そなたが見てきた漕ぎ手にしても、紅毛人《こうもう》の船では、あんなものではない。足と首に鎖をはめられ、勝手に動くことすら認められない。小便も垂れ流しだ。もちろん船主の息子に声をかけることなど、とてもできぬ相談だぞ」

守隆は、構わず訊ねた。

「どこの国の人たちですか。そんな哀れな漕ぎ手は」

「俺にも解らぬ。だが、聞くところでは、安南《アンナン》、ラオス、ビルマより、もっと西南の未開地の黒人らしい。野生の動物を捉まえる網で引っ捕らえられ、死ぬまで働かされる。死ねば、海に捨てられ、商人から新しく生きのいいのが仕入れられるだけなのだ」

「人を仕入れる？　ドレイですか」

守隆は、怪訝《けげん》な顔で訊ねた。

「よく知っているな。ドレイという言葉を」

嘉隆は、笑いながら答えた。が、守隆は「習っている教本に出ていますので」と、逃げた。

本当は、「たたら踏み」から逃げ出してきた女たちが、「まるでドレイの苦しみだった」というのを、耳にしたのが最初だった。その後、漢字まで覚えた。

「まあよかろう。だが、いずれ安土城には、その黒人奴隷の実物がやってくる。一、二年後の話だが、宣教師が、土産物に黒人奴隷を献上すると右府さまに、お約束したそうだ」

「宣教師って、奴隷を手土産にするのですか。あきれたな」

「なぜじゃ」

「神の前では、人はみな同じ。上も下もない、などと言って、貧しい者の救済と神への帰依《きえ》を説く癖に、一方で、奴隷を手土産にするなんて、許せない」

「ほう、そなたは、そんな切支丹《キリシタン》の話を、聞いたことがあるのか」

「あります。一、二度。このあたりの女は、涙をうかべ、神の救済の話を聞いております」

特に「たたら踏み」に駆りだされる女たちは、と言いかけ、守隆は口をつぐんだ。女を駆りだしている父のたたら場の非難に話が及んでしまう。

父は、そんな守隆の気持ちを知らぬげに言った。「宣教師が平和の使徒などというのは大嘘《おおうそ》だ。奴隷も売れば、鉄炮も火薬も大砲も売る。直接手を下しているわけではないが、宣教を許されたところには、武器商人《あきんど》に鉄炮も火薬もどんどん売らせるから同じことだ。裏では宣教師と商人はツルんでいるな。適当に歩合《ぶあい》まで貰《もら》っているに違いない」

「宣教師にも表と裏の顔があるのですね」

「お前は海ばかり見ていると思ったが、とんでもないことまで知っているのだな、まあいい。何《いず》れは知ることだ。さあメシにするか」

嘉隆は机の上の小さな鈴を鳴らすと、男の召使いが四人、うやうやしく最敬礼して料理の盆を捧《ささ》げて現れた。一人は唐人のようだった。

「魚も貝も喰い飽きたであろう。今日は肉料理だ。そして肉料理には、これが一番」

嘉隆は、ギヤマンの杯に、赤い酒をなみなみと注がせると、一気にあおった。

「なんというお酒ですか」

待っていた、とばかりに嘉隆は答えた。

「珍陀酒《ちんたしゅ》（葡萄酒《ぶどうしゅ》）と言ってな、右府さま一番のお好みじゃ」

嘉隆は、真っ赤に焼けた石の上で炙《あぶ》った厚切りの肉を、パクつきながら言った。最上級の牛肉である。

日本人は、昔から仏教の教えで動物を食べなかったと信じられている。が、これはウソである。犬、ウサギ、タヌキ、キツネ、クマは盛んに食べた。それ以外の肉は、牛は農民の、かけ替えのない労働補助者、馬は武士の貴重な戦力、鶏は時を告げる神の神秘の使い、ということで、人々が畏敬《いけい》の念を込めて食さなかっただけである。

最後に、害獣の野豚とイノシシが残る。が、野豚は不潔で、肉の中に寄生虫が、しぶとく付着し、食に適さなかった。イノシシは捕るのに苦労だっただけのことである。仏教とは関係が薄い。

しかし、志摩の南端の「海の民」は、農耕者のように、牛が農耕の貴重な補助者という感覚に乏しかった。牛肉を食することに抵抗感がない。まして嘉隆は、一時は、志摩の追っ手から身を隠すために、南蛮船の苦力《クーリー》にまで身を落とした経験があった。その時の食事の実感から、肉ほど力のつく喰い物はないという肉食礼賛者になっていた。

守隆も、その血を引いていたのだろう。最初にしては、肉食に抵抗感なく、腹一杯食べた。そんな守隆を満足そうに眺めながら、父は話題を進めた。

「呼んだのは他でもない。これから会う右府さまこと、織田信長という人について、そなたに事前に話しておきたかったことがあるからだ」

守隆は、箸を置いて神妙に、かしこまった。

「一言でいえば恐ろしいお人だ。天魔じゃな」

「えっ、天魔――ですか」

父の意外な言葉に、守隆は言葉を失った。

「そう。だから、本当は、連れて行きたくはなかった。だが、右府さまの、そなたの顔が見たいとの、たっての御所望でな。仕方なく」

「なぜ、右府さまは、私めに、興味を」

「お目通りして、話が子のことに及んだ時、俺が、私めに、海ばかり眺めている変わった子がおります、などと申したのが、いけなかった」

今年一月五日のことだったらしい。この年の安土城は、主だった武将たちが、摂津、伊丹方面の付城の守備を命じられて離れられないところから、正月祝いに、誰一人現れなかった。そこに、ぽつんと嘉隆が顔を出したことから、余計な話になったらしい。

(やれやれ、そんな、ただの座興のためか)

と思う反面、父の売り込みでないことに、守隆は安堵した。それなら媚びることも要らない。嫌なら、さっさと安土から帰ればいい。

それに、「日本の天魔」とやらが、どんな顔をしているのかにも興味があった。

「で、父上は、どんなことを右府さまに申し上げたのでございますか？」

「たいしたことではない。我が息子に、あの海の彼方の水平線の先は、どうなっているのかと、しきりに訊ねては、船子(水夫)たちを困らせる、変わった子がおります――と申し上げたまでだ」

「変わった子はないでしょう。当然の疑問です」

守隆は、わざとらしく、ふくれてみせた。

「悪かった。悪気があったわけではないのだ。すると、驚いたことに――」

そこまで言うと、嘉隆は、もう一度、手酌《てじゃく》で珍陀酒をあおった。

「右府さまは、こう言われた。面白い。余も幼い頃、海を見て、同じ疑問を持った。だが、誰一人、まともな答えをしてくれるものはなかった。そなた、一旦《いったん》、国に戻り、その子を連れて参れ。余が、直々、面白い物を見せてやると」

「それじゃあ、どこも天魔なところはないじゃないですか。喜んでお目にかかりたいと存じますが」

「それがそうでもないのだ。ご性格に奇矯なところが多すぎる。危険な方だ」

「一体、お幾つになられるのですか、右府さまとやらは。まさか天魔だから年齢《とし》は取らぬ、というわけではないと思いますが」

「年齢は、俺より八歳年上だそうだから、四十代の半ば過ぎであろう。だが、これは怪しい」

「怪しいって？　どういうことですか」

「もっと若いかも知れぬ。また、事実、見た目にも、ずっと、お若く見える。俺は、船の構造同様に、人間に近づく前には、じっくり身元調べから入る。信長というお人については、本当は、調べれば調べるほど、腑《ふ》に落ちぬことばかりなのだ」

「と、申されますと、例えば？」

「まず、生まれた年の記録が、父親の居城だった尾張の那古野《なごや》城にも、織田家の菩提《ぼだい》寺にもない。これが不思議の第一じゃ」

守隆は、ただの、あらくれ男のように思っていた父の、意外に緻密な面を見た気がした。

「まだほかにも、右府さまに変わったところがございましょうか？　父上」

守隆は、興味津々、身を乗り出した。

「ある。第二に、その名よ。元服名を三郎信長という。これを調べて知った時、なぜ、三郎なのか、と思った。兄は一人しかおられなかったからだ」
「夭折《ようせつ》した兄でもおられたのでは？」
「最初の調べで、俺もそれを考えた。兄の織田信広《のぶひろ》さま（母不詳の傍系、天正二年戦死）との間に、もう一人、兄がいたのでは、と思った。だが、そうではなかった。そのうちに、こんな噂を耳にした」

織田信行誘殺事件である。

弘治《こうじ》三年（一五五七）十一月。

当時、信長は尾張統一途上で自称二十四歳。

大病と称して清須《きよす》城にふせていた信長は、兄弟の一人、信行に、「万一のために言い残したいことがある」と偽って見舞いに来させた。そして、隣室に部下を配し、隙をついて惨殺したのである。若き日の信長の、最大の汚点となる所業の一つである。

「ところが、この信行というお方の過去帳を調べてわかったことだが、右府さま同様、生年月日がない。その部分が、ちぎられて欠落していたのだ」

「つまり、信行さまと信長さまと、どちらが兄かわからない。もし、この方が兄なら、三郎という右府さまの元服名も筋が通る、と仰《おつしや》りたいのですね。父上は」

嘉隆は、こくりと頷き、また珍陀酒を、ちびりと、舐めながら続けた。

「その他にも、右府さまについては、その奇矯を挙げたらきりがない。幼い頃は、歩きながら、栗、柿あるいは瓜《うり》を、ガブリ喰いし、餅をほおばり、ゲラゲラ笑いながら仲間とふざけて町を闊歩《かっぽ》されたらしい」

「でも別に、そんなこと、たいしたことではありませぬ。私の仲間うちにも、そのくらいの柄の悪い者は大勢います。私は、先生が厳しくて、そんなことはできませんが」

守隆は、笑った。いつのまにか、守隆は、無意識に、織田信長という人の擁護に回っていた。

「いや、それだけなら、まだしもな……」

嘉隆は、今度は尾張の噂話を持ち出した。

「で、右府さまは、なにか事件でもおこしたので？」

「そうだ。それも、頭に大を付けたくなるような〈うつけ〉な事件なのだ」

嘉隆は、嘆息《ためいき》混じりに言った。

（今度こそ、息子も右府さまの所業に愛想を尽かすだろう。息子にも、俺と同じくらい右府さまに警戒心を持ってもらいたい）

そんな顔付きだった。

この「大うつけ事件」は、天文《てんぶん》十八年（一五四九）三月三日。信長の父・信秀が四十二歳で病死したことから始まった。

父の病死の原因は、酒を飲んだ上の「腹上死」だったと噂されている。そんな死を恥としたのか、それとも、尾張の統一途上という政治的理由からか、父の死は二年間伏せられた。

天文二十年（一五五二）三月三日。初めて、父の葬儀が、地元万松寺《ばんしょうじ》で営まれた。

この時の信長の身なりは、

「長柄《ながえ》の太刀、脇差《わきざし》をわら縄で巻き、髪は、ちゃせんまげ（先が茶筅《ちゃせん》のようにバラバラになった髪型）とし、袴《はかま》もはかず」であったという（太田牛一『信長公記』）。そして、つかつかと、仏前に出てきて、抹香《まっこう》を、かっとつかんで、仏前へ投げつけて帰った（同書）。

一方の、弟の信行は、きちんとした肩衣《かたぎぬ》、袴をつけた、「礼にかなった作法」であった（同書）。要するに、衣服から態度まで、信長は粗野で無教養。対する信行は、その反対。誰の目にも、後継者として信長は、ふさわしくなかったのである。

「どうだ。やはり右府さまというのは、変わった、お方であろうが」

父は、話し終えると、守隆に問いかけた。

だが、守隆は、じっと考えた末に答えた。

「たしかに――。でも、その話、ちょっと、おかしくありませぬか」

「なぜじゃ」

「右府さまが、どうして、そんな身なりや行動を取られたのか、の背景が解りませぬ」

「というと？」

「こうは考えられませぬか。葬儀は、信長さまに知らせず、信行さまの側の独断で行われた。片や信長さまは、なにも知らずに、いつものように、野山を駆け回っておられた。

だが、誰かの内通で、父の葬儀の挙行を知り、そのままの姿で寺に駆けつけた。抹香は、仏前に向けて投げたのではなく、自分に無断で葬儀を挙行した信行さまに腹を立て、そちらにむかって投げたのです。そう考えた方が素直ではございませぬか？」

　嘉隆は、わずか七歳の息子、守隆の推理と洞察力に驚嘆したようだ。

「……なるほど、それなら、いや、その方が筋が通るかも知れぬな」

　しかし、守隆は、淡々と答えた。

「でも、これは、この場の思いつきにすぎませぬ」

「いや守隆の言うとおりかも知れぬ。そう考えれば右府さまが三男という噂まで納得できる」

「しかし、二十年も昔のことです。今更、ほじくり返しても、どうにもならないでしょう。それより、右府さまが、水平線のことで、私に見せたいものがあると申されたそうですが、一体、なんでございましょうか」

「さあ、俺には、さっぱり解らぬ」

「なんだか、面白そうで、今からぞくぞくしますが」

「ほう、そうか。そんな暗い過去を持つ右府さままでも、そなた、恐ろしゅうはないのか」

「一向に。物を教えてくださる方は、すべて師です。喜んで教えていただきます。教えていただく限りは、天魔などではありませぬ」

「なるほど。理屈だ。では教わらない時の天魔はどう扱ったらいい。そんな人でなしの命令をどうするか」

嘉隆は、妙なことを言った。

「できるだけ避けます。孔子さまは、こう仰いました。鬼神は敬して遠ざけよと。父上は、なんでそのようなことを、私に訊ねるのでございますか」

「いや、訊いてみたかっただけだ」

父は逃げた。話も食事もそこで終わった。

船長室の扉が、コツコツと叩かれ、「間もなく到着でございます」の知らせが入った。目的地の四日市であった。

「よし、話はこれまで」

嘉隆は立った。

九鬼親子は、四日市に上陸。桑名で、行商に姿を変えて商人宿に一泊。翌早朝、八人の随行を従えての、徒《かち》(歩行)による八風峠《はっぷうとうげ》越えとなった。右府さまへの、「あこや珠《たま》」などの土産物の荷は東海道経由の荷駄に託したから、飲み水と三度の携行食を背負うだけの軽装である。

それでも、七歳の少年には、桑名から、田光《たびか》、切畑《きりはた》、片瀬を経て、杠葉尾《ゆずりお》永源寺《えいげんじ》、そして八日市《ようかいち》と続く、八風峠の狭く険しい商人道は、きつかった。

観音寺《かんのんじ》山からは、琵琶湖岸を迂回《うかい》するため、すこしの間だが、小早船に乗った。

ほっとした守隆は、死んだように眠ってしまった。

それほど長い時ではなかったが、起こされたのは、安土城の北側の舟泊《ふなどま》りであった。そのままふらふらしながら長い洞窟を登り抜ける。すると、そこからは、険しい急勾配の登り道だ。それも、くねくねと幾重にも曲がっており、方向の見当が全くつかない。

「七曲がり道と言って、両翼に武将方の拝領屋敷が並んでいる。小さいが俺の館もある。城のすぐ下だ」

いつの間に来たのか、父嘉隆が耳元で囁《ささや》いた。

「明日はくれぐれも、右府さまへの応答の言葉には気を付けよ。癇気《かんき》の強い方だからな」

安土城は、信長が天正四年（一五七六）二月から四年の歳月をかけて築城した新城である。

琵琶湖東岸に位置し、東海道、東山道、北国道の交わる交通の要衝《ようしょう》にあった。

早朝、城の真下にある「七曲がり道」沿いの、九鬼屋敷で目覚めた守隆。まず城を見上げて驚いた。前夜は夜陰にまぎれて判らなかったが、いくら首を曲げて、ひっくり返るほど見上げても、てっぺんが見えない。そのくらい高かった。それに、なぜか、チカチカと金色にまぶしく輝いて、目がくらむ思いがした。

（なんて、すごい、桁違いのものを造られる、お方なのだろう。それに、この石垣の巨岩はどうだ！）これまで見た一番大きな館が鳥羽砦。その石垣の高さは、せいぜい二丈（約六メートル）。その程度の砦しか見たことのない守隆である。興奮するのも無理はなかった。

朝食の後、衣服を整えて父の後に従い、七曲がり道を登りきる。すると、そこは信長の嗣子《しし》・信忠の広大な屋敷であった。その前を過ぎて黒金門《くろがねもん》から、二の門、本丸大手門へと進み、いよいよ本丸御殿の真下に着いた。父は守隆の肩を、「ポン」と一つ叩くと、「よいな」と意味不明な言葉を残し、そのまま先にたった。

やがて、暗い御殿の中から、色白の童顔の少年が、小走りに顔を出した。

「九鬼大隅守《おおすみのかみ》さまでいらっしゃいますね」

白い歯が、あどけなく微笑《ほほえ》んでいた。守隆よりだいぶ年上らしく、ずっと大人びている。

「さようでござる」

父は嬉しそうな声で答えた。「オオスミノカミ」が、父が新しく朝廷から賜《たまわ》った官職らしいことを、守隆は、その場で悟った。

（それにしても、この少年は誰だろう）

そう思う間もなく、

「では、ご案内仕ります。お屋形さまは、さきほどらい常御所《つねのごしょ》で、お待ちでございます。で、こちらが、かの、ご子息の？」

と、守隆をじっと見つめながら訊ねてきた。

「さよう、守隆にございます。以後、森さまには、お見知りおき願いたい」

父は、守隆を、前に押し出すようにして答えた。

「承知しました。拙者、森力丸《りきまる》にございます。兄の乱《らん》（蘭）丸《まる》、坊丸《ぼうまる》と共に、お屋形さまのお側近くに、お仕えする身でございますれば、以後よろしゅうに」

一礼すると、先に立って二人を奥へといざなった。守隆には、なにもかもが新鮮な驚きであった。

安土城の階段二層を上がると、六重目（一階）の東南部の六間×七間が、信長の常御所である。もっとも、この当時の「間」は、七尺（約二・一メートル）だから、今より三割以上大きい。現在でいうと、百八十五平方メートルほどになる。これを「儒者の間」「鵝《が》の間」「梅の間」と、落間《おちま》をはさんで「納戸」と従者の「控えの間」の五つの部屋に区分してあった。

案内されたのは、内向き対面座敷の「鵝の間」。鵝鳥《がちょう》を描いた十二畳である。平伏する二人。やや遅れて現れた信長は、鳩の絵の描かれた棚のついた四畳の御座から、「よくぞ参ったな」と機嫌良く声をかけてきた。

だが、守隆には声だけで顔は見えない。

「苦しゅうない。二人とも面《おもて》を上げい。そして、そこな九鬼のワッパ、余にじっくりと、そのツラを見せよ。どんな顔をしているのか」

信長は口が悪い。そんな予備知識がなかったため、守隆は、どぎまぎしてしまった。ワッパなどと呼ばれたのも初めてである。

「これ、ワッパ」

信長は、もう一度、笑いながら言った。

「まさか、余にワッパと呼ばれたことが気に入らぬのではあるまいな」

「はい、実は、その、まさかでございます。そのお言葉、気に入りませぬ」

守隆は、顔を上げて、敢然と叫んだ。驚く父の顔がちらりと目に入ったが、（構うものか）と思った。

「私めには、守隆という名がございますれば」

すると、信長は、苦笑いして、

「ほう、そうか、モリタカか。許せ」

あっさりと、ワッパを撤回し、「それにしても、聞きしにまさる面白いワッパ、いや、若者よな。大隅守」と、言い直して、父を見た。

父・嘉隆は、顔面蒼白で、声もない。

が、やっと、細い声で答えた。

「なにせ、世間知らずの頑是《がんぜ》なき子ゆえ、ご無礼の段、平《ひら》にお許しを願い奉ります」

日頃の父ではなかった。ひたすら這いつくばり、恐縮するばかり。だが信長は笑っていた。

「構わぬ。時に、モリタカ。そなた日頃から、学問の合間に海を見て飽きぬそうな。どこが面白いのだ」

「その未知なところでございます」

守隆は懸命に答えた。

「……潮の満ち干《みひ》から波とその色の変化、そして水平線の不思議まで」

「ほう、その水平線の不思議とは、いかなる不思議じゃ。申してみよ。聞いてやる」

信長は微笑まじりに言った。

「はい、では申し上げます。第一に、水平線は、沖に出れば出るほど、際限なく去っていくと聞きました。本当でございましょうか」

「本当だ。で、次の疑問は、なんじゃ」

「しかし、振り返れば、水平線は後ろにもある。そこには陸地が浮かんでおり、そこまでの距離は計れる。となると、同じ水平線が、前と後ろで違う距離ということになりはしませぬか」

「ならぬな」

信長は、そっけなく言った。

「違いますか？　なぜでございましょう」

「そなたが、後ろの水平線と陸地を一緒にして考えるのが間違いのもとだ。後ろの水平線は、陸地の更に先にある。だが、陸地が邪魔だてして、その先に去った水平線が見えぬだけのことじゃ」

「あっ」と思った。そう考えるべきだったのか。ガツンと殴られたような気がした。

「なんなら絵に描いて説明してやろうか」

「いえ、結構でございます。初めて解りましてございます。有り難うございました」

「となると、最初の疑問、沖の水平線が、行けば行くほど去っていく。疑問はこれだけか？」

「いえ、欲を言えば、浜で見た時に、前に拡がる水平線までの距離が知りとうございますが」

「よかろう。では、モリタカ。そこで立ってみよ」

「立つのでございますか」

「そうだ、そのまま立て。余に遠慮は要らぬ」

守隆は、仕方なく立った。じっと、その背丈を目測していた信長は言った。

「そなたの目線での水平線は、一里（約四キロ）。恐らくその三分の二ぐらいのところだろう。余の、ここからの目線での水平線なら、一里以上、一里半ほどになるが」

「それは、推測で申されるのでしょうか」

「愚かなことを申すな。余は証《あか》しのないことは言わぬ。この距離は、海の浜辺に立った場合と、山の中腹からの実際の遠望を比較の上で申しておる。この城の一番上の天守（閣）からの遠望では、水平線は十四里ほど先になる」

「それは初耳でございました」

「では、水平線が、船で行けば行くほど去っていく理由さえ解ればよいのだな、モリタカ。なれば、隣の部屋までついてまいれ」

ここで、守隆と一緒に行こうと、立ちかけた父・嘉隆は、あっさりと信長に差し止められた。

「モリタカ一人でよい。そちは遠慮せい。余は、この若者と話がしたい。この子が、どういうことに疑問を持つのかに興味がある。そちは、しばらく、ここで待て」

言われた嘉隆。声もなく平伏した。

信長が御座を降りると、西側の襖《ふすま》が、すっと、音もなく開いた。そのまま西の広縁に出た信長は、ずいと隣室に入る。

正面は墨絵の梅の図。反対側の付書院（出窓式の机）の腰部には、遠寺晩鐘《えんじばんしょう》の水墨画があったろう。

だが、守隆には、そんなものは目に入らなかった。ひたすら信長の顔だけを追っていた。

（これが、天魔の顔だろうか？）

違う、全く違う。宣教師が見せてくれた悪魔の顔とは、ほど遠い、色白の、女性だといわれても通るほど、のっぺりした細面《ほそおもて》であった。それに父が言ったとおり、とても四十代には見えなかった。

「あれを持って参れ」

信長は、守隆の後方からついてきた力丸に命じた。

「はい」と、答えた力丸。小走りに納戸に入り、すぐ細長い巻物を抱えて戻ってきた。

「よし、では、あれなる机の上にひろげよ」

部屋の東側に、唐製らしい大きな紫檀《したん》の机が、コの字型に置かれている。その上に巻物はひろげられた。なにやら球形の絵のようである。

「こちらに来て、余と一緒に立って、見よ」

恐る恐る机の前に、右府さまと二人並んだ。

球形の絵の中は、青と茶褐色の二色。なにやら細かい文字が書き込まれているが読めない。

「これはなんでございましょうか？」

「彼らはマパモンドと呼ぶ。和名はない。青色は海。茶褐色部分は、テラといって、我々の住む陸地を表す。全体がこのように球形になっておる」

当時のキリスト教は、マゼランの世界一周の成功（一五一九〜二二年）によって、しぶしぶ地球が丸いことを認めた。その成果がマパモンドとなった。現代でいう地球儀。その絵である。

「球形？　この世は球形ですか？」

守隆は、脳天を殴られたような衝撃を受けた。

「そうだ。球形だからこそ、遠くなるほど、ゆっくりと曲線が下がっていく。そこで、空と海が接触しているように見えるのだ。この理《ことわり》、解るな」

「はい」

「水平線とは、明の言葉でシェイ・ピン・シェン。南蛮の言葉ではホリゾンテ。覚えておくがよい」

信長の声が一段と優しくなっていた。

シェイ・ピン・シェン、ホリゾンテ――。守隆は、熱に浮かされたように、口の中で、何度も外来語の「水平線」を繰り返した。

じっと、その様子を見ていた信長。「そこで、先ほどの水平線までの距離だが」と、顎《あご》をなぜながらつぶやき、「そなたは、今、この球形の頂点に立っていると考えよ。そして目の前の大海原を見据えていると思うがよい」と、付け加えた。

「実際のテラ（地面）は大きな球形だ。その先は曲線を描いて下がっている。しかし、さきほど申したとおり、意外に、そこまでの距離は短いのだ」

「この絵からもなんとなく、それは解ります。しかし、解らないのは、水面が下がっていることとの不思議です。下がっているなら、なぜ、海水は、球形から流れ落ちないのでしょうか」

「うむ、それは――」

信長は、腕を組んだまま、うめいた。

キリスト教は、当時、地球が丸いことを渋々認めた。だが、あくまで天動説に固執した。当然、彼らから教わる信長の知識もそこからは出ない。

「余も、同じ疑問を宣教師にぶつけた。が、答えはなかった。神の御業《みわざ》だ、というだけだ。愚かな！　そんなことでは余は納得できぬ。ところでテラが球体という証しだが、余は、秘かに一計を試みた」

「聞かせてください。どのような試みですか」

「ある晴れた日。余は、国中から遠目の利く者を、十人ほど選んで海岸に立たせた。そして、前方、真正面から船を回遊させて、最初に見えるものを全員に描かせたのだ。すると、どうだ」

信長は、守隆の顔を孔《あな》の開くほど見つめながら続けた。

「驚いたことに、全員が全員、最初に描いたのは、船の舳先の鉄の大碇《おおいかり》ではなく、後方の帆桁《ほげた》(帆を張る横棒)だった。さらに、赤白の二張帆《にちょうら》の船の場合は、全員が、後《うしろ》の高い赤帆の方を先に描いた。なぜか」

「この世が完全な平面なら、船は舳先から見えて来るはずです。それが、後方の帆桁や赤帆が先に見えたということは、船が、下から上に上がってきている証拠。球体だという証しでございましょうか」

「でかした。よくぞ解いたな。この理を」

信長は目を細めて、守隆を褒《ほ》めた。

「でも、どのくらいの大きさの球体なのでしょうか。このテラは」

守隆は、食い下がった。

「およそ一万里の大きさと彼らは申しておる」

「一万里（約四万キロ）！　そんなことまで彼らは、計算して、知り尽くしているのですか」

「どうもそうらしい。我等の無知を笑うような軽蔑した口ぶりで、余は言われたわ」

「おそろしゅうございますな。南蛮人とは」

「全くだ。それにくらべ、この国の者は、こういうことの調べに、なんと遅れていることか」

信長は、心底から悔しそうにつぶやいた。

信長が、マパモンドの絵を見せられたのは三年前。キリスト教の布教許可を願い出た宣教師から、「引き出物」として献上されたのが最初である。

その時は、持ち前の負けず嫌いから、何くわぬ顔で、彼らの話を聞き流した。だが、内心、そこにある彼我の技術や知識の差に絶望的な、ある種の、「いらだち」を感じたのであった。

ところが、信長の「いらだち」を理解する者は、この国では皆無だった。皆、マパモンドの話をしても、珍しがるか、ポカンとして感心するばかり。そこに、この国の置かれている、後進性の悔しさを感じとるものはいなかった。

初めて信長は、この少年に、自分と同じ悔しさを知る男を見いだした気がしたのであろう。

「モリタカ」と、しんみりした口調で問いかけた。

「この他にも、そちに見せたいものがある。こちらに来るがよい」

連れていかれたのは、「梅の間」の東奥の納戸の十二畳。信長の寝所《しんじょ》である。寝床は、膝の高さほどの木製の高床であった。

横幅が一間半（当時の一間は約二・一メートル）というから、後世でいう「ダブルベッド」である。その周囲の台に、うずたかく書類が積み上がっていた。右府さまは寝ながら読むのだろうか。

「見るがいい。そこな書面を」

言われて、そのいくつかを手にとった。

「見てのとおり、これは全国の暦《こよみ》じゃ。八種類以上ある。よく読めば解るが、日にちまでまちまちだ。余は、尾張にいたときは気付かなかったが、ここ安土に来て、全国の我が軍に登城を命じて初めて知った。皆、登城日が違うのだ。各地で暦が異なるせいよ。こんな愚かなことでは、到底、天下の統一など思いもよらぬ。のう、モリタカ、そうは思わぬか」

信長は、本心、怒り狂っていた。

信長の怒りの静まるのを、しばらく待って、恐る恐る守隆は、訊ねた。

「では、南蛮には、暦は幾つあるのでしょうか」

先ほど見た球形の絵では、南蛮のテラ（地面）の広さは、日本の数十倍もあった。さぞかし数多くの暦があるに違いない——。

だが、信長は薄ら笑いを浮かべた。

「それが、一つなのだ」

「えっ！　一つですか」

「そうだ。細かく言えば、宗教の違いで、二つや三つの違いがあるらしいが、もとは一つだと聞いた」

「だれが、それを編纂《へんさん》しているのでしょうか」

「王だ。正しい暦を策定するのは、王の権であり、務めと聞いた。これは唐や明でも同じだ」

「となると、我が国でいえば？」

「京都におわす帝《みかど》ということになる。だがな、モリタカ。この国の帝のもとで暦造りをする連中は無能者ぞろいだ。昔は、遣隋使《けんずいし》や遣唐使を送って新しい暦の技術を教えてもらっていたから、まだよかったのだろう。だが、この千年あまり、遣唐使を送ることを止めてからは、暦の策定に工夫が欠けている。そのせいで、暦と農民の季節感が、まるで合わない。それなのに、奴らは独自で、なに一つ暦の改良をしようとしない。余が何度、朝廷に暦の改訂を申し入れしても、言を左右にして逃げるばかりなのだ」

信長は大きくため息をついた。が、やがて、思い直したように微笑を取り戻した。

「話がだいぶそれたな。続きは、そなたが、もそっと大きゅうなってから改めて、十年後、いや、五年後としよう。そなただけは、余の、この国の統一の苦しみが理解できそうだからな」

「はい、有り難き幸せにございます」

でも、いまでも、なんとか解ります。右府さまの、お苦しみは――、そう言いたかった。

が、守隆は、ぐっとこらえた。(人生は長い。それに、この方の、お苦しみを、本当に理解するには、勉強がたりない)そう思った。

そんな思いにふける間に、信長は、納戸の出口に戻っていた。

「モリタカ、帰るか、鵝の間に」

「はい」

「よかろう。では行け。そなたの父が、息子を、この天魔に喰い殺されてしまった、とでも思って、ビクビクして待っているに違いないからな。わははははは」

あっ、と思った。

右府さまは、自分が「天魔」と恐れられているのを知っていた。そして、それを平然と笑い捨てているのであった。

(なんとすごい、お方だろう)と思った。

守隆が、「鵜の間」に戻ると、父一人が、ほっとした表情で守隆を迎えた。

「無事か。なにも変わったことはなかったか」

ぶっきらぼうな、しかし、なにか守隆の姿を舐めるような目つきで訊ねてきた。

「はい、別に、なにもございませぬ。なぜでございますか、その、いぶかしげな、お訊ねは」

「いや、なにもなければそれでよいのだ。では、おいとまとするか」


七曲がり道の帰路、父は、右府さまとの話の内容を知りたがった。

だが、守隆は、「水平線の話です。それが、なぜ沖に出れば出るほど先に去ってしまうのか。その説明を、承りました」とだけ答えた。

奥の寝所での「暦」の話は、もっと勉強しなくては父にも説明できない。それに、これは右府さまと再会するまでの秘密として取っておきたい気がした。

「で、右府さまの、ご説明を、そなたは理解できたのじゃな」

「はい、十分に納得いたしました」

「ほう、その年齢で、たいしたものだ。で、どのような説明だったかな」

「口だけでは無理でございます。後で、絵に描いて、ご説明いたしますが」

「そうか、わかった。で、言われていたような、なにか新しいものを見せていただけたか」

「はい、マパモンドという不思議な絵でございました」

「マパモンド？　ああ、あれか」

「父上は、すでに、ご覧になっているので？」

「見た。三年前だ。だが、謁見の間の末席にはべっていたため、右府さまの言葉が、よく聞こえぬまま、とんと理解できなかった。いずれ、そなたから教えてもらおう」

そんなことを言った父だが、やはり、安土城での別れとなった。父はどこに行くかも言わず消えた。残った守隆は、武吉にささやいた。

「帰りに金剛證寺《こんごうしょうじ》に寄って帰ろう。今学問を教えて下さっている先生は、この寺のご出身の俊英だし」

だが心中では、全く別のことを考えていた。

帰路は、往路と同じく八風峠とした。

だが、桑名からは陸路を取って南下した。津、松坂を経て伊勢に入ると、護衛の六人を去らせた。後は武吉と二人だけである。

ここで、守隆は、初めて本心を切り出した。

「じい、おれの言うことを聞け」

「ご命令とあらば」

「命令じゃ」

「では、申されませ」

武吉は笑顔で答える。

「おれは、伊勢大湊で父が鉄を作る所が見たい。案内してくれぬか」

途端に、武吉の顔が変わった。

「なりませぬ」

笑顔が消えていた。

「なぜ聞けぬ」

「お館さまの厳命でございます。領外の者はもとより、領内の何人《なんぴと》といえど、鉄を作る現場を見せてはならぬとの、きついお達しでございます」

「そこを、なんとかならぬか」

「いえ。それだけは、ご勘弁願います」

「いつになったら見られるのか」

「守隆さまが、正式に後継ぎになられた時でございましょうか」

「それでは遅すぎるのだ」

「そう申されましても、金輪際ダメでございます」

武吉は頑固だ。言い出したらテコでも動かない。

「では仕方がない。諦める」

ここは、一旦引くしかない。別の方法を考えよう、と守隆は秘かに思い直した。

「では、金剛證寺に参ろう。明叟《めいそう》（十一世住職）さまとは、この一年ほど、お目にかかっていないからな」

金剛證寺。山号を勝峰山《しょうほうざん》といい、朝熊《あさま》山《やま》の南、経《きょう》ケ峰《みね》の東腹にある。創建は六世紀半ば、欽明《きんめい》天皇が僧・暁台《ぎょうだい》に命じて明星堂《みょうじょうどう》を建てたのが初めといわれる日本最古の古《こ》刹《さつ》である。平安時代は、弘法大師によって堂宇《どうう》が建立され、密教修行の大道場として隆盛を極めたが、その後衰微。これを嘆いた鎌倉建長寺《けんちょうじ》の仏地禅師が再興し、以来禅寺となった。

守隆が訪ねた時の住職は、三年前に亡くなった十世忠英有恕《ちゅうえいゆうじょ》の後を継いだ十一世明叟。

後の元和の頃まで生きていたというから、逆算すると、まだ五十代早々の壮年であったろう。なかなかの論客であった。

金剛證寺に着くと、守隆は、明叟と挨拶を交わした後、安土城の織田信長に会いに行ったこと、そこで、この地上の形を絵で見たことなどを、かいつまんで話した。すると、

「うむ、やはり、そうだったのか」

と、明叟は複雑な顔をした。

「そうだったのか、と言われますと？」

守隆は、持ち前の好奇心で切り返した。

「いやさ」

明叟は、今度は、はっきり笑いを浮かべて答えた。

「……この寺の古い記録には、遣隋使、遣唐使を送り出したその後、帰国予定の七年ほどを経てから、九州の西端の海辺に立ち、何年もの間、一日千秋《いちじつせんしゅう》の想いで、使者の船の帰りを待っていた者の記録が、多数残っていた。いや、残っていたのだが……」

「と言われますと、今はない？」

「そう。なくなってしもうたわ。お前のオヤジの部下が、その信長とやらいう悪鬼のような軍団と一緒にやってきて、ここに勝手に寝泊まりした。その際、暖を取るために、古文書を燃やしてしまったのだ」

「えっ！　それは、なんともご無礼を」

こういう場合、息子として、なんと詫びたらいいのか解らなかった。

「が、まあ仕方がない。志摩を平定したあと、嘉隆は、その時のことを丁重に詫びにきた。当寺の先代さまは、最後まで、その無礼を許さなかったが、その後は、いろいろ面倒をみてもろうておるしな。ところで、拙僧の読んだ、その遣唐使を待っていた者たちの記録によればな――」

「はい」

「やはり、同じことが書いてあった。西からやって来る大船は、船の舳先よりも後方の帆柱から先に見えてきた。船は、まるで下から上にあがってくるように、見えたという。それを実際に海で実証したとは、信長めも、なかなかたいした者だ。拙僧には苦手な男だが、やはり、ただ者ではないな。天魔じゃな」

また、ここでも「天魔」という言葉が出た。

そんなふうに呼ばれる信長という人が、なんとも気の毒であった。

（そんな方ではありません。誤解です）

そう言いたかった。が——、

「天魔じゃよ。どう、そなたが弁護しようとも。そのような魔性がなければ、不思議を実証しようとする、そこまでの知恵は浮かばぬでな」

そう、言い切られて、守隆は沈黙した。

「あの男、神仏は信じぬだろう。それゆえ、どれほど多くの人を殺《あや》めようと、許すも許されぬもないと、高をくくっているに違いない。だが、この世には、天道という目に見えぬ約束ごとがある。きっと報いを受けような」

「天道！　でございますか」

「さよう。知らぬか」

「言葉だけは存じております。が、内容は、浅学にして存じませぬ。お教えいただけますか」

「よかろう。では待て」

明叟は、奥に引っ込むと、やがて、書とはいえないような、薄い手書きの書綴《かきつづ》りを持参した。

「これはな、『老子』あるいは『道徳経』と呼ばれる稀覯《きこう》（貴重な）書だ。字数にして、わずか五千字しかない。だが、これが、この世の一切を理解する大切な教えなのだ。一冊しかないので門外に出すわけにいかぬ。ここで写し取って帰るがよかろう。その前に一番重要な第二十五章の解説をしてやろう」

これが「物あり混成《こんせい》し、天地に先だって生ず。吾其の名を知らず。これを字《あざな》して道という」に始まる有名な天道の教えである。この世の創造主――神を問題としない、画期的な東洋哲学の、「道」の教えであった。

「この老子の教えの白眉《はくび》（もっとも優れているところ）はな、道を、視《み》れども見えず、これを聴けども聞こえず……混じて一となるという、感覚を超えた、万物の根源として捉《とら》えているところだ。これを天下の母と言っているのがすばらしい。神の子などというみすぼらしい裸男を勝手に押し立てる偏狭なヤソ教とは訳《わけ》が違う。この章の末尾を読んでみよ。勉学好きのそなたなら読めるであろう」

「ここですか」

守隆は、頷いて、明叟に指さされた箇所を、声を上げて読んだ。

「人は地に法《のっと》り、地は天に法り、天は道に法り、道は自然に法る」

「そうだ。つまり、人は与えられた自然の法則に従って疑うことなく生きよ、というのだ。さしずめ、人は地の法則に従って生きればよい」

「難しくて、まだ、なんとも理解できませんが」

守隆は正直に答えた。

「今に解るようになる。それまでは、もそっと身近なこととして話してきかせようか」

「お願いします」

「例えば、そなたの父がことじゃ」

「父がなにか？」

「あたふたと出世しすぎる。志摩に戻ったと思ったら天魔のお陰で、いきなり大名だそうな。それも朝廷から従五位下まで賜わったとか」

「いけませぬか」

父の生き方をすべて肯定しているわけではない。が、自分なりに懸命に生きている父を、なぜ批判するのか。守隆は、キッとなって身構えた。

「いかぬとはいわぬ。問題は、出世が目立ち過ぎると周囲からねたまれるということだ。使われる者の心得としても、老子さまは、面白い喩《たと》えを挙げて、こう言われておる。こうだ。肉桂《にっけい》（クスノキ科の常緑木）は、なまじ食料になればこそ、伐《き》られ、漆《うるし》の木は、有用なればこそ皮をはがれると。幸い、今の織田家には、もっと目立つ出世頭が二人おるから、そなたの父は、あまり目立たぬが、有用もほどほどでないと、身の破滅になると忠告したいのだ」

「わかりました。父にそう申しておきます。で、その時の参考に、もっと目立つ出世頭という、お二人の名前も、お聞かせ願えませぬか。私の胸の内だけにとどめておきまするが」

「ならば言おう。明智と羽柴よ。さしずめ織田家の肉桂と漆の木じゃ。この二人が今後どう動くか」

明叟は意味ありげに微笑した。

第二章　動乱のきざし

天正《てんしょう》七年（一五七九）一月下旬。

九鬼守隆は、安土から志摩・鳥羽砦に戻った。

不在中に、それまで田城《たじょう》砦から出向いていた九鬼本家の者たちが去り、砦内の主だった者は、父・嘉隆の子飼いで占められていた。

これに伴い、守隆の守り役・磯部武吉は納戸《なんど》役の組頭筆頭に出世。守隆から離れていった。

だが、幼い守隆は、鳥羽砦の人事などに関心はない。武吉がいなくなったのは寂しかったが、むしろ解放感の方が強かったくらいである。

以後、守隆は、読み書き、海洋気象、算勘《さんかん》（算数）の勉強を続ける一方、五年後の右府さまとの再会を夢見て、秘かに暦の研究を始めた。

もっとも金剛證寺《こんごうしょうじ》の住職明叟《めいそう》が送ってくれる暦の参考資料は、基礎知識が不足しており、正直のところ歯が立たなかった。

そんな勉学一途の守隆の日常の障碍《しょうがい》になったのは、滝川一益《たきがわいちます》の部下たちの存在である。後見をカサに威張り、九鬼一族を軽んじた。一益自身も、時々、長島城から「視察」と称して、突然やってきては、砦の内部を偉そうにして見て回った。

当時、五十五歳。

甲賀出身の忍びの出だとの説が有力であった。

だが、本人は、信長公の尾張時代からの譜代の家臣であるようなことを吹聴していた。

それだけに態度が大きく、権高《けんだか》である。

ある日、一益は、守隆の部屋に無断で入ってきて、机の上にひろげてあった書類をじろじろと眺めるという出しゃばりを演じた。

（無礼な！）とは思ったが、父からは、（あのお方には多大の恩義がある。無理難題を言われようと、一切逆らうな）と、厳しく戒《いまし》められている。

一益の口ききで、右府さまの恩顧を蒙《こうむ》るようになったのは、まぎれもない事実である。

「和子、これはなんじゃ」

一益は偉そうに守隆を睨んだ。

「暦でございます」

守隆は、ひるむことなく一益を見た。

だが、一益は、

「暦？　そんなことは解っとるわい。暦など学んでどうするのかと訊ねておるのだ。それともなにか、占い師にでもなる積もりか。益体《やくたい》（役に立つこと）もないことよ」

げらげらと笑った。

暦は日を数え読むこと（カヨミ）を語源とする。そんな俗説があったように、当時の一般人には、日を越えて、何年だとか、何の月だとかいう「時の推移」を考える感覚は極めて乏しかった。

特に農民層である。農夫は、十年一日のように、暦ではなく、周囲の自然の中の花の咲きようで農作の進行を決めた。

広く行動基準としたのはコブシの花である。

それが咲いたら田打ちを始め、畠豆（大豆）をまく。言うなれば「自然暦《しぜんごよみ》」。

農民層から成り上がった武士の知識も、似たようなものだった。暦というものに年・月・日を数え立てることより、「時運」を計ることに重きをおいたふしがある。

そこから怪しげな「占い師」が輩出した。

特に忍者は、自分を売り込むために、暦を占いの道具とすることが多かった。一益が、暦を見て「占い師になる積もりか」と言ったのは、忍者の郷・甲賀の出身だからであろう。

守隆は、最初から、こんな滝川を、まともに相手にする気はない。

「勉学に倦《あ》いたための、ほんの気分直しに過ぎませぬ。申し訳ありませぬ」

めんどくさくなった守隆は、そう答えて、暦の書類を、そそくさとしまい込んだ。

「つまらぬことに時を費やすな。そなたの父からも、こんこんと言われておる。勉学に励め」

一益は、プリプリして出て行った。

この話が、どうやら父に告げ口されたらしい。しばらくして、父から叱責の手紙が届いた。

やむなく守隆は、もう一度、「海を眺める」ことを口実に、海岸近くの小さな祠《ほこら》に行くことにした。本当は、右府さまと会って以来、海を眺める興味は失せていた。また、鳥羽から眺める海は、対岸が近く、守隆の夢が拡がるような大海原ではなかった。祠は、もっぱら暦の勉学を続けるための隠れ部屋であった。

そんなところに、ある日、一人の青年が守隆付きの従者に案内されてやってきたのである。

「金剛證寺の明叟《めいそう》さまのご下命《かめい》で、伊勢神宮の外宮《げくう》から参りました。中北左京《なかきたさきょう》にございます」

年の頃は三十前半。黒い頭巾をかぶり、白色の着流しであった。着物には唐草小紋が総模様に摺《す》られ、胸の辺りに、官人（役人）であることを示すのであろうか、菊の紋が浮かんでいた。

伊勢外宮の暦師十四人の末席を汚《けが》す者だと称した。その謙虚な低姿勢に、守隆は、青年の、すがすがしさを感じとった。

「有り難うございます。こんなムサ苦しいところまで、わざわざお越しいただくとは」

「いえ、いえ、勉学は一人にかぎります。いいところではありませぬか。横窓も開いていて読書には明るいし」と、左京は屈託がない。

「横窓？　ああ、この岩の穴のことですか」

三箇所ほど、岩の裂け目のような穴があった。そこから松原越しに鳥羽海岸が望見できる。

「ところで、早速ですが」

左京は、背にした竹の葛籠《つづら》から書類を出すと、守隆の前にひろげた。

「今年の伊勢暦でございます。お納め下さい」

「伊勢暦というと、伊勢で作られる暦ですか？」

「はい。昔は京暦を檀家《だんか》（伊勢神宮を支える信徒）さまに、お配りしておりました。が、この三十年ほど前から、考究を重ね、ようやく独自の暦が作れるようになりました」

「京暦をやめた理由はなんでしょうか」

「昔のことで、その辺の経緯は存じませぬ」

「京暦より正確だということでしょうか？」

守隆は追い打ちをかけた。が、

「さあ、それもなんとも申し上げられませぬ」

と、かわされた。

なにか、内輪の事情がありそうだった。

「では、お願いします」

仕方なくそういうと、

「その前に、この国で暦の作られてきた歴史を、すこし、お話ししておきましょうか」

と、相手が——子供と思ったせいか——噛んで含めるように話し始めた。

話の内容はこうだった。大化の改新から平安中・末期まで、暦は毎年朝廷の陰陽《おんみょう》寮《りょう》（朝廷の天文を司る官職）で作られた。官人が総動員で筆写したが、それも数に限りがあったから、配布先は、中央・地方の神社の宮司《ぐうじ》に限られた。

貴族や豪族たちは、これを筆写するだけ。庶民は、その存在すら知らなかった。自然暦になったのは、当然のこと、というのであった。

「しかし、木版摺《ず》り（木版による印刷）が普及し始めた平安末から暦の需要が増える一方で、地方独自の暦が現れ始めましてな」と、左京。

「なぜ独自の暦を作ったのでしょう」

ここで、守隆は、安土城で知った第一の疑問——暦の数の多さの不思議——を提起した。

すると、「それは……」と、すこし言いづらそうにしてから、左京は答えた。

「律令制の崩壊と関係すると思います。律令制の意味はお解りになりますか？」

「解ります。律は犯罪に関する法（現在の刑法）。令は民事に関する法（現在の民法）。朝廷が、隋《ずい》・唐にならって定めた法制です。その法制が武士の台頭で滅んだと教わりました」

「ほう」

左京は守隆の顔を見ながら言った。

「そこまでの知識がおありなら、話はし易《やす》い。早い話が、律令政治の崩壊と共に、そのもとであった守護の権威がなくなった。そこで、地方が、勝手に暦を作り始めたのです」

「勝手にと仰いますが、農事の実情に合わなかったところも多かったのではございませぬか」

「お小さいのに、そこまでの学識が、おありとは、恐れ入りました。確かに、その面もあります。では、もっと根本から話をしましょうか」

「お願いします」

「問題は農作業の時期との食い違いです。なぜ実情と合わなくなったのか。月齢を基に暦を作る以上、避けて通れない宿命なのです」

「宿命？　ですか」

ちらりと、右府さまの怒りの形相を思い浮かべた。宿命の筈《はず》はない。もしそうなら、右府さまにならって宿命とやらをねじ伏せるだけである。

守隆は、そう思った。

だが、左京は、首を左右に振った。

「月は、毎日、その姿を規則的に変えます。普通は、新月から満月を経て次の新月までの間は、ほぼ二十九日半でございます。従って、二十九日の小の月と、三十日の大の月を交互に並べれば、大体のところは、それでいいことになります。そうですね」

左京は一呼吸措《お》いて守隆の反応を確かめた。

「解ります。続けてください」

「しかし、このような月齢を基準とした十二カ月では、合算しても三百五十四日にしかなりません。異国の暦と比べ、十一日短いことが解りました。そこで、三年に一度、閏《うるう》月というものを挟むのです。これが安土の殿様（信長）には、お気に召さないのです」

「というと、皆様は、信長さまと、お会いになって、この点を話し合われているのですか？」

守隆は、ずばりと訊ねた。すると、

「いえ、私ごときは末席ゆえ、とても、とても、信長さまにお会いすることなどできませぬ。しかし、それで助かってはいますが」

「助かる？　なぜ」

守隆は、追う。

「信長さまの怒りの矛先は、もっぱら京朝廷の陰陽寮の方々です。我々の伊勢は、無風地帯。お蔭で、じっくりと勉強ができました」

左京は、首をすくめるようにして微笑した。

「そうですか。では、じっくり勉強した上で、いっそのこと、京朝廷より先に、月をもととする現在の不確かな暦を、おやめになったら」

「さてそれは、なかなか難しいでしょうね」

「どうしてですか。南蛮諸国でできることが、なぜ我々にできないのでしょう」

「それは――」

一瞬、口ごもった後、左京はさらに、注意深くゆっくりした口調になった。

「太陽と人とのかかわり合いは四季の他は日の出と日の入りだけです。しかし、月は刻々と姿を変えながら、私たち人の日常生活に影響を与えています。月との関係を断ち切ることは、我々が生きる上で賢明なこととは思いません」

「月は、そんなに私たちの生活と関係が深いのですか？」

「例えば、海の潮の満《み》ち干《ひ》です。この潮の差は、月齢によって大きく変わります。最大の潮の差は、新月と満月に現れます。海辺におられるのですから、私よりご存じですよね」

「そう言われればそうでした。大潮ですね」

「そう。逆に上弦と下弦のころは潮の差は小さく、小潮となります」

「はい、それも存じております」

なるほど、漁師の生活とも関係は深いのだ。

「潮の満ち干は、それだけでなく、我々人間の生死にも関係しています。ご存じですね。人は満ち潮で生まれ、引き潮で死ぬことを」

「それは知りませんでした」

「殺し合いは別ですよ。これは、浅ましい人間が勝手にすることですから」

左京は、冗談ぽく笑った。

「……それに、私の考究するところでは、なゐ《い》（地震）も、月の変化と関係しているように思います。どうも、月が、ぐっと満ちてくる七日あたりから満月（十五日）までのなゐが、これまでの記録では一番多いようです。断定はできませんが」

よく勉強している人だな、と守隆は思った。

「でも、なゐと月齢との関係は、はずれている例も結構ありますから、まだ考究中と考えておいて下さい。しかし、はずれているのは、日にちの記録の間違いではないかとも思っています。逆に、漁業では、なゐの少ない新月のころが、イカの豊漁だと聞きましたが、本当ですか」

「それは、イカが月の光を嫌うからだ、と漁師から教わりましたが」

「初耳ですね。でも、なぜ月の光を嫌うのでしょう。漁師の松明《たいまつ》の光には寄ってくるのに」

　左京は、じっと考え込んだ。

　イカは月の光を嫌う。

「自分の醜い姿を嫌う、恥ずかしがり屋さんだからですよ。和子さま」

　守隆は、子供の頃、漁師あがりの侍女から、そんな話を聞いて育った。

　だが、それ以上の知識はなかった。

　左京が、こんな些細《ささい》なことに、一所懸命に考え込む様子を見て、守隆は感動した。

　同時に、

（この人は、これからも話し相手になる）

　と思った。そこで、

「今度、お会いするときまでにイカ漁の勉強はしておきましょう。それまで宿題ということで如何《いかが》ですか」と、お願いした。

「結構ですね。こちらからもお願いします」

「でも、まだまだ、暦のことは勉強したいし、次の機会も、お与えくださいますか」

　守隆は、この人を先生として勉強すれば、右府さまと話しあえるようになれる。暦問題の解決への道が拓《ひら》けそうな気がした。

「よろしゅうございます」

　左京も嬉しそうだ。

「では、ここで砦に戻って、お食事でも差し上げたいと存じますが」

このまま別れるのは惜しい。しかし、

「折角ですが、明日のこともありますれば」

と、左京は守隆の申し出に乗らなかった。

「明日？　なにか特別なご用がございますか」

「実は、我々暦師《こよみし》の生活は、毎日が気象の観測ですから、一日もゆるがせにはできないのです。今日のところは代わりの者に、頼んで参りましたが、明日は、自分で観測をしないと、気が済みませぬ。申し訳ありませんが」

「では、教えていただくには、参上したほうが、ご都合がよろしいということですね」

不意に、守隆は、自分の方から伊勢に行ってみたいという衝動に駆られた。

「そう願えれば、それに越したことはありません。お出掛けいただけますか」

左京は、さらに嬉しそうに言った。

「喜んで。私は、学問と武術を習うことだけが日課ですから、なんとでもなります」

「それはよかった」

「では、そういたしましょう。で、次回は？」

「すこし間がありますが、伊勢暦にある夏至《げし》のすこし前の夕刻に、お出下《いで》さいますか」

夏至。昼が最も長く、夜が最も短い日。

太陽暦の六月二十一日頃。当時の伊勢暦では五月末に当たる。

「それは、構いませんが、その夏至に、なにか特別な意味があるのでしょうか？」

「あります。お天気さえよければ、その夜、すばらしい夜景を、お見せできますので」

左京は、それ以上は言わなかった。

(すばらしい夜景ってなんだろう)

守隆には、いくら考えても解らない。が、我慢した。

「では、これで。次回を楽しみにしています」

左京との別れの後、守隆は、砦にいても、なんとなく気の抜けたような日々を過ごした。

そんな春先のある日、ひょっこりと磯部武吉が顔を出したのである。

「じいか、いいところに来た。どうしている」

「どうしているも、こうしているもありませんわい」

「というと？　忙しいのか」

「その反対ですわ。退屈で退屈で」

納戸役とは、名前こそ厳《いか》めしいが、お館さまの衣服や調度品の管理、それと部下への褒賞《ほうしょう》の品の取り揃えが、主な仕事だったらしい。

「女、子供のやることですわ。じいには、もっとも不向きな仕事で」

「なぜ、そんな仕事になったのかな」

「さあ、誰かの差し金でしょうか」

「誰か、というと？」

「それこそ誰かですわ」

武吉はそっぽを向いて答えなかった。

「そう言われれば、すこし太ったようだな」

「すこしどころではありませぬ。腹回りが二寸ほど拡がってブクブクでござる。なにもすることがないのに、メシばかり喰うからですわ」

寂しそうに笑う。

「では、腹ごなしに、槍の稽古でもするか」

「望むところで」

最初からその積もりで来たらしい。一瞬で、武吉は、いつもの笑顔に戻っていた。

九鬼家の武術は、鉄炮の訓練の他は槍と弓である。それも、もっぱら信長の好む長尺の槍が主であった。合戦では、短いより長い方が有利という信長の発想に沿ったものである。逆に、刀は小さ刀《がたな》の稽古。狭い屋内での自衛には、長尺の刀は不利。これも信長流の考え方である。

二人は、中庭に出ると、以前のように訓練用の長尺の木槍で相対した。だが、武吉は、この日は力加減しなかった。守隆は、何度挑戦しても、苦もなく槍先を巻き上げられ、両手の痺れるままに、槍を落とした。

「すこしお弱くなられましたな、和子さまは」

それを確かめたかったらしい。

にやにや笑っていた。

「いっそのこと、お身体に合った短槍《たんそう》を、お持ちなされ。ならば拙者の手許まで、かいくぐってきて、小さ刀で戦うこともできましょうに」

「いやだ。長槍じゃ。右府さまの言い付けだ」

「たとえ信長公の教えでも、身体に合わねば役にはたちませぬ。お館さまもそう仰せじゃ」

「父は長尺槍論者だ。そんな筈はないぞ」

守隆は構えた長尺の槍を立てかけて言った。

「どうやら宗旨替えされたようでござるぞ。羽柴さまの囁《ささや》きで」

「羽柴さまって？　あの立ちまわりの上手な武将か」

「いえ、ただの立ちまわりの上手、下手だけのお方ではありませぬぞ、羽柴さまは」

「そうかな。では、明智さまというのはどういうお方だ」

「ほう、よくご存じですな、明智さまの名を」

「うん、ある方から、ちらりと聞いたのでな」

「全く羽柴さまと正反対の性分のようで」

「というと？」

「頭のよさでは双璧だといわれております。が、行動は慎重そのものです。羽柴さまのような即断即決はなさらず、あからさまな信長さまへの阿諛《あゆ》も申されませぬ。しかし、部下からの信頼は、家中一番との評判でございます」

「右府さまでも阿諛がお好きなのかな」

「それはもう、嫌いな殿様はおりませぬわい。皆、忠告や諫言《かんげん》より、おだての方が好ましいのですわ。信長さまも例外ではありませぬ」

「そうかな、そうは信じがたいが」

自分を天魔と自覚するような、あの右府さまに限って、そんなことはないと思いたかった。

が、それ以上は言えなかった。

「そこで話をまた明智さまに戻しますが……」

武吉は、襷《たすき》で括《くく》ってあった袂《たもと》の塵を払いながら続けた。納戸役をやっていると、主君の動きの報告の他にも、いろいろと、噂話が入ってくるらしい。

「不幸なことに、此度の中国攻めでは、丹波という難しい山岳戦線を割り当てられ、進軍がままならず、ほとほと困惑のご様子でございます。しかし、いずれは、時が解決いたしましょう。お館さまも、そう願っておられます」

「お館さま？　ほう、父上は明智さまに、お肩入れなされてか」

「どちらかと言えば明智さまの実直さが、お好みのようで。羽柴さまの要領の良さには、とても付いてゆけぬと、こぼしておられますゆえ」

「……」

息子から見た父は、結構立ち回りの上手な男に見えた。そんな父が、実直な上司が好みだとは意外だった。

「しかし、どちらにしても、このお二人がこれからの織田軍団の双璧でございましょう。それゆえ、近頃は、信長さまも、中国戦線は、この二人に任せきりで、すっかり手持ちぶさたのご様子。今は毎日が鷹狩りばかりだとか」

「そうか、お暇か」

「はい」

もう一度会いたい。

が、今会ったとしても、暦の勉強は不十分。やりこめられるだけであろう。

「では、父上はどうなのだ。相変わらず、鉄の船造りで、お忙しいのか」

「いえ、それがどうも、そんなことはないようですな」

武吉は微妙な顔で答えた。武吉は言わなかったが、この頃の信長はなぜか、あれほど熱を入れた鉄甲船造りから、すっかりさめていた。嘉隆は、石山（現在の大阪）本願寺の封鎖活動や、反乱した荒木村重《あらきむらしげ》の立て籠《こ》もる有岡《ありおか》などの諸城攻撃の海上輸送を担うだけで、活躍から見放されていたのである。

「では、滝川一益さまはどうだ」

「ああ、あれ」

武吉は、肩をすくめた。

口にこそ出さないが、あの人はいけませぬ、と言いたげな風情である。

「なぜだ。子供の頃から鉄炮の名手。この腕一本で仕官したのだと、威張っているようだが」

「ただの、ハッタリでございますよ。あのお方の子供の頃は、そもそも、この国に鉄炮はありませぬわい」

武吉は、苦々しげにつぶやいた。

守隆は、武吉から聞く噂話で、あらためて武吉を見直す気になった。

「どうだ。もう一度、俺のためのじいに戻らぬか」

守隆は膝を乗り出して訊ねた。

「それはもう願ったりでございますが。さて、戻れますかどうか」

「なぜじゃ」

「ここだけの話ですが、拙者を和子さまから引き離したのは、どうやら滝川さまらしゅうございますから」

「滝川さまが？　なぜじゃ」

「九鬼家の出世が憎いのでございましょうな」

「憎い？　我等がか」

「はい。しかし、これ以上は、このような中庭では申せませぬ。よろしかったら、和子さまのところに戻って納戸部屋でお話を」

「よかろう」

二人は、急遽《きゆうきよ》、館に戻り、守隆の納戸部屋の扉を閉ざして二人きりになった。

「ここなら大丈夫だ。じい、言ってくれ、腹蔵《ふくぞう》ない話をな。一体どうなのだ、滝川さまは」

「では申し上げます。滝川さまとは、我々は、かねてから二つの点で、すっきりしない関係がございました。一つは、九鬼家内部のいざこざへの関与。もう一つは、かの鉄甲船のもととなる鉄板造りの技の秘密との関係でございます」

「順を追って聞かせよ」

知らずしらずのうちに、守隆は、口調まで信長に似ていた。

「では、まずは、九鬼家の問題から」

武吉は、ここで声を落とした。

九鬼家内部のいざこざとは、分家である嘉隆一党の勃興《ぼっこう》によって起きた本家の澄隆《すみたか》との対立である。とは言っても、すでに実力だけでなく、財力、資力とも両者には雲泥の差があり、表だって澄隆は太刀打ちできない。

しかし、第三者の一益にとって、九鬼家が、このように「一枚岩でない」という事実は、絶好の切所（つけこむ箇所）であった。

自分の領土は、伊勢八郡のうちの五郡。一番地味《ちみ》も海岸線も豊かな志摩三郡が九鬼党に与えられているのが内心不満だった。

一方の九鬼本家の澄隆は、自分の実力不足を知って、口実を設けては一益に接近した。

あわよくば、一益の力を借りてでも叔父の嘉隆一党を排除したかった。両者の利害は、裏で、奇妙に一致していたのであった。

「ご本家は、どうやら裏で滝川さまと軍事で協定を結び、武器の貸与や水軍の訓練なども受けておられる様子。時々、鳥羽海岸のはるか彼方で合同演習までやっている疑惑がございます」

と、武吉。

「で、父はそれを、ご存じないのか」

「もちろん、このことは、我々から何度となく訴えております。しかし、全く動かれませぬ」

そんな一益の画策に、父は、文句一つ言えないのだろうか。情けない。

守隆は、ため息をついた。

「ため息だけですか、和子さまのご感想は」

「そうだ」

「それは、お情けない」

「じいの、いらだつ気持ちは解るがな。しかし、今の、この俺に、なにができるというのだ。なにをさせたいというのか。言ってみろ」

そこまで言うと、ようやく武吉は沈黙した。

薄暗くて、よくはわからなかったが、今にも泣きそうな顔をしているようだった。

「それにな……」

守隆は、右府さまのことを思い浮かべながら、武吉を慰める。

「船造りに長けた父だ。よほどのヘマでもない限り、この内輪もめは、たとえ表沙汰になっても、右府さまの父への信頼は揺らぐことにはならない。心配するな。そんなことより、じい、そちの言う滝川さまとの第二の問題に進もうぞ」

「えっ、なんでございましたかな」

武吉は、素っ頓狂な声を上げた。

「それ、鉄甲船の秘密と滝川さまとの関係よ」

「そうでした、そうでした。鉄甲船のことで、九鬼と滝川さまとの関係がぎくしゃくし始めたのは、昨年末の毛利水軍との戦いからでございましたな」

武吉は、ゆっくりした口調で語り始めた。

昨年十一月。毛利水軍は、石山本願寺への救援食糧の運び込みのため、大挙して和泉《いずみ》灘（現在の大阪湾）の木津川河口に姿を現した。三年前の天正四年（一五七六）四月に続く二度目の海上輸送であった。三年前の毛利軍迎撃戦では、信長は九鬼水軍の他に真《ま》鍋《なべ》七五三《しめ》兵衛《べえ》、沼野《ぬまの》伊賀守《いがのかみ》、宮崎《みやざき》鎌大夫《かまだゆう》、小畑《おばた》大隅守《おおすみのかみ》ら地元の和泉水軍で戦い、大敗を喫した。

毛利方八百艘に対し織田方は三百艘。この兵力差にもまして惨敗の原因となったのは、水軍の指揮系統の乱れと火器の差であった。

毛利方の村上水軍は、整然たる操船で、織田水軍を、時に分断し、あるいは包囲した上で、焙烙《ほうろく》火矢を投げ込んで、織田水軍船を完膚なきまでに焼き払ったのである。

焙烙とは、殷《いん》の王朝の最後の君主であった帝辛《ていしん》とその愛妾《あいしょう》が、見物を楽しむために開発した残酷な処刑方法である。そこから転じた火器が焙烙火矢である。火薬を布で包み、漆を塗った銅製の器に入れて、これに導火線を付けたもので、点火と同時に手で投げたり縄の先につけて織田方の船に放り込んだ。

言うなれば新型の破裂弾であった。

これに驚いて海に飛び込んだ織田の将兵は、ことごとく長槍で仕留められた。寄せ集めに過ぎなかった水軍とはいえ、真鍋七五三兵衛以下の幹部の悉《ことごと》くが戦死。織田水軍は壊滅した。

昨年十一月の二度目の迎撃戦は、信長にとって、二年余の工夫をこらした上の復讐戦であった。負けるわけにいかない。

信長が用意した秘策は二つ。

まず水軍の総指揮を九鬼嘉隆一人に預けたこと。そして第二の秘策が鉄甲船である。どちらも滝川一益の与《あずか》り知らぬところで決められ、実行された。これが一益の不満の種となった。

「つまりは、こういうことでございます」

武吉は、ここで、筆を取り出して、和泉灘の木津付近の海図らしきものを書き、その海上に不格好な矩形《くけい》を楕円形に六つ並べ、もう一つ、ぽつんと離れて、やや細い矩形を描いた。

「なんだ、このおかしな矩形は？」

守隆は、まず、六つの矩形を指さした。

「これは我等が大船の積もりでございます」

「では、こちらの仲間はずれの矩形はなんだ？　父上の旗艦か」

「いいえ、お館さまの旗艦は、この六艘の真ん中でございます」

「そうだろうな。とすると、まさか滝川さまの船ではなかろうな」

「いや、その、まさか、でございます」

「滝川さまの船を、のけものにしたのか」

「はい、さようで」

武吉は平然と答えた。

「なぜだ！」

理由如何《いかん》では、非はこちらになるのかもしれない。

「言ってみよ」

「理由は二つございます。一つは、海上での船の航行指揮は、お館さま、お一人の判断によらねばなりません。ましてや六艘もの大船で円陣を組む以上、その接触事故を防ぐには、相互連絡上、他人《ひと》さまの船は一切入れられませせぬ。このこと、信長さまのご了承も得てのことで」

「本当にご了承を得たのだろうな？」

「はい、ウソ偽《いつわ》りはありませぬ。この復讐戦の準備は、信長公とお館さまだけの二年余に亘る秘密作戦でございましたから。それを漏れ知った滝川さまが、信長公に談じ込み、信長公は仕方なく、滝川さまの顔を立てるために大船一艘の建造だけを許されました。だが、それ以上の関与はさせませんでした。まして鉄甲船造りまでは教えてはならぬということで、お館さまは、その指示通りにされたのでございます」

「というと滝川船は、普通の大船だったのか」

「さようで。しかも、白木でございました。大方、旗艦にでもなる積もりで、目立つようにと造られたに違いありません。ところが……」

「楕円形の隊形から外され、しかも旗艦でもないということで、怒り心頭に発したわけか」

「恐らく、そのようで」

「父が滝川船を排除した理由は解った。ところで、なぜ楕円形に船団を組んだのだ」

この返事に、武吉は、なにか言いにくい事情でもあるのか、また黙った。

しばらくして、武吉は漸《ようや》く重い口を開いた。

「実は、その楕円の船団の必要が、滝川さまの船をのけ者にせざるを得なかった第二の理由にかかわるのでございます」

「言ってくれ。決して他言はせぬ」

「その説明の前に、これだけは申し上げておかねばなりませぬ。実は、此度の我等が大船は、横幅が、とてつもなく広いのでございます」

「横幅が広い？　いかほどの広さだ」

「はい、ほとんど拙者の腹のようで」

武吉は、下手な洒落で答えた。

「そちの腹の幅ではわからぬ。尺度で申せ」

「失礼しました。では申し上げます。横幅七間（約十四・七メートル＝当時の一間は二・一メートル）、縦の長さは十二間でございます」

「なんとも不格好なものを造ったものだな。昔、右府さまが琵琶湖に浮かべて失敗したと言われる大船でも、横と縦の比は、一対四ぐらいだったと記憶するが」

「よくご存じで。さすがご勉強家で……」

「世辞は無用ぞ」

とは言ったが、すこし誇らしげに思ったのは事実である。なにしろ、守隆の生まれた元亀《げんき》四年（一五七三）のことである。この時、信長は、「一度に五千人運べるような大船を琵琶湖に浮かべよ」と、（後に）安土城を手がけることになる有名な宮大工・岡部《おかべ》又右衛門《またえもん》に命じて大船を造らせたのである。

　これが、長さ二十六間余（五十四・六メートル余）、幅六間余（十二・六メートル余）であった。

　しかし、一度、実戦（高島攻め）に使われただけで、すぐ解体された。以後、早船十艘に建造変えされている（『信長公記』）。

　おそらく、極端に横揺れに弱いことが判明したのだろう。この失敗体験が、今度の不格好な横幅の広い大船になったのだろう。

「まさにその通りで。それというのも、信長さまが、三段造りという極めて高い総矢倉を構え、その上から鉄炮や大筒を撃てるようにせよ、と、お館さまに命じられたからでございます」

「高い総矢倉なら、どうだというのだ」

「敵船から焙烙を投げられても、我等の巨艦の船上まではとどきませぬ」

「なるほど」

「そればかりでありませぬ。下から火矢を射《い》かけられても、高い矢倉なら船腹に刺さりませせぬ」

　武吉は、弓を空に向けて射る真似をした。角度が斜め下からなら火矢は刺さらずに落ちる。

「なるほどの理屈だ。しかし、それだけのことなら、お味方する滝川さまを、のけ者にしてまで隠すほどのことではないではないか」

「それがそうでもないので」

武吉は、言葉を濁した。

「もっとはっきり申してみよ」

「はい、実は……、それだけなら、確かに隠すほどのことではないのでございます。だが、ここで信長さまと我がお館さまは、秘密裏に、ある工夫をこらしたのでございます。工夫というより、目くらましと言ったほうが正しいのかも知れませぬが」

「なに！　目くらまし？　ダマシか」

「はい、実は、大船の総矢倉は黒漆で塗りつぶしただけでございました。この黒漆は、三年前に毛利水軍が使った焙烙の銅製の容れ物が黒い漆で塗られていたことから得た着想でございます。もっとも、できるだけ石の粉を漆にまぶし、火がつきにくくなるようなことは、あれこれと工夫したようでございますが……」

「鉄甲船ではなかった！　と言うのか」

守隆は、呆気《あっけ》にとられた。

「はい。もっとも矢の直進する喫水線《きっすいせん》付近には、横腹に小さな入り枠を設け、大湊《おおみなと》で造った鉄の小板を何枚かはめ込み、いかにも船全体が鉄の板貼りのように見せかけはしましたが」

「なぜ、そのような小細工を弄《ろう》したのだ」

「鉄の板を、大船の側面一杯に貼ることなど、到底できないことが、これまでの準備の途中で解ったからでございます。また焙烙の飛来する距離と高さ、あるいは火矢の刺さる角度などからして、そのように高い矢倉まで鉄板を貼る必要のないことも解りました。しかし、それが相手に知れれば、すぐ真似られる。そこで鉄甲ばりの船だ、と宣伝したのでございます。そして敵をだますには、まず味方から、ということで、滝川さまを船団の中に入れないことにしたのでございます。もちろん、滝川さまには、たたら造りの現場も視察させてはおりませぬ」

「では、伊勢大湊のたたら場はどうなった？」

「今は、跡形もありませぬ」

「木津河口で戦った六艘の黒い大船は？」

「これも、現地で解体され、すべての証拠は消しましてございます」

「なんと手回しのよいことだな。そういえば鉄甲船が鳥羽で完成した時も、俺は船卸し式（進水式）に呼んでもらえなかった。そのせいか」

守隆は初めて得心した。

「ここ鳥羽では、鉄甲船の船卸し式は一切致しておりませぬ。秘かに回航された大船のお披露目は堺で行いました。が、船上まで上って視察されたのは信長さま、お一人でございます。あとの方々は、遥か遠くからの望見を許されただけでございます。はい」

武吉は、神妙な顔で答えた。

九鬼嘉隆の大型鉄甲船が完成し、堺に回航された時の光景は、信長の唯一の伝記である『信長公記』の巻十一（天正六年）に、ちらりとだが記述がある。以下、肝腎のところを抽出し、現代文で掲げておく。

堺で大船を見る。
九月二十七日、九鬼右馬允《うまのすけ》の大船をご覧になるため、信長公は京都を発たれた。三十日明け方から堺に出掛けられた。近衛《このえ》（前久《さきひさ》）殿、細川殿、一色殿も同行した。九鬼右馬允は、かの大船を美しく飾り立て、のぼり・指物・幕をうちまわすなどして装った(中略)。信長公は、ただ一人で九鬼殿の大船へおのぼりになって見物され、それから今井宗久《いまいそうきゅう》の邸にお寄りになった。

これだけである。
嘉隆は、大船を巧みに飾り立て、上部の外壁の状況を完全に遮断したのであろう。信長は信長で、随行の近衛、細川、一色を連れることなく「ただ一人で」大船に上ったのである。何気ない記述だが、二人の、目くらましの苦心のほどが偲《しの》ばれる箇所である。

無理もなかった。その頃の鉄の圧延《あつえん》技術では、六艘の船の外壁に貼る鉄板を大量に造ることは不可能であった。また、仮にできたにせよ、当時の船の浅い喫水線（三～五メートル）では、鉄板の重さに加え、四千を超える兵、二百人以上の船の漕ぎ手、大筒や鉄炮などの武器、弾薬を積むことはできなかった。

ましで、鉄板をどのようにして外壁に貼り付けるか、という接着技となると、完全なお手上げだったのである。

武吉から本当の話を聞かされた守隆は、しばらくの間、あいた口がふさがらなかった。だが、怒りはなかった。むしろ逆である。

（右府さまという、お方は、やはり天魔だ。「魔の目くらまし師」なのだ）

と、実感したのであった。

——日頃は、余を恐れおののくようにしてやってくる癖に、こと天体や暦、テラ（地上）など、天空の話になると、全く違う。暗に薄ら笑いを浮かべ、余の無知をあざ笑うように、キリシタンどもは解説していくのだ——と、あのとき、右府さまは腹だたしげにいわれた。

もしかすると、この「目くらまし鉄甲船」は、毛利方を欺《あざむ》くだけでなく、そんな南蛮の連中をも、これで「一泡吹かせよう」としたのかも知れない。

守隆の空想は飛躍した。そう思うと、右府さまの会心の笑顔が、目の前に浮かぶようで、痛快だった。

「面白いものだな」

一人悦にいる守隆の言葉を、武吉は聞きとがめた。

「なにがそのように面白いのでございますか」

こちらは憮然とした顔である。

「なにがって、そうではないか」

守隆は、自分に言い聞かせるように呟いた。

「俺が、去年まで、海ばかり眺めていたのはな、じい、この狭い志摩という国の小さな砦の奪い合いに、コセコセするような、我等一族の生き方が嫌だったからだ」

「ほう、そんなことを、お考えでしたのか」

武吉は、あっけにとられたように、ぽかんと口をあけた。

守隆は、構わず続けた。

「それに比べ、海は広い。誰の物でもない大海原だ。その向こうには、美しい国もあれば、すぐれた文物の発達した国もあると聞いた。そういう国と仲良くし、お互いに自国に足りない物を補いあって、この国を、もっと、もっとゆたかにすることこそ、上に立つ者の、まことの生き方ではないのか。こんな、ちっぽけな領土は、兄や本家に呉《く》れてやってもいい。俺は一時、そんなことまで考えていた。だが、今、じいから嘘の鉄甲船の話を聞いて考えが変わった」

「ほう、いかように変わられましたか」

武吉は、口あんぐりを止《や》めて、ほれぼれとした顔に戻って守隆を見た。

「俺は今に自分の手で鉄甲船を造る。目くらましでなく本物の鉄の船だ。そして、右府さまや父と一緒に海外に行きたい。新しい知識や文物を求めるためにな。それには、ここ志摩は船を造るに、最もふさわしい場所のようだ。だから、ここは兄にも本家にも譲らぬ。そう決めた」

守隆は、まなじりを決して、そう宣言した。

鉄甲船の秘密を知ってからの守隆は、生き方をガラリと変えた。

まず砦の周辺を一人歩きしたり、海岸の洞窟にこもって一人で勉学することを止めた。万一を考えての身の安全のためである。身辺警備のためには、新たに四十人の親衛隊を組織した。

勉学には金剛證寺の明叟師に選んでもらった各界の師を、あまねく砦内に招くことにした。

更に、本家や異母兄の動きを秘かに監視する態勢を敷き、砦の防衛にまで注意を払うようになった。

そんな相談役として、武吉を手許に置くことを父に願い出て、その了承も得た。

そうこうしているうちに、待望の五月下旬になった。

「じい、出掛けるぞ」

守隆は、晴れ晴れとした声で武吉を呼んだ。

「どちらへ」と、まだ怪訝な顔の武吉。

「言ってはいなかったかな」

守隆はとぼけた。

「……伊勢神宮に参籠する。九鬼家の繁栄と遠征中の父の安全祈願のためだ。じいも付いてきてくれ」

「ご殊勝なこと。喜んで、お伴仕《つかまつ》ります」

なにも知らない武吉は、まだ納戸役との兼務が続いているが、嬉しそうな声で答えた。

二人が、親衛隊の半数を引き連れ、総勢二十人ほどで、軍団最初の小遠征を行ったのは、天正七年五月二十七日のことである。

途中、金剛證寺に寄った。

当時、伊勢神宮に参詣する者は、まず伊勢の鬼門を守るこの寺に詣でてから神宮に参るのが習わしであった。また、守隆にとっては、住職の明叟に、中北左京《なかきたさきよう》を引き合わせてくれた礼を述べるためでもある。

明叟は、快く守隆を請《しよう》じ入れただけでなく、守隆の、本当の参宮目的を、すでに知っていたようである。

「当夜が、快晴で、雲一つない夜になるよう、護摩《ごま》をたいて祈りましょう」と言ってくれた。

しかし、天候になにが関係するのかまでは、相変わらず、明かしてはくれなかった。

守隆の一行が伊勢山田原《やまだがはら》の豊受《とようけ》大神宮（外宮）に、中北左京を訪ねたのは、同二十七日夕刻である。武吉の助言を容れ、一行は、内宮近隣の繁華街の宿で食事を取った。その後、武吉と数人の側近だけでの密行となった。

あらかじめ連絡は入れてあったのだが、この夜の左京は観測行のため不在だった。

「現地にて、お待ち申し上げます」

との伝言だけが残っていた。

若い官人に案内された「現地」とは、五十《い》鈴《すず》川にかかる宇治橋の西の畔《ほとり》であった。

松明《たいまつ》片手に、のっそりと出てきた左京は、見違えるほど、やつれて見えた。

「この一カ月ほど、ここに交替で野営しておりますれば、これ、このようにむさくるしい態《てい》にて、失礼仕ります」

髭《ひげ》ぼうぼうの顔をさすって微笑した。

宇治橋は、神聖な川として伝えられる五十鈴川に架かる橋である。長さ百一・八メートル、幅八・四メートル。純日本風の橋だ。

室町時代、足利義教によって造営され、以後二十年毎に造り替えられてきた。

「月の出が、この橋の端から端までの直線上の島路《しまじ》山の杜《もり》から昇る間が、我ら伊勢の暦策定者の勝負時でございます」と、左京は手にした松明を高くあげ、橋筋を指さして言った。

「そして、この橋の中央の、まっすぐ先の杜《もり》の上から、細い、かすかな月が昇る日。それが夏至の日に当たります」

「えっ、本当ですか！」

守隆は、驚きの声を上げ、改めて左京の松明の照らす宇治橋を眺めた。

「そんなこと、誰が、いつ、どうやって考えつき、この橋を造ったのでしょうか」

「さて、残念ながら伊勢大神宮の史録にも、橋を造営された足利将軍さまの記録にも、この件の記述は見つかりませぬ。あくまで伝承でございます。しかし、我等の検証では、まぎれもない事実でございました。この宇治橋の不思議あるがゆえに、伊勢暦は、本朝にて、唯一、一番正確な暦となるのでございます」

左京は、心持ち胸を張って言った。

「で、今夜は如何で？」

守隆は、今度は、松明を退け、橋の前方を見すかした。が、真っ暗でなにも見えない。

「残念ながら、今夜は雲が多く、見ることかないませぬ」

一転、すまなそうな声になった。

「今夜は、と言われると昨夜はどうでした？」

「昨夜もダメでした」

「明日、明後日は如何でしょうか」

「さて、この雲行きでは、ここ数日の天候はぐずつくかもしれませぬ」

ダメか。どうやら明叟の護摩も通じなかったらしい。

「折角、和子さまに、お出いただいたのに、申し訳ありませぬ」

　左京は消え入りそうな声になった。

「いえ、こればかりは、人の力では、どうにもならないこと。でも、その後は？」

「水無月《みなづき》（六月）からは新月となり、月は隠れてしまいます。しかし、この十日ほどの月の出の記録から、十分、夏至当夜の推計をすることは可能です。ご安心ください。それに今はダメでも、次の機会がございますれば」

「次の機会と申されますと、一年先で？」

「いえ、次は冬至《とうじ》でございます」

「冬至？　冬至の夜も、月が、この橋の真上を昇るのでしょうか」

「いいえ、冬至の時は、月でなく朝日でございます」

「朝日！　ですか」

「はい、冬至の夜明けには、島路山の杜から昇る朝日が、皇大神宮《こうたいじんぐう》（内宮）正門の鳥居の中央と宇治橋の中央と、ぴたり一直線になります。それによって、私どもは冬至の日を知ることができるのでございます」

「またしても不思議でございますね」

　古人の知恵であろうか。それにしては、あまりにも素晴らしい仕組みだと思った。

「まさか金剛證寺の弘法大師さまの、お知恵ではございませんでしょうね」

「案外そうかも知れませぬ。しかし、いずれにせよ、冬至の陽光の方が、天気さえ良ければ、月より確実に観測できますので計測が容易でございます。此度に懲《こ》りずに、もう一度、当地に挑戦ねがえますか」

「ご迷惑でなければ喜んで、何度でも」

その頃からポツポツと小雨まで降り出した。

「今夜のところはこれで諦めて戻りましょう」

左京は肩を落として呟いた。

陰陽寮に戻ると、左京は、それから早い朝食を取った。その後、しばしの間、守隆は、二人だけの歓談の時を持った。やがて、

「ところで」

と、左京が改めて口を開いた。

「一つ、不躾《ぶしつけ》なお訊ねをしてもよろしゅうございますか」と左京。

「どうぞ、なんなりと」

守隆は、気軽に答える。

「まず、お小さい九鬼の和子さまが、なぜ、暦などに興味を持たれるのか。これは、私だけの関心ではございませぬ。差し支えなければ、ここで、お漏らし願えませぬか」

膝を乗り出すようにして訊ねる左京は真剣そのものであった。

「はい」

頷いてはみたものの、守隆は、五年後の信長公との再会のための勉強、とまでは、ま

だ言いたくなかった。

確かに、伊勢暦は、他の暦にない「伝承の不思議」に依拠《いきょ》した長所があるようだ。このことは、おぼろげに解った。しかし、その長所は、あくまで受け身である。南蛮の暦のように自分たちの「頭と知恵」で割り出した計測ではない。それでは南蛮暦を克服できないだろう。

守隆は続けた。

「信長公の天下統一の暁《あかつき》には、いずれにせよ暦の統一が欠かせませぬ。その時、どの暦に依拠すべきかは、十分な話し合いが必要になります。その場合、伊勢暦が信頼度の高い有力なものとなるでしょう。しかし、果たして他の暦師から納得がいただけるかどうか」

「と、申されますと、なにか不足でも？」

「他国の暦にも、伊勢暦の宇治橋のような、なにかもとになるものがあるのではありませぬか」

こう言って、守隆はじっと左京を見つめた。

「なるほど」

左京は膝を打った。

「……そこまでは考えませんでした。自分の暦のことだけで頭がいっぱいでした。そういえば、北陸の白山《しらやま》にも同じような指標があるやに聞いたことがあります。しかし、定かではありませぬ」

「しかし、そうなるとこれから後、天下を統一される方のもとで、いつかは暦の統一について、関係する方々が意見の交換をする場を持たねばなりません。天上天下に自分の暦だけが正しいと思ってはいけないと考えますが、如何で？」

「解りました。他の暦師にも、和子さまの、お話をよく伝えて、相談してみます。しかし、天上天下と言えば……」

左京は、ここで、一呼吸措いて、守隆の顔を、まじまじと見つめた。

「あのように、朝廷の陰陽寮の方々に、人もなげな態度を取られる方に、天下統一が、果たして、できるものでございましょうか」

不意を突かれ、守隆は答えに詰まった。

「そんなにひどい態度を取られるのですか、信長さまは」と、かろうじてそれだけを答えた。

「それはもう、御所の陰陽師さまにむかっては、話の他は悪口雑言だそうで。挙げ句には、こんな盆地にいては、まっとうな天象の観測ができる筈はない。今上《きんじょう》（天皇）さまを、お連れして、二年内に、余の安土に移れ、とまで申されたそうで」

「ほう、二年内に安土へこいと、期限まで突きつけたのですか。それはまたなぜ」

「なんでも、南蛮国では、三年後の天正十年秋に、暦の大改革が進められるそうでございます。それにあわせて、この国の暦も改めたい。ついては、そのための受け入れ態勢を、できるだけ早く整えなければならぬのだ、と申された由《よし》にうかがいましたが」

「で、この件について左京さまの御本心は？」

「とても無理でございましょう」

「でも改革の必要はあるでしょう」

「それは……認めますが」

「実際に、伊勢暦の、ここ宇治橋の観測点についても、いずれ問題は生じると思いますよ」

「と申されますと？」

「五十年後、宇治橋の彼方の杜の木々が成長して高くなりすぎたらどうなりましょう。陽光が上がりすぎては、その時、鳥居の中央と宇治橋の中央が一直線の光で結ばれるかどうかの判別もできなくなるのではありませんか」

左京は、あっと声を上げた。

「島路山の杜の木が伸びすぎて高くなったら、伊勢神宮にお頼みして、上の方の梢《こずえ》を切らせていただきますが……」

左京は懸命に弁解した。

が、守隆は、頭を振った。

「それだけでは、年々不確かになる一方でしょうね。私は、志摩の波切湊の夜明けに海辺に立ち、海から昇る陽光が、日の出と共に、こちらにむかって、一直線に走ってくる光景を眺めながら育ちました。だから杜の上から、すでに昇りきった陽光の射す光では、冬至を知るには、確実だとは思えないのです。いっそのこと、杜を切り開いて、遠い地平線と結ぶことまでなさるなら話は別ですが」

「それは、この神域では、到底望めません」

「ならば、全方向を展望できる安土城の、高い天守（閣）から観測する方が、より正確なのではないでしょうか。それなら夏至と冬至の二点だけでなく、各月で日や月の出る方向を知り、しかも、南蛮渡来の『時のカラクリ』を使えば、その日、その日の、日の出と日の入りの刻まで知ることができましょう。違いますか」

「ということは、我々に安土に行けと仰るのでございますか」

　左京は目をむいた。

「そうまでは申しませぬ。別のよい場所が京付近にあるなら、そこでも結構。しかし、正しい暦を民に授けることが帝王の役目であるとするなら、朝廷の陰陽師は、吉凶占いなどにうつつを抜かすことを止め、早く正道に戻らねばなりませぬ。菅原道真公が、遣唐使を止めた時から七百年近くなり、新しい暦法の海外からの導入の道が断たれて、暦の誤差は年々ひどくなる一方だと聞いております。皆様も、それだけのお覚悟が必要なのではありませぬか」

　左京は押し黙ったままとなった。

　どうやら、十歳たらずの少年に言いくるめられたのが不愉快そうだった。無理もない。

（だが、それも仕方がないだろう）

守隆は割り切っていた。言い過ぎたかも知れない。しかし、仮に、これで左京と訣別《けつべつ》することになろうと、俺は信長さまの意見を取る。

守隆は、自問自答し、自分を納得させた上で立ち上がった。

「これで、宿に下がらせていただきます。次回冬至の時に、お目にかかれることを楽しみにしております。その折はよろしくお願いします」

左京は、軽くだが頷いてくれた。それだけが、この時の対話の唯一の救いとなった。


守隆は帰路についた。だが、その足は、一里半（約六キロメートル）ほど下った先の伊勢大湊にむかっていた。

「伊勢神宮に参籠すると言って出てきた手前もある。砦に帰るにはすこし早過ぎよう。じい、いっそのこと、父のたたら場の跡を見て帰ろう」

「そう言われましても、なにも残ってはおりませぬが」

武吉はまだ抵抗した。

「しかし、船の喫水線付近に鉄板を貼ったというからには、その鉄板を造った痕跡《こんせき》ぐらいはあるだろう。それを探るのも一興ではないか。今後の参考にもなろうぞ」

「和子さまの好奇心のお強いのには、ほとほと敵いませぬな」

渋々、武吉はついてきた。大湊は、伊勢湾に注ぐ宮川の河口に位置する天然の良港である。全国の大神宮領から運ばれてくる神饌米《しんせんまい》（神に捧げる米）や神供《じんく》（神様へのお供えもの）が、この港を経由して運び込まれることで、古くから栄えた町である。これに伴って、造船業やその補修用の部品造りが盛んであった。

　歴史的に見ても、ここで、なんらかの新しい製鉄技術が生まれた可能性はあるだろう。

　町は、湊に面して南北に長くのびていた。

　その細い辻々《つじつじ》のあちこちから、今もなお、金属音の槌音《つちおと》が響き、赤銅色の裸の男たちがせわしげに動いているのが見えた。

「こちらでございます」

　武吉が案内してくれたのは、湊からは一番遠い北のはずれ。周囲を高い土塀で囲んだ五十間（百五メートル）四方の空き地であった。かつては秘密の加工場だったのであろう。だが、すでに建物はなく、土塀は崩れかけていた。囲いの中の地面が赤茶けて草もまばらであることが、かつて、たたら場のあったことを窺《うかが》わせる唯一の証しのように思われた。

　守隆は、土塀の囲みの中を何度も往復し、赤土の中に埋まっていた鉄片や、鉄くずの塊を丹念に拾い集めた。持って帰る積もりだった。

「じい、見てみろ。どれもこれも、砂や瓦がこびりついたままになっておるわ」

「たしかにそうでございますね。それがなにか？」

「いや、面白いと思っただけだ。しかし、たたら場を閉鎖してまだ一年足らず。この近辺に当時の働き手は残っていないか。話が聞きたい」

守隆の好奇心はとどまるところ知らずだった。

やがて、一人のやせこけた中年男が、武吉に押し出されるようにして連れてこられた。

守隆を見ると慌てて赤土の上に平伏した。

「九鬼のお館の和子さまだ。たたら場の話を訊ねたいと仰る。包み隠さず申し上げるがよい」

武吉が厳《おごそ》かに宣言した。

「へい」と言って、男は、そっとのぞき込むようにして顔を上げた。その顔の半分が焼けただれ、右目が潰《つぶ》れていた。

「たたらで受けた火傷《やけど》ではないのか。気の毒したな」

守隆は、間髪をいれずに訊ねた。

「いえ、そんな」

男はどぎまぎし、答えた。

「まあよい。隠しても俺には解る。父に代わって詫びたい。たたらの工人《こうじん》（職人）になる前は、なにをして暮らしていたのか」

「はい、船の舵などに使う鋳物《いもの》を吹いておりましただ」

「ほう、鋳物師《いもじ》の分かれの鉄屋か。で、ここには何軒の鉄屋があったのだ。そして何人ぐらい、そこで働いていたのかな」

「鉄屋は一軒だけでございました。その下に、わしら工人が、おなごも含め、一時は、四百人あまり働いておりましたで」

「で、その棟梁《とうりょう》は、その後どうした」

「昨年秋、たたら場が閉鎖された後、ここを追われて故郷《くに》に戻ったようでございます」

「なに？　追われて、と申すのか……」

「はい」

「というと……」

守隆は側《そば》に控える武吉を見返った。が、武吉は目をつぶったままである。

「で、その棟梁と、その故郷の名は？」

守隆は、再び男を見つめ、たたみかけるようにして問い詰めた。

「たしか近江の出で、国友《くにとも》さまとか申されていたようですが」

おびえるような目が武吉を縋《すが》るように見た。

ここで武吉が、男に代わって答えた。

「北近江の鉄炮鍛冶・国友与四郎《よしろう》でございます」

「そうか、やはり鉄炮鍛冶か」

守隆は、かすかに笑った。

「では鉄の板造りは無理だったろうな」

「どうしてでございます」

武吉は不審そうに訊ねてきた。

「刀や鉄炮のような精巧な物造り屋には、ただの鉄の板造りはできぬさ。針造りの工人に鋤《すき》、鍬《くわ》がうまくできぬのと同じだ。大方、信長さまに、大目玉を喰《く》ったに違いないな」

守隆は、このほか、当時あった作事場の建屋の広さ、たたらを置いた位置、その台数と構造の略図などを聞き取りした。これらを備忘用の紙に書き留めた後、武吉に命じ、男に謝金を与えて引き下がらせた。

「謝金は惜しむな、はずめよ。人は金で動く。波も風がなければ、ぴくりとも動かぬものぞ」

そんな大人びた言葉を残して大湊を後にした。

帰国後、守隆は、武吉に命じ、使いを北近江に走らせ、たたらの棟梁の、その後の動向を探らせた。その帰国報告は、十日後、次の第一報となって鳥羽砦にもたらされた。

国友与四郎さま御折檻《せっかん》にて入牢《にゅうろう》中
次の第二報が届いたのは、八月十日である。

与四郎さま、知行百石、お召し上げの上、その御屋敷、資財、雑具に到るまで没収されし由
「没収された与四郎の財を、信長さまは、なんとまあ、甲賀の相撲取り風情《ふぜい》に呉れてしまったらしゅうございますな」

武吉は、肩をすくめて慨嘆《がいたん》した。没収した財を与えられた男の名について、後に信長の伝記を書いた太田牛一は、その『信長公記』(巻十二)で、こう記述している。

甲賀の伴正林《ともしょうりん》と申す者、年齢十八、十九にて候《そうろう》か。能《よ》き相撲七番打ち仕り候
彼の与四郎私宅《かいぐ》・資財・雑具共に御知行百石熨斗《のし》付きの太刀、脇差《わきざし》大小二ツ、御小袖、御馬皆具共に拝領、名誉の次第也《なり》

牛一は、拝領した側のことだけ記述する。召し上げられた国友側の原因とその無念については一言も触れていない。


「恐いお方だな、信長さまは」

守隆は、改めて父の言葉を思い出した。

「まことに。これはただの、お怒りではございませぬな。よほどの勘気に触れねば、こうまでの酷《むご》い仕打ちはなされますまい。おそらくは、和子さまの言われる、たたらの祟《たた》りでござろう」

「しかし、たたらの失敗なら、そちの言う鉄甲船の目くらましで、乗り切ったではないか」

「たしかに。それなのに、二十年来、信長公に鉄炮で貢献された国友さまを見限るとは、あまりにも酷《こく》なななされかたではございませぬか」

「だがこれが信長さまの本当の姿かも知れぬ。父にもなにかなければよいが」

守隆は、はるか遠い父の安否を気づかって暗澹《あんたん》となった。

守隆が、父の安否に、そんな漠然とした不安を抱いていた矢先の天正七年十月。嘉隆が、突然、予告もなく、上方《かみがた》から大船で帰国した。

（すわ、一大事）

嘉隆の一党は鳥羽砦に駆けつけた。そして、緊張した面持ちで、主君の帰国の言葉を待った。

嘉隆は、しかめ面で、顔色も優れなかった。

「いや、我がことではない。本家の澄隆が、つまらぬことをしよったで、叱《しか》りに戻ったのだ」

と、前置きして沈鬱《ちんうつ》な面持ちで語り始めた。

つい先月の九月半ばのことだという。南伊勢の北畠氏を継承した信長の子息・北畠信《のぶ》雄《かつ》が、信長の上方への出陣命令を無視し、勝手に伊賀に兵を進めてしまったのである。

伊賀攻めは中国戦線が決着した後、総力で攻め込むという信長の既定方針と真っ向から反対の独断専行であった。この軍に、九鬼本家・澄隆の軍勢三百が参加していたのである。

「俺の了承を得ずにな――」

嘉隆は、苦虫を噛みつぶしたような顔で呟いた。

嘉隆は、ただちに信長公に、詫びを入れ、一時帰国を願い出たのであった。

「お叱りこそ受けなかったが、だからと言って済むことではない」

嘉隆は、直ちに澄隆を呼び出して叱り飛ばした。しかし、澄隆は「北畠信雄さまからの要請とあれば、同じ伊勢周辺の住人として、当然のことをしたまでで」と、ガンとして謝ろうとしなかった。

その後の調べで、どうやら、滝川一益に、参加について相談したらしいことが解った。

「お館さまをないがしろにするにも、ほどがあろう。いまだに本家風を吹かせる積もりなのでござろうか」と、一同、いきり立った。

ここで父の隣に座っていた守隆は、発言を求めた。初めての公式の場での発言となった。

「よろしゅうございますか、父上」

「意見あらば、なんなりと申せ」

父は頼もしそうに守隆を見た。

「澄隆さまが父上を無視して相談に行ったとして、それとは別に、その滝川さま御本人は、この伊賀への進軍について、どうお考えだったのでしょうか。やはり北畠さまからは、同じような参加要請があったのではございませぬか」

「なるほど、それもそうだ。さすがは和子さま。目の付け所が違う」

一同、振り返って、再び嘉隆を仰ぎ見た。

「うむ、それについてはの……」

嘉隆は、満足げに守隆の肩を抱き寄せながら答えた。

「滝川殿も、相談を受けた時は、ご自身、伊賀に出兵する積もりだったらしい。ところが、そこに信長さまから、急遽『有岡城攻略への参加命令』が来た。滝川殿は、あたふたと伊勢を後にしたのだ。というわけで、滝川殿の伊賀攻めの話は、うやむやになったわけだ」

なんとも運のいいことよ、と一同、顔を見合わせた。守隆も同じ気持ちだったが、なお一つ腑に落ちないことがあった。言葉を継いだ。

「と言われますと、有岡城攻めに、なにか急変でもございましたのですか」

「よくぞ聞いてくれたな守隆。異変も異変。大異変でな」

嘉隆は、なぜか、ここで、かすかな微笑を浮かべた。更に「……それまでの有岡城攻めは羽柴さまの兵糧《ひょうろう》攻めで、後は降伏を待つばかりの状況だった。ところが、ここで羽柴さまが、事前承諾を得ずに岡山の宇喜多直家《うきたなおいえ》の調略《ちょうりゃく》に動いたことから、信長さまの怒りを買い、失脚されたのだ」

「失脚！　それはまた難儀なことで」と、一同、顔を見合わせる。

「失脚と言っても、中国方面軍の総大将の返上だけだがな」

嘉隆はそう言ったが、それでも厳しい。

あれほど貢献された武将でも、一つ気に入らないと、たちまちに信長さまの評価が変わるのだ。どうして、こうも気まぐれなのだろう。

守隆は秘《ひそ》かに疑問に思った。

「どなたが代わりに総大将になられたので」

「嗣子《しし》の信忠さまよ。ところが、そこで有岡城の監視体制に隙ができたのだ。城主の荒木村重が、城からまんまと逃亡してしまった」

「全く知らぬ間の逃亡でございますか」

「そうだ。それも村重めは、若い後妻の生んだばかりの赤子を抱えての脱出だ。よく泣き声も立てずに城から赤子を連れ出せたものだ。よほど監視体制に甘さがあったに相違ないな」

父は、今度は歯を見せて笑った。

そうか、そんな信長さまの息子の間抜けぶりを父は軽蔑まじりに笑うのだ。守隆は、他人事ではないと、自分に言い聞かせた。

「で、滝川さまは、その後、どのようにして有岡攻めをなされたのでございますか」

初めて聞く城攻めの虚々実々に、守隆は興味津々。いつか合戦話にどっぷり浸《つ》かっていた。

有岡城攻略の話は、数日後に判明した。

自分の息子の失敗に頭にきた信長は、これまでの秀吉の、生ぬるい「兵糧攻め」を止めて、滝川一益に調略戦を指示したのであった。

甲賀出身の一益は、この役にうってつけだったのだろう。そして、見事にこれに応えた。

着任後、十日たらずで、城内の幹部をたらしこみ、その裏切りに成功。まもなく城内から火の手があがり、有岡城はあっけなく陥落した。

得意満面の一益――だったろう。

だが、十月二十四日。

信長は、丹波を平定した明智光秀に丹後・丹波の二国を与えただけで、さっさと帰国してしまったのである。

滝川一益の有岡城攻略に対する褒賞の記録はない。それが信雄の伊賀攻めに加担しようとした罰だったのでは――、というのが嘉隆ら九鬼一党の、勝手な観測だった。

嘉隆は、この時の本家・澄隆の反抗を契機に、不在がちだった志摩支配を改め、しばしば砦に戻るようになった。帰るたびに守隆を自室に招き入れ、本格的な後継者教育に入った。

父の話は、人の上に立つことの難しさ、信長という「成果だけでしか部下を評価しない将」に仕えることの苦しさを語ることが多かった。

しかし、最後には、いつもこう言って嘆息するのであった。

「九鬼本家は獅子身中の虫じゃ。心せよ。信長さまも、ひらめきの鋭い、すばらしいお方だが、傍系のお生まれで余計な苦労をされたせいか、心が、歪んでしまわれた。俺は、あのような人間になりたいとは思わぬ。だが、本家の澄隆が、いつまでもわしに、あのような態度をとり続けるとな、つい、信長さまの冷酷苛烈な生き方が羨ましくなることもある」

（父は、なにを言いたいのだろう）

幼い守隆には、まだ、ピンとこなかった。

だが、その後、父が帰国するたびに、本家との関係が険悪になっていくのが、はっきりと解った。逆に、本家は、益々滝川さまと接近を強めているらしかった。

やがて、父は、その広い書見机に、船の設計図に代わって、全国の城の見取り図を、うずたかく積むようになった。

この点を武吉に質《ただ》すと、武吉は、晴れ晴れとした声で答えた。

「和子さま。お館さまは、いよいよ、この砦を、お城のように大改造されまするぞ」

この年（天正七年）十一月。

守隆は、伊勢神宮の中北左京から、冬至の朝の「日の出拝観」の案内状を受け取った。

（やはり、左京さまは、私のことを忘れてはいなかった。特にわだかまりもないらしい）

守隆は小躍りした。是非、父にも一緒に見てほしいと思った。だが、生憎《あいにく》、父は信長さまが、新たに朝廷のために造営して差し上げた二条新御所の関係で上洛中。親子での冬至の朝の陽光の実地見学はできなかった。

（仕方がない、来年もあろう）

「じい、出掛けるぞ」

あきらめて、今度も武吉に声をかけた。

砦内には、「伊勢神宮の冬至参り」という触れ込みで、武吉の他、四十人の親衛隊全員を引き連れての参詣とした。「そのような不思議な御来光なら、我々にも是非、拝ませてくだされ」という親衛隊の要望を容《い》れたものであった。

前回同様、内宮近くの繁華街に宿を取り、早朝、真っ暗な中を宇治橋に向けて出発した。

宿を出て、四半刻《しはんとき》もたたぬ頃である。

親衛隊長の河辺与助《かわべよすけ》が、急ぎ足で守隆のそばに近づき、そっと囁《ささや》いた。

「和子さま、お気をつけ遊ばせ。誰かに付けられておりまするで」

森の中の動物たちが異常にざわめいているというのであった。

守隆は、素早く礼服の白装束を黒一色の小袖、黒袴《くろばかま》に着替えた。侍烏帽子《さむらいえぼし》もやめ、雑兵のかぶる陣笠《じんがさ》とした。

これなら目立たない。が、その時である。

「ダーン」という夜陰を震わす銃声一発。

守隆は本能的に身をかがめた。弾は、あやうく守隆の陣笠の縁をかすめ、反対側の松の木の幹辺りに命中したようだ。

「追え狼藉者《ろうぜき》を」

怒りに燃える武吉の、声が森閑《しんかん》とした森に響いた。

これに応じて追う親衛隊。その前を猿《ましら》のような黒い小さな塊が一つ、森の中を飛ぶようにして消えていった。

「刺客か。不覚を取ったな、じい」

「はい、申し訳ございませぬ。これだけの手勢がありながら」

「やむを得ぬ。こちらに被害がなかったことをもってよしとしよう。それより、この場所に印を付けておけ。明日来て、木に刺さった銃弾を拾うのだ。弾の大きさで鉄炮の出所が解るぞ」

騒ぎが静まると、守隆は、何事もなかったように宇治橋に向かった。

夜陰を見すかすと、左京ら暦師が橋のたもとに並んで待っているのが見えた。守隆は、急いで、元の白い礼服に改め、まず、左京に近づいて、招聘《しょうへい》の礼を述べた。すると、左京が、まっ先に駆け寄ってきて、せわしげに訊ねてきた。

「さきほど、山の向こうで異様な銃声を耳にしました。もしや和子さまの御一行に、異変があったのではと、一同、心配しておりましたが」

「いや、別になにも異常はありませぬ。何の音でございましたろう。じいも聞いたか」

守隆は、何気ないふうに後ろの武吉を振り返る。

「さあ、拙者、生来耳が遠いので、とんと気づきませなんだ。なにかありましたのかな」

　武吉は、空っとぼけて左京に聞き返した。

　左京は、松明に赤く火照《ほて》った顔で、「なにごともなければ、それで結構」とばかり、ほっとしたように頷いた。今日は、きちんと髭も剃《そ》り、さわやかな笑顔を見せていた。

「では、あと四半刻あまりで、東の彼方が、ほんのりと明るくなって参りましょう。そこでお迎えに参ります。宇治橋のたもとの、日の出の、ま正面が内宮、外宮の宮司さま。その、お隣のお席が和子さまでございますれば」

　しばらくして案内があり、守隆は、二人の宮司と挨拶を交わして所定の座椅子に着席した。

　やがて、東の空が、あかね色に染まり、辺りが、ぐっと明るくなった。ぽっかり浮かぶ千切《ちぎ》れ雲が、あっという間に真っ赤に染め上がるのが印象的であった。

　と、次の一瞬だった。杜の中から一条の赤い光が、ゆっくりと鳥居の中央を抜けると、一閃《いっせん》して、宇治橋の中央の真上を走った。

　思わず「あっ」と声を上げた。

　それは守隆が見慣れている陽光の海渡りとは全く異質なものであった。海渡りした光が、投げ込まれた一条の緋《ひ》色の帯の美しさとするなら、こちらは、天が投げかけた神々しい慈悲の投射光であった。

　海渡りした陽光が、冷たい光の平面とするなら、こちらはみずみずしい、暖かみに満ちた光の束であった。

（聞きしにまさる素晴らしさだ）

見せたい、この光景を信長さまにお見せしたい。南蛮の文物一辺倒の信長さまでも、この光景を見れば、この国の見方が変わるのではないか。見直すのではないか。守隆はそう思った。

第三章　本能寺の変へ

翌、天正八年（一五八〇）。

嘉隆は、鳥羽湊での正月の祝賀もそこそこに、十日過ぎには、慌ただしく畿内へと戻ることになった。

「守隆、済まぬ。ここで、そなたと二人だけで、これからの話をしたかったが、また、信長さまからのご下命でな……」

済まぬと言いながら嫌な顔ではなかった。

いや、むしろ浮き浮きしていた。根が仕事好き、それも戦さ《いく》大好き人間の困った父である。

「……こたびの戦さは、後方援護の輸送部隊ではない。九鬼水軍が主役を命じられたのだ」

父は誇らしげに指令の一端を語った。

水軍が主役となる戦さは、二年前の木津川口の毛利水軍とその輸送船団の迎撃戦以来である。

「実はな、昨年九月、有岡城を脱出した荒木村重が支城の尼崎《あまがさき》城に逃げ込み、毛利からの救援を待っている。これを、もう一つの荒木方の支城である華《はな》（花）隈《くま》（現・神戸市）の城共々焼き尽くせ、とのご命令でな」

「で、他の僚軍は？」と守隆は訊ねる。

「池田恒興《つねおき》さまの軍勢がこられる。だが、主役は海上の我等だ。両城とも海沿いにあり、海上からの炮撃《ほうげき》が一番有効との信長公のご判断だ。すぐにでもケリを付けて戻ってくるわい」

「ご武運をお祈りします。そして、お戻りになったら、是非、あの伊勢暦の話を信長さまに」

「例の冬至の時の日の出の話だな。此度《こたび》の戦勝報告の時、その機会があろうぞ」

そんな会話の後、二月中旬。嘉隆が率いて行ったのは、大船を含む七十艘の大艦隊である。

この大型船を、代わるがわる湾岸に横付けし、城に向かって間断なく艦炮《かんぽう》射撃を繰り返した。

一昨年十一月の毛利水軍との海戦で初めて使用した国友製の大口径の鉄炮が威力を発揮した。

城は、たちまち火焔に包まれた。城兵は見たこともない長い銃身、筒の太い大玉の飛び出す鉄炮の轟音《ごうおん》と破壊力に度肝を抜かれ、相次いで城を捨てた。両城とも数日と保《も》たずに、あっけなく落城した。だが陸上の池田軍団との連携が悪く、城の後背地の守りに隙があったため、村重の捕縛には到らなかった。

毛利領内に逃れたとの噂である。

（この不首尾を、なんと説明したらよいやら）

嘉隆は頭を抱えた。ここで思い出したのが、嗣子《しし》・守隆との約束であった。

（そうだ、守隆を連れて戦勝報告に行こう）

息子連れなら、話題が、そちらにまぎれるか、あるいは親子共々で叱責《しっせき》されるか。

そのどちらかである。

（ままよ、息子連れで行って、信長さまの恐ろしさを、目の当たりにするのも、これからの守隆のためであろう）

覚悟を決めた嘉隆は、早馬で守隆に呼び出しをかけ、安土で落ち合うことにした。だが、この「お伺《うかが》い」をたてると、信長さまから「如月《きさらぎ》（二月）二十六日。京・本能寺にて目通り許す」との返事が戻ってきた。それだけではない。尼崎・華（花）隈城攻略についての、過分な褒め言葉と褒賞《ほうしょう》まで添えられていた。

「信長さまは、ご機嫌ななめではない」

これで、やっと胸をなで下ろした。

一方の守隆は、父からの知らせに驚喜した。

（信長さまに、また会える。暦の話から日本の優れた所を見直してもらえる機会を拓きたい）

そう願った。念のため、事情をしたためた書状を中北左京に送り、昨年の冬至前後の伊勢の暦方の観測資料を用意、説明に万全を期した。

父からの二度目の早馬で、お会いする場所が安土から京に変更になったのを知ったのは出発を控えた五日ほど前である。

「京の本能寺ってどこだ、どんな寺だ」

守隆は、わくわくしながら武吉に訊ねた。

「さて拙者、とんと存じませぬが……」

こうして、今回もまた、武吉の他、親衛隊全員を従えての出発となった。


だが、京で落ち合った九鬼親子は、本能寺を一見して、「これが寺だったとは！」と思うほどに驚いた。

周囲は一丈（約三メートル）を越える高く厚い土塀で、これにぐるりと囲まれた寺の中は全く見えない。

正面の門は、城の門以上に豪華な唐破風《からはふ》造りであった。

門兵に誰何《すいか》されて名を名乗る。

ようやくに許されて寺内に入った二人の目の前に拡がったのは、塀の、すぐ内側に鋭く傾斜して築かれた不思議な土居《つちい》。その真ん前に拡がる幅広の濠。これでは塀を乗り越えて賊兵が侵入しても、濠に嵌《はま》るだけ。

濠は底が見えない。恐ろしく深そうだった。

「あの正面は、なんでございましょうか」

興味津々の守隆が指さす彼方に、回廊を、黒く厚い扉で巡らせた三十間四方くらいの、古いお堂があった。

「昔の本堂だろうな」

「今はどうなっているのでございましょう」

「さて、それればかりは、なんとも言えぬな」

「続く方丈や法堂などは跡形もなく取り壊されているようですが、本堂だけがそのままというのは、不思議でございますね」

「そちにかかると、なんでも不思議に見えるようだな。大方、動かせないような貴重な仏像などが、残されているのではないか」

嘉隆は適当なことを言った。そんなことより、「二十六日に目通りを許す」と言ってくれた信長公がどこにおられるのか、いつ、お会いできるのか。その方が気になっていた。しかし、守隆は本堂の中が、気になってしかたがなかった。

（あの中が見てみたい）

しきりにそんな思いに駆られていた。

嘉隆が気にしていたように、この日（二月二十六日）の信長公からは、いくら待っても目通りの呼び出しがかからなかった。

控え室の一つで待ち始めて一刻半（三時間）を過ぎた頃、気の毒そうな顔で出てきたのは、小姓の森三兄弟の長兄である「お乱」こと、森成利《なりとし》であった。信長の美少年好みの第一号と言われてきた。この時、十六歳。

最近は、小姓役を弟二人に譲り、もっぱら奏者や使番を務め、信長の黒印状（命令書）の副状を発給する役に回っていた。命令を拝受する側の嘉隆とは顔馴染みである。だが、公式の場以外で言葉をかわすのは初めてである。

「これは、これは、森さま」

嘉隆は丁重に挨拶した。受けた成利は、にこやかに挨拶を返すと、こう囁《ささや》いた。

「大隅守殿（嘉隆の官位）は、とくとご承知とは存ずるが、お屋形さまとの面談の申し込みは、日に十から十五組ほどござる。それこそ寸暇《すんか》の間もあきませぬ。それに、どなたも、一旦座ったら、なかなか立とうとはなされませぬゆえ、ずるずると遅れてしまいます。現に今も……」

「いや、ご多用なことは、よく存じ上げております。幸い、これなる嗣子・守隆を連れて参っておりますので、積もる話もこれあり、退屈することはありませぬ。どうか御放念くだされ。気を長くして、お待ち申し上げまするで」

「そうは申されても、予定の面談が進みませぬと、途方に暮れることもございます」

成利は、気の毒なほど肩を落としていた。

が、ふと守隆の方に目がいくと、

「そう、そうでしたな。こちらが、例のお話のあった、海大好きのご子息・守隆殿ですな」

と、笑顔を向けてきた。

「はい。九鬼守隆にございます」

守隆は、深々と平伏した。

「そんな大袈裟《おおげさ》な挨拶は無用。手を上げなされ。ふむ、で、お幾つになられる」

「八歳にございます」

「八歳！　ほう、わが弟の力丸（十四歳）と同い年ぐらいかと思うたが。それは、それは、立派な体軀《たいく》のご子息ではございませぬか」

「いや、柄の大きいのは志摩育ちゆえでござる。志摩の生き急ぎと、からかわれるゆえんでござるが、なに、まだまだ心は幼な子でしてな」

「ご謙遜でござろう、なかなか利発そうな、お子じゃ。そう、それで思い出しましたぞ」

成利は、はたと膝を打った。

「なんでございましょうか」

嘉隆は、心配そうに成利に訊ねた。

「一昨日の、一乗寺での鷹狩《たかが》りの折であった。拙者、信長さまに呼ばれ、こう仰せつかった。明後日、九鬼の自慢の子息が京に来る。その時の引き出物にコンフェイトを用意せよと」

「コンフェイト？　ああ、あの南蛮の不思議な形をした菓子でございますな」

「そうだ。その場で指示書を出したので、安土から着いた今日の荷駄《にだ》の中にあるはず。待たれよ。今、取って参るほどに」

身のこなしも軽く、すっくと立つと、慌ただしく消えた。

だが、それっきり成利は再び現れなかった。

そのまま、ずるずると四半刻ほどが過ぎた。

やがて、西日が出窓障子を、あかね色に照らす頃、ようやく一人の侍女が襖《ふすま》の外から、

「森さまの、お使いで参上いたしました」

と、そっと声をかけてきた。

「どうぞ。入られよ」

嘉隆が答え、居ずまいを正す。

すると、しずしずと入ってきたのは中年過ぎの老女であった。手に衣類、その上に紫の帛紗《ふくさ》のかかった小さな茶壺《ちゃつぼ》が載っている。

挨拶を交わすと、老女は懐から手紙を取り出して嘉隆に捧《ささ》げた。

「うむ」

と、これを受け取り、さらりと開く。

見慣れた成利の筆跡で、走り書きであった。

九鬼大隅守殿

同守隆殿

これよりお屋形さまともども

急ぎ内裏に参上と、

あいなり申し　そろ(候)

後事を侍女にたくす不躾《ぶしつけ》

ひらに、ご容赦くだされたく

頓首再拝

乱

なおなおがき(追記)

これなる小袖は、

らん(乱)幼き頃　お屋形さまより

拝領の　低きやか(丈の低いもの)ものに

てそろ(候)

守隆殿にあえば（似合えば）幸甚にそろ

九鬼親子は、諦めて、夕闇せまる京の町に出た。面談はできなかったが、心の中は、ほのぼのと暖かかった。守隆も同じ。頂戴したコンフェイトを懐に、次回への希望に燃えていた。

九鬼親子との面談の約束をすっぽかして向かった禁裏だったが――、信長の行動は、その頃から、三月いっぱいにかけて、実に奇妙であった。忙しいのやら、忙しくないのやら、さっぱり解らない。

翌二月二十七日。

山崎で三人の幹部武将（津田信澄、塩河伯耆守《しおかわほうきのかみ》、丹羽五郎左衛門《にわごろうざえもん》）を招いて、華隈城の付近に強固な砦を築くことを指示。

同二十九日、同三十日。

山崎の西山で鷹狩り。

三月三日。

有岡に向かい、荒木村重とその一族の放棄した有岡城の修復状態を視察。同所に滞在。

同七日。

華隈の新砦が完成したとの報告を受け、山崎に戻る。

同八日。

京に戻り妙覚寺に入る。

同九日。

本能寺にて、小田原北条氏四代の北条氏政《うじまさ》と会う。十三羽の鷹その他の献上品を受け、関東の実情を聴取。この氏政との会談は——これまでしたこともないのに——朝廷に報告させている。おそらく氏政が自分（信長）の軍門に下った、とでも言いふらしたかったのであろう。

使者に立ったのは、滝川左近（一益）と佐久間右衛門の二人の老臣であった。

以後三月末まで本能寺に滞在し、京の周辺で狩猟を楽しんだり、詐術で人々をダマした売僧《まいす》を成敗したり。そのほとんどを退屈しのぎのようにして過ごした。

なにかの動きを待っている。それも、自分が能動的に仕掛けられないなにか——、そんなことを窺わせる信長の日々であった。

安土に帰城したのは同月二十八日である。

この一カ月の、信長の動きの鈍さには、実は訳《わけ》があった。これは翌月、まもなく判明する。

翌（閏《うるう》三月）六日。突然、朝廷の仲介で、元亀元年（一五七〇）以来、この十年に亘って対立と抗争を繰り返してきた真宗石山本願寺の代表・顕如《けんにょ》との間に和睦が成立したのである。それも勅命により「本願寺の石山からの退去」という石山本願寺側の全面的な敗北の形であった。

「一体、なぜ顕如さまともあろうお方が！」

宗教界はもとより一般信者も、この屈辱の結果に、寂《せき》として声もなかった。

石山本願寺との間に和平なる！

九鬼親子が、この仰天の報に接したのは、閏三月十日、鳥羽湊に戻ってのことである。

早速、主だった幹部を集めての合議となった。

九鬼一党は、これまでの織田方と石山本願寺との抗争を身をもって体験している。特に六年前の九月の一向衆徒との戦さでは、織田方として、伊勢長島の二万余の信徒の大量虐殺に加担させられた。今思い出しても、身の毛のよだつ残酷さを味わってきた。一党の中には、虐殺された信徒の中に親族を持つ者が大勢いた。

皆、見て見ぬふりをするしかなかった。

そんな血みどろの抗争が、ここで不意に終わった。なぜか。終わった後、どうなるのか。

一同、かたずを呑んで嘉隆の言葉を待った。

これを受けて、嘉隆は、訥々《とつとつ》と語った。

「正直のところ、この事態は、余も考えていなかった。だが恐らくこれは、一昨年霜月（十一月）の我等が木津川口の水軍戦の勝利によって、毛利軍による食糧の大量搬入の途が断たれた結果であろう。石山本願寺は、その後、兵糧の食い延ばしをして今日までできたが、万策尽きたのだろうな。噂では、率先垂範《そっせんすいはん》して食を節約された顕如さままでが、骨と皮ばかり。正座も、まともにできぬありさまだと聞いた」

「と、申されますと、此度の織田方の勝利の殊勲の第一は我等、ということになるのでは」

「まあ、そういうことだな」

嘉隆は、満更でもないように部下に答えて微笑む。しかし、こうつけ足した。

「……だが、これ以上の加増は期待するなよ」

「なぜ？　でございましょう」

部下は食い下がる。

「坊主たちを、食い物いじめした働きのご加増とあっては、後生が悪いわな。わははははは」

石山本願寺が信長に屈服した事情は、どうやら呑み込めた。だが、朝廷が、なぜ、勅命まで出して顕如を説得したのか。九鬼父子には、当初、この事情が全く読めなかった。
春が過ぎ、初夏を迎える頃、金剛證寺の紹介で鳥羽砦にやってくる守隆の学問の師たちの口から、次々に、朝廷の隠されていた事情がもれてきた。それによれば――、
朝廷は、この二年、与える官職のすべてを、「さも天子さまを小馬鹿にするように」返上してよこす信長に、恐怖を抱いてきたという。
殊《こと》に昨年秋からは、帝《みかど》（正親町《おおぎまち》）の御嫡男の誠仁《さねひと》親王が、二条に造った信長の新屋敷

に拉致された。ここを断りもなく「下《しも》の御所」と呼ばせ、自分の行う官位の奏請などの仕事は、すべて、この「下の御所」を窓口としてしまったのである。父君天皇の権能を取り上げ、隠居を強要するに等しい暴挙であった。

こうなると朝廷は、――表だって武力で反抗できぬ以上――どうしても信長に恩を売って、権威のあるところを示さねばならなくなったのである。

「朝廷が調停に乗り出したのは、その権威回復のための手段であったと拝察いたします。さはさりながら、結果から見れば、何のことはない。名を捨て実を取った信長に、まんまと利用されただけに過ぎませぬ。それに、信長が朝廷を利用するのは、これが最初ではございませせぬ。去る元亀の昔、義弟の浅井長政に背《そむ》かれ、あわやの危機一髪の折も、朝廷に休戦の斡旋をしてもらって、自分はとこと京に逃げ帰りました。あの時とそっくりの狡猾さでございます」

そう、ずばり指摘したのは、金剛證寺の明叟《めいそう》の推薦でやってきた歌人。その名を荒木《あらき》田《だ》武友《たけとも》と言い、荒木田守武の養子を称した男であった。義父の故荒木田守武は、代々、伊勢の皇大神宮の禰宜《ねぎ》を承継する名門である。そもそも荒木田姓は、日本の神話時代の第十三代成務《せいむ》天皇のとき、天皇家の御饌料田《みけりようでん》（お供え用の米を作る田）として、開墾した土地を献上したことに由来する。

開墾した「墾田」は、当時、新しい田――新田《あらきた》――から「あらきだ」とよばれ、これが荒木田となったというのだから、この家名の由緒の歴史は相当なものである。

藤原氏も平家も源氏も顔色なかろう。

そんな朝廷通と思われる男の言葉に、「なるほど、そうだったのか」と、九鬼嘉隆、守隆親子は、初めて納得したのであった。

「では、石山本願寺の撤収《てっしゅう》は、いつ頃でござろうや。参考までに、お聞かせ願えませぬか」

嘉隆は、丁重に武友に訊ねた。

「今年の文月《ふづき》（七月）末までの約束で、すでに閏《うるう》弥生五日、起請文を顕如さまの名で朝廷に提出されたと聞き及びます」

さすが事情通の武友。さらりと即答した。

「立ち退いた後の始末は如何なりましょうや」

砦の取り壊し作業に出掛けなければならないのかが、嘉隆の憂鬱《ゆううつ》な関心事であった。

だが、

「あの方（信長）としては、今度はご自分の側の最強の砦として利用されるのではありませぬか。いや、本願寺の方が、そうはさせじと、立ち退きに当たって破壊するかもしれませぬが」

答えながら、武友は意味ありげに笑った。

あり得る話だ。

「なるほど。しかしこの仲介、すこし一方的過ぎませぬか。織田さまの方は、起請文のたぐいは、なにも書かされないのでございましょうか」
「書きます。いや、朝廷としては、意地でも書かせるでしょうな。例えば、本願寺の宗門としての存続の永代保障、他の五十一箇所の寺の安全保障など。信長公がこれを守らぬといけないので、これらの保障は、信長公が血判起請文で、朝廷に奏請する形を取らせるでしょう。それでなければ、あまりにも公平を欠きましょう」

この年（天正八年）五月一日。信長は、石山本願寺問題が想定どおりにケリがつくと見越したのか、播州《ばんしゅう》平定に戦功のあった羽柴秀吉の大抜擢《だいばってき》を発表した。この結果、秀吉の所領は、これまでの近江長浜領十二万石に加え、播州十六郡五十一万石の加増。このほかに、弟・小一郎に但馬一国八郡十三万五千石の分与。兄弟併せて七十六万五千石となった。

秀吉は、この大禄を、子飼いの部下二人にも散じ、各々を城持ちとした。

蜂須賀小六《はちすかころく》　龍野《たつの》城主　四万一千石

前野将右衛門《まえのしょうえもん》　三木《みき》城主　三万一千石

このほか、播州攻めに謀将として功労のあった新参の黒田官兵衛《くろだかんべえ》には、宍粟《しそう》郡山崎城一万石を与えた。

「あの夜盗の類《たぐい》が城持ちとはな！」

嫉妬と羨望《せんぼう》の渦が織田家中を駆けめぐった。

秀吉の大抜擢から三カ月後の八月。

顕如の石山退陣——武友の予想どおり、その大伽藍《がらん》は本願寺側の放火によって灰燼《かいじん》に帰したが——を見届けると、信長は、今度は丹波制圧の功労者・明智光秀に対し、丹波一国を与えた。並行して丹後を細川藤孝《ほそかわふじたか》に分与させた。

これによって光秀は、近江の旧領十万石と併せ、六十一万石の太守《たいしゅ》となった。光秀と秀吉との比較では、時期と禄高に微妙な差（光秀の方が時期が若干遅く、禄も少ない）がある。

一方で実力主義に徹しながら、他方、いかにも茶の湯のような形式美を好む、信長らしい序列の筋目を通した発令であった。

織田家の序列は、これで大変動した。これまでは筆頭が柴田勝家と佐久間信盛《さくまのぶもり》。次いで丹羽長秀、滝川一益、明智光秀らであった。秀吉は末席に近かった。その秀吉が、全員をごぼう抜きし、筆頭家臣に躍り出たのである。

この反動ではじき出されたのが佐久間信盛である。

光秀の抜擢と同じ八月、その十二日のこと。京を発《た》って石山にでた信長は、直筆で佐久間信盛に折檻《せっかん》状を書いて申し渡した。くどくどした悪文だが、要約すれば、次の三点になる。

一　実績批判

格別の待遇を受けながら、この五年、なんの実績もない。石山本願寺攻めでは僧

侶相手に臆した行動をとった

二　他武将との比較批判

こたびの光秀の働きは天下に面目を施すもの。秀吉の働きも比類なきもの。勝家も、この二人の活躍を知って加賀で功績を挙げている。しかるに汝は、なんの功績もない

三　性格批判

汝はケチである。性格がねじれている。余に口答えした。これは許し難いことだ

なんとも天下人に似合わない「踏んだり蹴ったり」の、嫌みたっぷりな叱責《しっせき》文であった。

織田家筆頭家老・佐久間信盛は、こうして高野山に追放された。それだけで気が済まなかったのであろうか。信長は、後に、さらに追っ手を出して信盛を高野山からも追い出している。

下山を強いられた信盛は、途中、山中をさまよい、折からの寒気の中で餓死したとも、凍死したとも伝えられている（『信長公記』）。

八月十七日。信長は石山から京に戻ると、さらに、林佐渡守、安藤伊賀守、丹羽右近の老臣三人とその家中全員を遠国に追放した。

いずれも二十四年も前に織田信行を擁し、信長に敵対した罪を問われたのであった。

（なにを今更）と、家臣団は思ったであろう。

しかし、信長にとって理屈などどうでもよかったのである。要するに(自分の行った)秀吉と光秀の抜擢人事に対し、一切の批判は許さぬという覇王・信長の恐怖宣言であった。

天正八年後半からの信長の周辺は、この十年来の最大の難敵であった石山本願寺問題が決着。ある種の無風状態に入った。

これを受けて九鬼嘉隆の活動も、一時、縮小を余儀なくされた。しかし、嘉隆は強気だった。

「なに一時の辛抱よ。いずれ毛利との最終戦ともなれば、再び村上水軍との瀬戸内での全面対決となろう。その時にこそ——」

我は古豪・村上水軍を傘下に従えるような日本一の水軍の大将になれる。いやなるのだ。

そして羽柴、明智、柴田さまに続き、織田家中の五本の指に列せられる太守になるのだ。

それが夢であった。

「それまでは英気を養え、ということよ」

父は自信満々、笑った。が、

「この際だ。この余裕の間に、お前に、徹底して俺の水軍の知識を伝えておこう」

こうして、守隆は、父との「一対一の指導」を、初めて受けることになる。

父の指導は、鳥羽の九鬼屋敷の地下にある、海に通ずる大きな祠《ほこら》で秘かに開始された。

まず、そこに係留されている小舟の櫓の漕ぎ方が手始めだった。櫓の握り、腰の使い方から入り、次いで、海に出ての小早船の櫂の操作、帆の上げ下ろし方法に進む。

「将の卵とはいえ、いざという時は、下々の者の技でも水夫より優れていなければならぬ」

これが嘉隆の持論だ。自分でも櫂を握って鮮やかに漕いでみせて、守隆を驚嘆させた。

「やってみよ」

細い竹のムチを持った嘉隆は厳しかった。

少しでも守隆が手の握りや腰の入れ方を間違えると、ムチがうなった。しかし、打ち所は頭でも手でも指でもない。尻である。

「頭と手は男の武器だ。痛めるわけにいかぬ。ケツの傷なら、海に放り込めば志摩の海水が、きれいに治してくれるわ」

そう言って、息子をしばしば海に放り込んだ。

守隆はこの特訓に耐えた。

十歳に満たないとはいえ、骨太の頑健な身体である。歯を食いしばり、泣き言一つ言わなかった。ただ、手のマメの潰れたのだけは、秘かに顔をしかめていた。

半年で実技を習得。次に「航海術」の勉強に入る。ここからは頭脳明晰な守隆の得意分野である。方向を知る星の観測では、星の名やその見つけ方では、父の知識を遥《はる》かに超えていた。

天正九年の前半。

信長の周辺は相変わらずの無風状態である。

正月は安土城で爆竹に興じた。

二月、三月は二度の「馬揃《うまぞろ》え」。

古来、馬揃えとは、帝が武士に号令して行う行事であったのを、信長が、近隣の自分の部下を招集して、勝手に行ったものである。

しかも、京の内裏の庭八町四方を、そこにあった古い社《やしろ》を、馬の走りに邪魔だとばかり無断で移転しての挙行だった。

京の、いにしえを知る町民や公家たちは信長の横暴を憎んだが、如何《いかん》ともしがたい。

苦情は「馬揃え」の担当役を仰せつかった明智光秀に殺到した。

光秀が、主君と朝廷・公家連合との板挟みにあって苦悩したのは知る人ぞ知る事実である。

その後も信長は、些細《ささい》なことから和泉《いずみ》の貴重な古刹《こさつ》・槇尾寺《まきおでら》を破壊したり（四月）、かと思うと、安土城で相撲大会を開催したり（同月）、三度目の「馬揃え」を、今度は、安土で挙行したり（同八月一日）、全国を勧進して歩く四百人もの高野聖《こうやひじり》を、理由もなく捉まえて、全員を殺戮《さつりく》したり（八月十七日）、人々の顰蹙《ひんしゅく》を買うことばかりやらかしている。

とても常人の感覚でできることではなかった。しかし、こちら志摩は、そんな中央の動きをよそに、嘉隆と守隆の、真剣な「一対一の親子特別訓練」が、まさに佳境に入っていた。

この頃の教科は「航海術」の応用編である。

島国日本の航海術は、もっぱら「地乗り航法」であった。これは古書に「海岸にしたがいて水行し」（『魏志倭人伝』）とあるように、山、岬、島などを目標として走る昔ながらの航法である。

ここで重要なのは以下の三点。

自分の舟の現在地を知る。

自分の舟の方向を定める。

海中の岩礁の場所を覚えておく。

そのためには、ただ、山、岬、島などの存在を知るだけでは足りない。

「アテと言ってな、今いる舟の場所から見える、山や岬の形、山なみの重なり具合、木や岩石の位置、方向、その季節による様子の変化などまで細かく記憶し、それを簡単な絵などに描いて備忘録に留めておかねばならないのだ」

嘉隆は、自室に守隆を招き入れ、積んであった自分の「アテ覚書《おぼえがき》」の分厚い綴りを、誇らしげに守隆に見せるのであった。

「しかしな、守隆」

嘉隆は、いつまでも「アテ覚書」から目を離さない守隆を、抱くように押しとどめた。

「書かれたものは、所詮書かれたものに過ぎぬ。この備忘録は、控えが二部あるから、一部譲ってもよい。だが、そなたは、そのすべてを、自分自身の航海で確認し、そこで見たままを頭の中にたたき込まねばならぬ。たとえ父の書いたものであっても、鵜呑みにするな。航海術は、実践と経験が大事だ」

「はい」

「幸い、そなたの呑み込みの速さは驚くべきものがある。近いうちに、熟達した水夫を付けて小早船三艘・三組（計九艘）と、そなたの乗る主船一艘を、与える積もりでいる」

「えっ、本当ですか！」

守隆は小躍りした。

「嘘は言わぬ。それで、俺のいない間は、大いに航海の実践と経験を積んでもらいたい。ただし、この船で大王崎から南に出てはならぬ。水主頭《かこがしら》にも、しかと言い置くが、熊野灘の潮の流れは、操船が想像以上に難しいのだ。そなたの未熟な判断では危険だ」

「とすると、外海には、いつ頃になったら出ることを、お許しいただけましょうか」

外洋に出なければ、幼い頃からの夢である水平線の彼方を実感することができない。

それでは航海の興味が半減する。

だが、父は、激しく首を振った。

「当分は、この父と一緒でなければならぬ。理由は二つある。一つは、この沖合を流れる恐ろしい潮の存在だ」

嘉隆は、再び自室に戻り、熊野灘の海流図を持参して、守隆に見せた。

恐ろしい潮とは、日本列島の南岸を南西から北東へ流れる、後に黒潮と呼ばれる暖流のことである。九州、四国では、かなり接岸して流れるが、紀伊半島から遠州灘にかけては、沿岸を直進する場合と、大きく南に蛇行する場合とがある。

「この変化は、一旦変わると数年続くので、知っていれば問題は少ない。だが、この潮の幅と速さは場所によって違うので厄介だ。これを知るには、やはり経験が物を言う。それともう一つの沖合に出てはならぬ理由。それは、陸《おか》の見えぬ外洋航海には『沖乗り航法』の習得が必要だからだ。だが、これは、ちと難しい」

「では、どうやって学べばよろしいので」

守隆は、興味津々、父を振り仰いだ。

「『沖乗り航法』については、残念だが、この国には学ぶべき書も技もない」

嘉隆は、困惑した顔で答えた。「唯一の道は、来航したキリシタンの船にでも乗って、かれらの外洋航海の技を盗むしかない」

「盗む？　そんな！」

守隆は、目をむいた。

「嫌だろう。俺は、昔、わざと彼らキリシタン船の水夫に一時身を落とし、その、遠洋の技を盗み覚えた。その上で逃げ出してきた。だが、そなたのような真っ直ぐな性格では、それは出来まい。また、父親として、あの奴隷のような、惨めな思いを、息子のお前にさせたくはない」

「とすれば、どうしたらよろしいので」

「唯一の道は……、今は、北条の支配地に、ひっそり隠れ忍んではいるが、伊豆水軍の技に学ぶことだな」

「伊豆水軍！　ですか」

守隆は、思わぬ父の言葉に、「……伊豆に水軍があるのですか」と、つい叫んでしまった。

「恐らく、そう言うと思うたわ。だが、伊豆水軍の存在は事実だ。しかも不思議なことに、この国の、どこの水軍にもない『沖乗り航法』に長《た》けている水軍がいるようだな」

嘉隆の力説は続いた。

「伊豆の、もう一つの強みは、船造りの歴史が長いことだ。クスノキ、タブノキ、スギなどの太い丸太が無尽蔵にあり、これで昔から丸木船が沢山造られてきた。いや丸木船だけではない、古くから、我々の見たこともないような仕様の船が造られたという伝承まである」

嘉隆は顎をなぜながら、ぽつり、ぽつりと語った。

事実、『日本書紀』に、次の記録がある。

――応神天皇五年（古代、西暦不詳）の冬、伊豆で、長さ十丈（約三十メートル）の大船「枯野」が建造され、伊豆から難波に回航され、天皇が朝夕使う清水を汲んで運搬する業務につき、二十六年間就航した――。

「そんな馬鹿な。そんな大船が、あんな未開地で造られる筈がないと、中央の人々は思うかも知れぬ。だが、俺は何事でも、不思議な話を聞いた時は、頭から否定せず、まず、最初、オモシロがることにしている。次に、それがあり得るかどうかを検証する。そこから、意外な展開を思いつくものなのだ。ここで俺が伊豆に結びつけたのが、先ほど話した潮流なのだ」

嘉隆は、笑顔で守隆の顔を覗き込んだ。

嘉隆の力説が続く。

「そなたは、菅原道真公が遣唐使を中止した話を学んでいるな。話してみよ」

守隆はよどみなく答えた。

「遣唐使は舒明《じょめい》天皇二年目（六三〇）に始まりました。都合二十回の任命があり、十六回、実際に渡海しました。しかし、寛平六年（八九四）菅原道真公が大使に任命された時、公の献策により中止となり、以後、止めております」

「理由は？」

「唐内部の政情不安と航海の困難の二つと、習いましたが、父上のご意見は？」

「まあ、そんなところだろう。だが一番の理由は、やはり渡航の失敗により、朝廷が多くの俊英を失ったことだろう。まさか道真公が臆病風に吹かれて止めさせたわけではあるまい。では、遣唐使を止めた功罪についてはどう考える」

「唐の制度や新しい文物の導入の道が断たれたことが大きいと思います。私の関心事でいえば、以後、暦の新しい工夫の道が断たれ、益々、この国の暦が、季節の実際と合わなくなっております。これが最大の問題ではないかと」

「そうかな」

「と、申されますと、他になにか？」

「水軍の将としては、遣唐使の制度がなくなったことで、外洋船建造の必要が消えてしまった。この結果、この国の船の建造の技の進歩が止まった。これが痛かったと考えるべきだ。渡航の失敗で多くの俊英を失ったというが、進歩に失敗や犠牲はつきものだ。それを乗り越えずに身を引いた。これがこの国の『沖乗り航法』をすっかりダメにしてしまったのだ。だから俺は菅原道真公を尊敬せぬ。天神様は絶対に拝まぬ」

嘉隆は、笑いながら言った。

「私も、以後、そう致します」

守隆は、まじめくさって答えた。

「まあ、これは冗談だ。話を元に戻そう。こうして、この国から公式の外洋の渡航はプッツリと切れた。だが、それは相手国でもそうだというわけではない。『沖乗り航法』の得意な唐や明の交易船は、以後、何百年もの間、儲けの多いこの国を狙ってやってきた。だが、その多くはこの国の周辺を流れる速い潮の存在を知らなかった。特に大陸から南路を取った船団は、京への入港に失敗し、遠州灘を、そのまま伊豆半島の根っこに漂着してしまったのだ。そこから伊豆に特異な海人《あま》族の水軍が生まれたのではないか。これは俺の勝手な想像だが……」

「びっくりです。お父上のご想像の豊かさには感服の他ありません」

守隆は興奮を抑えきれぬように自分の意見を述べた。それにもまして、父が、ただの「荒くれ男」でないことを知って誇らしく思った。

「で、私も是非勉強したくなりました。ついては、その伊豆の海人族の集落は、先ほどの『アテ覚書』の中に記述があるのでしょうか」

「早速、おいでなすったな。よくそこに気づいた。あの『アテ覚書』には全伊豆の湊のことが出ている。もっとも、唐語《からご》で書かれているがな」

「唐語？　ということは、これは父上が、お書きになったのではないということですね」

「うむ、実は、遭難した伊豆の海人族の船の中から、昔、俺が見つけ出したものだ。だから、そなたに渡した一部しかない。大きくなったら唐語を学んで、内容を俺に教えて欲しいのだ」

「わかりました。そうします。しかし、海人族の遭難船からの発見となると、父上……」

守隆は微笑をたたえて言った。

「なんだ」

「この他にも何か、貴重なものがあったのではございませぬか」

「例えばなんじゃ」

父の顔が、一瞬緊張したように見えた。

「海図や船磁石《ふなじしやく》などはございませんでしたか」

「わははは。バレたか、そなたにかかると、すべてが、天眼通《てんげんつう》（千里眼）のように、お見通しじゃな。末恐ろしい子じゃ。では、それも見せてやろう。ついて参れ」

そんなやり取りの末に、連れて行かれたのは鳥羽湊の沖に停泊している嘉隆の旗艦である。船の前方、操舵室《そうだしつ》の中央に木製の椅子があり、その正面に「それ」はあった。

「船磁石だ。北を指す不思議の針が、その、へこんだ容器に入っておる」

父に言われて、木製と思われる丸い形の容器の中を覗いた。もっとも磁石の針が子《ね》（北）を指し、後は卯《う》（東）、午《うま》（南）、酉《とり》（西）の三つの方位を刻むだけの簡単なものであった。

「以前、安土に行くために乗船した関船では気がつきませんでしたが……」

「あのときは俺の旗艦ではないし、伊勢湾の内なら目をつぶってでも走れる。貴重なものだったので、はずしてあった。今は伊勢大湊でも造れるようになり、九鬼の五百石以上の大型船には、すべてにつけてある」

嘉隆は胸を張った。

「でも、最初は、異国の技まねなんですね」

守隆は、しばらく船磁石を眺めた後、がっかりしたように言った。

「いかんか」

息子に自慢の秘密兵器を「技まね」といわれて、嘉隆は、しょげたようだ。

「いけないとは申しません。しかし、どうしてこの国では、新しいものを一番初めに造れないのでしょうか。不思議です。この船磁石の石も、ずっと大昔から、この国にありました。ただ物を引きつけるだけの不思議石としてですが」

「ほう、そうか。それは何年ぐらい前のことだ」

「さあ、和銅《わどう》年間と言いますから、おそらく八百年以上前でしょう」

「そんな昔のことか」

「はい。それは物を動かす力があるところから、霊魂があると信じられたり、占いにも使われたようです。しかしある時、細い木に抱かせて水に浮かべると、クルクル木を回しても、ピンと、子（北）の方を向いて止まる。そこで方向指示器として使うようになったと習いました」

「誰が最初にそんなことをしたのだろう」

「さあ」

「日本の者か」

「いえ」

「隋、唐の者か」

「恐らく宋の人と思います」

「やはり異国の者か。残念だな」

「はい。しかし、彼らは、これを水の上に浮かべる『水針』としてしか使いませんでした」

「水の上では、揺れて不便ではないか」

「仰るとおりです。そこで、磁石を針の上に付けて、その針が、方向が変わっても子を指すような工夫をしたようです」

「誰が？　やはり宋の者か」

「それが、どうも宋の人ではないようで」

「では誰だ」

「さあ。もしかすると、父上の言われる、日本に流れついた伊豆の海人族かもしれません」

「まさか」

「いえ、あり得ます。なぜなら船磁石は、日本の遣唐使船の一部についていた形跡があり、その遣唐使船は伊豆で造られていますから」

「そこで伊豆と話がつながるというわけか」

「そうです」

「しかし、これ以上の伊豆の探索は今は無理だ。なにしろ、伊豆は産金を巡って、北条、武田、そして徳川の領国争いが真っ最中なのだ」


信長が一年半ぶりに動いた。

天正九年九月三日。次男・信雄《のぶかつ》を総大将として伊賀に侵攻したのである。

二年前の九月、信雄は独断で伊賀に挑み、逆に蹴散らされて、父から大目玉を食らった。

しかし、今回は毛利攻めの羽柴軍と北越を守る柴田軍を除く大動員であった。また、伊賀の攻撃に集中しても、積年の敵・石山本願寺の消えた現在、中央には、後顧の憂いが全くなかった。伊賀軍が、どんなに「忍びの技」に優れていようと、物量の差はどうしようもなかった。

織田方の侵攻は、四手に分かれていた。甲賀口からは信雄を筆頭に滝川一益、丹羽長秀、蒲生氏郷《がもううじさと》、そして甲賀衆の主力。信楽《しがらき》口は堀秀政。加太《かぶと》口は織田信包《のぶかね》（信長末弟）。

大和口からは筒井順慶《つついじゅんけい》。

だが、この中に九鬼嘉隆の名はない。

信長からの参戦要請がなかったのである。

（そなたは、来《きた》るべき毛利・村上水軍との最終戦に備えよ）という暗黙の合意があった
――と考えられる。ところが、九鬼本家の澄隆《すみたか》は違った。

二年前、織田信雄の要請を受け、手兵を勝手に出陣させて嘉隆に叱責されたが、今回も同じだった。無断で滝川軍に加わったのである。

（本家の跡取りの俺が、なんで分家の叔父の指示を仰がねばならぬのか）。そんな気持ちが依然、澄隆にあったのだろう。また、ここで名を上げて叔父から独立したいとも思ったに違いない。

嘉隆は傍観するしかなかった。だが、澄隆を「獅子身中の虫」と見る思いは益々募《つの》った。

伊賀攻めの戦局は、一カ月足らずで、一方的な織田方の勝利に終わった。この戦いでの信長の伊賀者に対する殺戮は、峻烈を極めた。

「女、子供を問わず、すべての伊賀者を根絶やしにせよ」

指令を受けた織田軍は、殺人鬼の集団となって働いた。気の弱い信雄は、父の指令に尻込みしたが、澄隆は、信雄の直臣顔負けに殺戮戦に従事した。

伊賀は、こうして強権で平定された。

元々は、平城京の昔から東大寺、興福寺、伊勢神宮などの荘園として栄え、伊勢、東海道に通ずる交通の要衝である。この後、ここを、信長さまは誰の所領とされるのか。旧荘園主の神社仏閣は大いに注目した。

隣地・志摩を拝領する嘉隆にとっても、これは他人事ではなかったのである。

天正九年十月。

信長は、平定した伊賀の内、三郡を次男・信雄に、一郡を末弟の信包に与えた。

結局、身内だけの独占としたのである。

（やはり畿内は、ご一門だけの支配をお望みなのだ。とすると、我が領土もいずれは……）

召し上げられて、自分たちは畿内から以西の地に追われるようになるのでは——。

そんな危惧の念を抱いたのは、羽柴秀吉（長浜城主）、明智光秀（坂本城主）、蒲生氏郷（日野城主）、筒井順慶（大和一円）といった畿内に拝領地を持つ面々である。

そう思うと、信長公の口ききで朝廷からいただいた官名、

秀吉の筑前守《ちくぜんのかみ》

光秀の日向守《ひゅうがのかみ》

も、なにやら九州行きを暗示するようで、信長さまの深慮遠謀めいてくる。

特に光秀は、実子がないために養子を信長さまからいただいている秀吉、夫人が信長さまの次女である氏郷、この二人と違って、織田家との姻戚関係が全くない。それに信

長さまの嫌う年長者であった。

はなはだ居心地のわるい思いがしたろう。

その意味では、志摩半島のはずれに居る九鬼嘉隆も似たようなものだった。「大隅守」の官職名も九州行きを暗示するのかも知れない。

(九州には行きたくない。いずれ守隆の嫁には、信長さまの御息女をいただかなくては)

そんな余計なことまで考える始末だった。

そこに飛び込んできた噂が、さらに嘉隆を悩ませた。本家の澄隆が、此度の伊賀攻めの功により、信雄の拝領地となった伊賀三郡の中に出城《でじろ》を賜《たまわ》り、信雄の「直臣扱い」になるのでは、というのである。

元々、信雄は、父信長の強引な「押し込み政策」で、北畠氏の血統を廃嫡《はいちゃく》させたうえで、北畠家の養子に入った身である。周りは北畠氏の縁者ばかり。針のムシロに座らされているような毎日だったろう。

(一人でも頼れる腹心の部下が欲しい)

そう思うのは当然である。

そうなると――、我が身そして守隆の将来はどうなる。もしかすると、信雄は父の威光をカサにきて、我等を九州に追いやり、澄隆が我等の、この地を併呑《へいどん》するのではないか。

この思いに到った時、嘉隆は慄然《りつぜん》となった。

（澄隆を亡き者にしなければならぬ。それも信雄の直臣同様に遇される以前に……）

直臣になった後では、主君信雄が黙ってはいまい。嘉隆が、秘かに、この決意を固めたのは天正九年十一月である。だが、澄隆は、行事にかこつけて鳥羽湊に招聘しても多忙を理由に、なかなか寄りつかなかった。いっそのこと、信長さまが弟の信行さまを殺した時のように、自分も大病と偽《いつわ》って澄隆を見舞いに来させる。そして寝室に招きいれて謀殺する。これも考えた。

しかし、自分が大病といえば、主君気取りの信雄から、もしかすると信長公からも見舞いの使者がやってこよう。そうなれば密殺は、益々難しくなる。あれこれ考えあぐむ中で、嘉隆の天正九年は、慌ただしく過ぎていった。

一方、こちら守隆。伊勢神宮の冬至の陽光の出を、もう一度。そして今年こそ、父と一緒に見る予定だった。だが、誘った父が、なんとなく「心ここにあらず」の様子に、とうとう自分まで伊勢に行きそびれてしまった。

「父上は、どこか、お身体でも悪いのであろうか。お顔の色が優れぬが」

と、武吉に訊ねた。

「さあ、そんなことはござりますまい。悩んでおられるとすれば、鳥羽砦の城への改修のことでございましょう」

武吉は軽く考えていた。

「そうかな」

「そうですとも。近頃は、火器の発達で、城造りの考え方が全く変わりました」

「それは知らなかったな」

武吉の話に、つい、引きずり込まれる。

「城は土塁《どるい》でなく石積み。それも十数丈にも及ぶ高いものとし、敵が登れぬような、特殊な傾斜を工夫せねばならなくなりました」

武吉は得々としゃべった。事実、九鬼軍自身、前年十月、荒木村重のこもった尼崎城と華隈城を、あっさりと火器で大破している。

使用したのは国友製の大口径の鉄炮だった。

しかし、この火器は、まだ序の口。南蛮にはまだまだ、もっと大きな口径の大砲というものがあり、艦船にまで積み込むことができる。

「そうなると、天守（閣）すら不要になるのではないか。お館さまは、そう仰っておられます」

「父が天守（閣）が不要になると申されたか！」

まさか！　この時、なぜか、燃え上がる安土城の天守（閣）の不吉な姿が守隆の目に浮かんだ。

同じ天正九年冬十二月。中央では織田軍団が、全国制覇の最終仕上げの段階まできている。

すでに畿内に敵なし。北陸は、北国軍団総帥・柴田勝家が、信長の「老臣追放人事」におびえながらも、なんとか、加賀を平定した。

中国筋では、山陽道を往く中国軍団の総帥・羽柴秀吉が、大きく迂回して、山陰の鳥取城まで攻め落としていた。領土的には毛利と、これになびく毛利派の中国地方の支配地の七割以上を奪ったことになる。

それだけではない。秀吉は、毛利領内各所の豊かな銀山（実は金も産出していた）のほとんどを手中に収め、毛利側の財政収入の息の根を止めることに成功していた。その余慶《よけい》で、秀吉の懐も潤っていたに違いない。この年の信長に対する秀吉の「お歳暮」の献上品は、並み居る家臣の度肝を抜くものであった。

「お歳暮道中」は、年末、安土に戻った秀吉の直接指揮の下、十二月二十二日に開始された。

早朝、夜明けと共に始まった道中は、大太鼓が鳴り、城門が開かれると同時に入城した。だが、荷駄《にだ》の末尾は、大手門の百間（約二百十メートル）以上坂下にある羽柴別邸を出きっていなかったほどの長蛇の列であった。

品目には、御太刀一振、銀子一千枚、御小袖百、鞍《くら》置物十、播州杉原紙《ばんしゅうすぎはらがみ》三百束、なめし皮二百枚、明石《あかし》干し鯛一千枚、クモだこ三千連等が主なものだ。が、これに織田家の女房たち向けの小袖が二百枚ついていた。

面白いことに、献上品に金《キン》はない。

金は、お歳暮ではなく、戦略品として、別途運んだのか。それとも秀吉がチョロまかしたか。どうも後者臭い。というのは、この地方の鉱山は、どこも「銀山」だらけで、「金山」という名がない。だが、銀を産出する鉱山は、必ず金が出る。ところが、金の記述が秀吉の周辺ではすっぽり抜けているのである。この辺りはどう考えても腑《ふ》に落ちないのだが——。

ともかく、「天下布武《てんかふぶ》」を標榜《ひょうぼう》する信長だったが、こと、ここに到っては、用心深い気持ちにも、どこかに余裕があったのであろう。

天正十年は、信長の「狂騒」で始まった。

元旦——、信長は年賀に来る家臣を含め、挨拶にくる者全員に「祝い銭」百文を持参することを命じ、払った者だけに城の観覧を許すという奇行を演じた。

それだけではない。自ら、お台所の「おうまや口」に出向いて拝観料を受け取り、背後の収納部屋に放り込むことまでやらかしたのである。

こうなると、物見高いは人の常である。

日頃は平伏したまま「ご尊顔」を拝することもできない下級武士から町民までが、一目《ひとめ》、殿様の顔を見ようと我先に押しかけた。

このため安土城の石垣が崩れ落ち、多数の怪我人ばかりか死者まで出る羽目となった。

「『天下布武』成る——で、嬉しくてたまらない気持ちも解らぬではない。が、すこしばかり、これは、はしゃぎ過ぎだわな」

そんな呟きをもらしたのは、雑踏にまぎれて城内に潜入した男――、実は、年賀に参上した嘉隆とは別行動で、昨年来、諜報蒐集を続けている荒木田武友である。

早朝、寅《とら》の刻（午前四時）の天皇さまの「四方拝《しほうはい》の儀」に招かれて内裏に参集した後、続く元日の「節会《せちえ》」の儀式を欠礼しての、京からの直行であった。

それも、途中、着替えなどして手間取ったため、着いた時が、ちょうど死者の出た大混乱の最中だった。改めた衣服は、ねずみ色の下着に萌黄《もえぎ》色の格子模様の着ざらしの小袖を重ね、黒色の帯を締めた着流し姿。一見ごく普通の市井《しせい》の老人にしか見えない。

（内庭も見せてもらおうかの）と思って雑踏する群衆から離れて迂回《うかい》したが、さすがに、この姿形では衛兵に追い立てられ、内には入れてもらえなかった。しかし、ぞろぞろと、うち揃って城内から出てくる上級武士や堺商人たちの立ち話が、いやでも耳に入ってきた。

その言葉の端々から「みゆきのま」「うんげんべりのたたみ」という聞き慣れない語《ご》彙《い》が、何度も聞き取れた。「みゆきのま」とは御幸の間、帝の御部屋であろう。「うんげんべりのたたみ」とは繧繝縁《うんげんべり》の畳、これは、古来、帝と上皇だけが用いてこられた特注の縁の畳に違いない。そんな部屋や畳が、この城にあるのだろうか。あるとすれば、どう解釈すべきか。

いくら思い上がった信長でも、そんな部屋を勝手に造り、そのような畳に平然と座っているとは考えられない。武友は考え込んだ。

そんな思い上がりでは、信長めは、北山第《きたやまだい》の豪荘を造り、同じように専横を極めた上で不審死を遂げた三代将軍・足利義満。この男と全く変わらないではないか。

（このような増上慢の末は――死。それが、この国で朝廷をないがしろにした梟雄《きょうゆう》のすべての運命である。一人たりとも例外はない）

この思いに到《いた》った時、武友はぶるぶるっと身に悪寒が走るのを止めることができなかった。

武友は、急ぎ、琵琶湖経由で再び京に戻る。

京との往還は、歌人にはきつかったが、安土がどうにも好きになれない。霊感が鋭いせいだろうか。それとも武士たちが鈍感なのか。人には笑われるが、武友は、安土城下の九鬼屋敷に寝所を取ると一睡もできない。築城中に城の土台の「蛇石《へびいし》」が転げ落ちて、その下敷きになって死んだという何百人もの農民の亡霊にうなされてしまうのである。

嘉隆とは十五日の信長主催の「左義長祭《さぎちょう》」の開催される二日前に安土城下の九鬼屋敷で会う約束である。それまでは解放されていた。

目指したのは、歌人仲間の一人、連歌師・紹巴《じょうは》の京の自宅である。昔は、小さな陋宅《ろうたく》住まいだったが、最近は退屈しのぎの商家の隠居などに弟子層が拡がり、羽振りもよくなった。今では、下京《しもぎょう》の結構な構えの屋敷に住んでいる。

着いた時は、戌《いぬ》の下刻（午後九時）を回っていた。すでに元日宴を終わり、晴《ハレ》の御膳は残っていなかったが、縁起ものの雉子酒《きじざけ》だけは残っていた。

「まずは一献《いっこん》」と言われて空きっ腹に、ぐいと二、三杯。はらわたに滲《し》みた。

「うむ、甘露。旨《うま》い酒だな」

思わず声が出る。

「それは結構。伏見の地酒でな」

「伏見？　伏見で酒ができるのか」

「ぼつぼつ造らせて、口伝えでひろげているところだ。あそこには御香宮《ごこうのみや》神社があるでな」

「知っている。境内から、香りの良い水が出ている。そうか、あの神水で酒を造るのか」

「そうだ。なにしろ、酒を一升造るのには八升の水が要る。水が酒造りの命だ」

「それでは旨いわけだ。それに比べると……」

「なんだ」

「申し訳ないが、今朝ほどの四方拝の儀でいただいた内裏の御酒のまずかったこと」

武友は、思い出しただけで、思わず身に震えがきた。

それは酒ではなかった。まるで酢だった。

「そうか、やはりな」

紹巴は、にやりと笑った。

「やはり、なんだ。なにかあるのか」

と武友が言葉を追う。

「いや、今日の昼下がりに、貴殿同様、四方拝の儀に参列されておられた近衛さまが拙宅にお寄り下され、儀式のお下がりをお持ち下さった。だが同じことを言われたわ。これは神棚に飾りに上げておくだけにしろ、呑むなよ、口が曲がるでなと、笑われてな。言われたとおり神棚に上げたままにしてある。見るか」

「いや、いい。そんな、お気の毒な御酒を御帝が召し上がっておられるのかと思うと、悲しゅうて、悲しゅうて、折角の伏見の酒の酔いもさめるでな」

「全くだな」

この頃の朝廷は、荘園のほとんどを武士に奪われ、残る直轄地からの収入は禄高にして、せいぜい一万石程度。これでは、京の広大な屋敷と多数の公務のための官人を維持できぬのは当然であった。勢い納戸方が苦しくなり、御酒などは民間からの献上品を、いつまでも置いておく。そのせいで、酒がみな酢になったのである。

「それはそうと、安土の様子は如何でしたな。城の観覧料を取ったと聞きましたが」

紹巴は早耳だった。

「聞いたか」

「これも近衛さまの筋からだ」

「で、どう思う」

「呆れて言葉もないわ」

「そこで聞いた話だが、あの城には御幸の間があり、繧繝縁の畳まであるそうじゃな」

「うむ」

「知ってか。それではまるで、己が帝気取りではないか」

「うーむ。だが、そうとばかりは言えまい」

「なぜじゃ」

武友は、紹巴が落ち着いているのが不思議だった。が、紹巴が、こう解説した。

「というのは、実は、これには二つ説があってな。一つは、御幸の間も繧繝縁の畳も、己の勝手使用のためという説の他に、帝を安土城にお迎えするための用意、との話もあるのだ」

「帝を安土城にお迎えする？　なんのためだ」

「解らぬ。あくまで噂じゃ。それより不敬きわまることといえば、実はもう一つ別の話がある。これは別の方から、お聞きした話じゃがな」

「聞かせてくれ。俺は安土城の中を知らぬで」

武友は酒杯を置いて耳を傾けた。

「その、お方の申されるには……」

言いかける紹巴に、

「一体誰じゃそれは」

と、武友は口をはさんだ。

だが――「それは言えぬ」と紹巴は、その名を明かすことを避けた。

恐らく信長とごく近い方、それも秘密裏の見学であろうか。

「ではやむを得ぬ。話だけでも聞かせてくれ」

「それでは言うがな、実は安土城の上二重（五階）の鰭板壁《はたいたかべ》には、人に言えぬような竜の飾りがあるのだそうな」

「まさか。竜の飾りは皇帝の象徴だ。滅多な者が付けられぬことは古来の仕来《しきた》りだぞ」

「そうらしいな。俺は知らなかったが、そのお方は、有職故実《ゆうそくこじつ》の道に通じておられる。その点をひどく怒っておられた」

「もっとも、信長めが、竜の飾りの意味を知って付けたのかどうかは疑問だがな。あの男、戦さ以外のことは全く無知だからの」

「いや、その点は、あの城の普請を務めた宮大工の岡部又右衛門に直接確かめてある。又右衛門は、竜の飾りだけはいけませぬ、どうかお止《や》め下されと、再三、信長に意見具申したらしい。だが、その理由を又右衛門から聞き出すと、信長は言ったそうな。『そのようなこと、余の知ったことか。造らぬとあらば殺す』と。で、又右衛門は、泣く泣く造ったそうだ」

「ふむ。すると、朝廷への不敬を知った上で信長の奴は造ったというのだな」

「そのようだな。あのキリシタンかぶれなら、あり得る話ではないか」

「バチ当たりめが、本当にバチが当たればいいのだ。くさくさするな。また酒にするか」

「よかろう」

再び酒盛りとなった。

「酒の肴《さかな》がない。だが、代わりに、こんな落首《らくしゅ》は座興にどうじゃ」

紹巴が、こう言って奥から短冊に書き写した落首を持参した。

花よりは団子の京となりにけり
けふ（今日）もいしいし（石々）
あすもいしいし

「あはははは、これはいい。恐らく安土城の築城の石探しを、からかった歌だろう。が、石は禄米《ろくまい》に通ずる。恥知らずの出世者ばかりが大きな顔をするこの世を嗤《わら》う歌としても傑作じゃ」

久しぶりに武友は腹の底から笑えた。

同年一月十三日の夜陰。

安土城の「七曲がり道」沿いの九鬼家拝領屋敷の三畳茶室である。

部屋の隅の小炉を囲むようにして主人の席に嘉隆、その横に武友が座っていた。

二人は、夕餉《ゆうげ》を終えた後、ここに引きこもり、さきほどからしきりに密談にふけってきた。

嘉隆は、話題が、元日に、信長さまが城の観覧料を徴収したという「酔狂話」の時は、時々、聞きたくないというように、顔を歪《ゆが》めた。

(信長さまを尊敬する守隆には、聞かせたくない話だ)

息子思いの、そんな顔つきだった。だが、京の歌人・紹巴の話になった頃からは、ようやく身を乗り出して真剣になった。

「俺は、お城の上二重までは昇殿を許されていない。それゆえ、その「竜の飾り」とやらのことは知らぬのだが。恐らく、ご覧になったとすれば、重臣の羽柴さま、明智さま、細川さま、あるいは柴田さまのいずれかでござろうよ――」

と、しばらく腕をこまねいた。が、「待てよ、有職故実に長けたお方となると、この中では限られる。明智さまと細川さまのいずれかしかないかな」と、言い直した。

武友は、にっこり笑い、

「ご明察。拙者も同じ意見です。では、そのどちらと、お考えでしょうか」と、訊ね返す。

「それはもちろん――、と言いたいところだが、これは言いにくいな。いっそのこと二人で名を書いて、その紙を見せ合うのはどうだ」

「結構でございますな、殿。では――」

二人は、頷《うなず》き合うと、やおら筆を取って、懐紙に、さらさらとしたためて交換した。

期せずして二枚とも明智光秀さま、となっていた。

嘉隆は、笑いながら訊ねた。

「先生が明智さまとされる理由は？」

「細川さまは、ご性格からして、このようなことは見て見ぬふり。避けて通られる方でございますから、怒りはありえぬことと存じます」

嘉隆は、大きく頷くと、

「確かにな。俺もそう思う。一緒に戦さをしていても、細川さまは実に要領よく立ち回られたな」

と答えた。信長の命ずる残虐な掃蕩《そうとう》戦では、いつも目につかぬ場所に逃げて、手を汚すことを最小限にしようと努めた男・細川藤孝。信長公に苦言を呈する光秀とは全く逆だった。

「藤孝さまには、そう言われても仕方がないところが多々ありましょうな。だが、しかし」

武友は、ここで一呼吸置いて続けた。

「それも、細川家という家名の重さのなせる因果と、拙者は理解してやりたいのですが」

「家名の因果――でござるか、さて、さて、いかなる意味でござろうや、お教えくだされ」

「いや失礼仕《つかまつ》った。歴史の長い家名の家では、その名の重さで滅多なことができない。束縛を感じるということを申し上げたかったのでございます。また、そうでもなければ、古今伝授のような、いにしえの伝承遺産を承継し、また、それを後世に伝えていく伝統ある家柄は守れませぬ。ましてや拙者、この身を伊勢神宮の禰宜《ねぎ》の仕事に沈潜《ちんせん》し、安全という大地から首だけ出して世を眺める身。細川さまの保身を笑う資格はございませぬで」

「なるほど。それでなんとなく解りました。が、もっとも、九鬼のような、先代までは海賊呼ばわりされた家の者には、家名の因果とやらは全く逆の因果でござるわ。わははは」

笑いに紛らせた後、「まあ、先生の家系の話は別として、その点、明智さまは、あまりにも義憤のお心が、強すぎる。それが唯一心配で」

嘉隆は、光秀の端麗な顔を思い浮かべながら、何気なくそう言った。

すると、武友が、

「ということとなれば殿。拙者、これからは特に明智さまの動向に極力注視するように心がけましょう。よろしゅうございますか」と応じた。

「そうしてくれると有り難い」

「ということで、次は、これからのことでございますが」

武友は、ここで、つと膝を進めた。

「うむ、なんなりと聞かせて欲しい。志摩にこもっていると、すっかり田舎者になってしもうて世間の動きにうとくなるでな」

「ご謙遜を。しかし、次の話は、ぜひ、お耳に入れておきたく存じます」

武友が語り始めたのは、二月からの信長の甲斐出兵計画であった。

「この遠征に、信長めは、なにを思ったのか前関白《さきの》・近衛前久《さきひさ》さまの遠征への同行を朝廷に要請したのでございます。そこから信長の出兵計画が拙者の耳に入った次第で」

「ほう、なんのために公家を巻き添えに？」

「それが、信長の意図がさっぱり解らないので」

武友は不安そうな目で答えた。

信長は、正月十五日の左義長祭に、ド派手な衣装で馬に乗って登場。並み居る部下をアッと言わせて、一人悦に入った。

かと思うと、妙に仏心《ほとけごころ》を出した。二年前に追放し、山中で餓死させた佐久間信盛の子息・甚九郎を探し出して、旧所領を回復してやったのである。

そして二月。武友の諜報どおり、信長は甲斐出兵を宣言した。問題は、信長の近衛前久同行要請に、朝廷がどう対応するか――だった。

信長は無官
前久も無官
だが、前久は前関白である。今は無官とはいえ、経歴から言っても、信長に「随行」する形にさせるわけにはいかない。これが朝廷の権威を重んじる帝の苦慮するところであった。
帝は、当初、参加を断る積もりだった。だが豪毅な性格の前久は「物見遊山を装いながら信長の真意を見極めたい」と、この受諾を帝に求めた。すったもんだの思案の末の結論が、
近衛前久　太政大臣に任ず
の発令となった。この時まで欠員で在官者がいなかったが、公家としては関白に並ぶ最高の官職である。これなら無官の信長は、前久が参加するに際して、粗略には扱えない筈。
朝廷はそう信じた。
だが、信長は、この発令を完全に無視した。無視しただけではない。前久の乗る網代《あじろ》乗物と、随行する五十人の小者のすぐ後に、日本一珍しい男を置いたのである。
キリシタンから献上された黒人奴隷・弥助であった。これに自分（信長）と同じ赤いビロードの服、黒い鳥の毛の突き立った帽子、黒マントをなびかせて馬上の人としたから、たまらない。行く先々の村落で、物見高い住民が、日本で「唯一の黒人」を見よう

と仕事そっちのけで大変な人だかりとなった。前久の乗物はすっかり邪魔者扱いされ、右往左往する有様。

しかし、織田軍団は、群衆の狼藉を見てもゲラゲラ笑うだけで、追い払おうともしなかった。

これが麿《まろ》（自分）に同行を求めた信長の真意だったのか――と、前久が覚った時は、すでに「後の祭り」だったのである。

前久は一人、網代乗物の中で悔し涙にくれたことだろう。そして涙の涸れた時、前久の瞳の中に浮かんだのは「このままでは捨ておかぬぞ」という復讐への固い誓いであった。

志摩に戻った嘉隆は、京にとどまって諜報蒐集を続ける武友からの報告を一日千秋の想いで待つ身となった。甲斐への出兵には、招集こそされなかったが、不安は無用だった。

信長さまから、正月の左義長への参加の折、耳打ちされていたのである。

「水無月《みなづき》（六月）までに、さらに船足の速い大船を用意せよ。それに乗って、我等、厳島《いつくしま》で毛利水軍との最終戦ぞ」

準備は昨年から着々と進めている。

火器の大型化も、信長さまに見放されて幽閉中の国友与四郎と秘かに連絡を取り、さらに口径の大きな鉄炮の製作の見通しもついていた。

与四郎は謹慎中の身とあって、他の仕事に追われることなく嘉隆の依頼に協力してくれる。

すべてが予定以上に進んでいた。

更に——、今度の厳島の海戦には、初めて守隆を連れて行くことが出来そうだった。その後守隆は、少年ながらも、与えられた十艘の艦船を指揮し、何度となく伊勢湾内を、艦隊を整えて見事に航行しているという報告を得ていた。

（では厳島海戦で守隆の初陣を飾らせよう）

ふと、そんなことまで考えていた。

問題は、九鬼一族の内部対立。すでに本家の澄隆を亡き者にする決心はついている。だが、いつ、どうやって、という方法論が、依然定まらない。織田軍団の甲斐出兵が絶好の時とも考えた。が、出陣したのは嗣子・信忠を総大将とする傘下の武将たちと、この機会に駿河を手中にしたいという野心を持つ、徳川家康の軍団だけであった。

次男・信雄、三男・信孝には、お呼びがない。

この二人の支配地である伊賀、伊勢一帯は、父信長の強引な侵略で奪い取った土地で、まだ不安定。とても二人が留守にするわけにはいかないということか。あるいは、兄信忠が弟二人の参加を嫌ったのか。そこまでは定かでない。

澄隆は、今回は、甲斐に出兵する滝川さまからの参加要請を断ったらしい。それより織田信雄に付いて行く方が、自分の将来の身のためと思っているのかも知れない。

（幸い造船に関する知識、水軍の航海術などの蓄積は澄隆にも滝川さまにも流出していない）

これが、唯一のこちらの強みだが――、いや、それだけではない。守隆という跡継ぎがいる。

（まるでトンビが生んだタカだ）

守隆のことを考える時だけが、嘉隆の至福の時であった。

二月十二日　織田信忠出陣。惟任日向守《これとうひゅうがのかみ》さま（明智光秀）は、信長の命令で坂本に待機、予備軍仰せつかる
同月十五日　各所にて開戦。いずれも織田方圧勝とのこと
同月十六日　敵将・穴山玄蕃《あなやまげんば》（梅雪《ばいせつ》）寝返り
三月　一日　信忠、信州高遠《たかとお》城攻略
同月　五日　信長、信濃出陣
同月十一日　逃走中の勝頼卿、山中の田野なる在所の某屋敷にて発見され、先陣の滝川儀太夫（益重）これを囲む。勝頼卿、一門妻子共々ご自害遊ばされたる由

以上は、武友から数回に亘って送られてきた密書の内容である。いずれも朝廷の合戦の従軍観戦者から得た朝廷経由の諜報であろう。面白いのは、織田方は呼び捨て、反対の武田側には敬称をつけて寄越したことである。朝廷の報告そのままを引き写したのか、それとも武友の織田方嫌いの結果なのかは解らない。

さらに、

三月二十三日　勝頼卿を自害に追いつめた功により、滝川左近（一益）、上野国、ならびに信濃の二郡、計五万石を封さる

同月二十九日　家康、駿河国を拝領

信長、家康を伴って駿河経由で帰国の途につく

との追伸が届いた。

（滝川さまが、やっと五万石の大身になられた。だが遠国の上野国とは、お気の毒）

祝いの手紙を書くべきかどうかを、すこし考えたが止めることにした。皮肉と取られたらかなわない。しかし、読み終えた嘉隆は、これで、目の上のタンコブが取れたと感じた。

ほっとしたことは事実であった。

（これで澄隆を亡き者にしても、滝川さまの干渉を受けることは、よもや、あるまい。

遠国であることのみならず、あの国は、伊賀以上に統治が難しいのだ）

勇気が湧いた。後は実行あるのみ。方法論としては、すでに秘密裏につくった実行部隊の手で、不意を襲って暗殺するか。はたまた、忍びを使っての毒殺か。この可能性の検討を何度も繰り返してきた。が、最後に「殺す口実」を決めかねていた。それがひょんなことから吹っ切れた。守隆が夜間航海中、田城砦付近で銃撃を受けたとの諜報が飛び込んだのである。

「守隆の船団が銃撃を受けたと！　それは、いつの話なのだ」

怒り狂った嘉隆は、漁師から入った銃撃の知らせを確かめるため、自室に磯部武吉を呼ぶと、いきなり叱りとばした。

「は、はい。それは……」

おろおろする武吉。

「早く申せ。そして守隆は無事か？　無事なのじゃな」

しばらく伊勢大湊の船造りの現場にこもっていて、守隆と会いそびれていたのである。

武吉は、こくりとうなずいた。

「ならばよい。まあ座れ。で、銃撃は、いつのことなのだ」

動悸が去って、落ち着いた口調に戻った。

「はい、お館さまが京に参られている睦月《むつき》（一月）半ばのことでございます」

「なんだと！　そんな前のことなのか。なぜ余に報告せぬ」

「守隆さまから、殿へのご報告を固く禁じられておりましたので」

「なにゆえじゃ」

「下手人が本家の者かどうかの確認ができませぬ。それが調べ終わるまでは控えておけと」

「しかし、田城砦の漁師が沖で見たというのだぞ。澄隆の部下に間違いなかろうが」

「そうとも限りませぬ。滝川の水軍かも知れぬ。あるいは、異国の船からの発砲かも知れぬ。そう申されまして、我等の申し上げることを、お聞き入れなさいませぬ」

「あきれた強情な奴だな」

「強情と申せば、過ぐる三年前の冬至の折、伊勢神宮付近でも夜陰に乗じて、我等が行列は発炮を受けました。これも報告を禁じられました」

「なんだと！」

嘉隆の怒りが再発した。

「守隆を、すぐ呼んで参れ」

「いえ、今は守隆さまは守隆丸に乗船して湾内を航行中でございます」

「遊びだろう。構わぬ、呼べ」

「とんでもない。田城砦を海上から攻撃するには、どの方角から船を接近させれば、一番安全で、かつ有効かを、毎日のように考究中で」

「なんだと！」

「やはり、鬼の子は鬼でございますな」

武吉はにやにやして答えた。

「そうか、そんな子になったのか」

嘉隆の怒りは一度に消えていった。

そうこうしているところに、ひょっこりと武友が京から帰った。手紙では書けない重大な話があるというのである。早速、密談となった。

「まず二つ、三つほど、ご報告を」

「うむ」

「一つは、太政大臣として出かけられた近衛前久さまの、その後のことでございます。信長の要請に応じて甲斐への遠征に同行したはいいが、途中、数々の屈辱を受けた由」と、黒人と一緒にされ、くたくたになった恥の話を披露した後、「その後、しばらく行方知れずとなりました」と告げた。

「まさか！」

これには嘉隆も驚いた。が、

「いや、真相は織田軍勝利の後、信長と別行動を取り、上杉領に潜入。景勝殿に面談されていたようで」と武友は解説した。

「なんだ驚かすな」と、嘉隆は苦笑いしたが、武友は笑わない。まじまじと嘉隆を見つめて、

「これはなんのためかは、まだわかりませぬ」

と加えた。あくまで慎重だった。

「そのため、近衛さまは、信長より帰国がずっと遅れました。以後は、内裏にも姿を現さず、色々な方と会っておられます」

「例えば誰と？」

「吉田神社の吉田兼和《かねかず》さま」

「ならば問題はないな」

信長さまは、公家と武将の直接の交際を禁じている。だが、宮司なら禁には触れない。

嘉隆は、そんなことより、なぜ明智光秀さまが坂本に待機させられたのかが知りたかった。

武友は、渋々、話題を変えて、こう答えた。

「おそらく、信長は、総勢を挙げて甲斐に遠征した後の畿内の空白に不安を感じていたのでしょうな。なにしろ次男、三男が頼りないので」

「そうか、そういう考え方もあるのか。ならばますます問題はない。で、今は、どうなさっている？」

「信長が、帰路、世話になった礼にと、三河さま（家康）を安土城に、お招きしました。その饗応《きょうおう》役を仰せつかったとのことで」

「なに！　六十万石の大身の殿を饗応役になさったのか！　いくら三河さまの接待とは

いえ、それはない、解《げ》せぬ。どこかおかしくはないかな」

「全く！　信長の人使いの荒さには、ほとほと呆れますな。では、その後の話は、また後日」

急ぐのか、飛ぶようにして武友は京に戻る。

その数日後の六月二日早暁。驚天動地の事件が発生した。

覇王・信長が、あっけなく光秀に暗殺されたのである。

第四章　天下取りの行方

天正十年（一五八二）六月五日の昼下がり。

九鬼守隆は、鳥羽砦に戻った父・嘉隆から、二人だけの昼餉《ひるげ》をはさみ、間もなく竣工する大船の話に聞き入っていた。

そこに、京の荒木田武友《あらきだたけとも》から、早馬で密書が届いた。

表に、じきひ（直披）と大書されている。

急ぎ自室にこもり、一人、手紙を読み終わった嘉隆。再び守隆の待つ食事の部屋に戻った時、その顔は、別人のように蒼白《そうはく》になっていた。

「恐ろしいことが起きた。恐ろしいことが……」

父は、それだけ言うと、だらりと垂れた巻紙の端を、鷲《わし》づかみのまま守隆に手渡した。

父の目が天空を睨《にら》んだまま動かない。

「一体なにが起きたので！　父上」

大きな身体の父を、なんとか支えるようにして、座り直させると、守隆は、やおら巻紙を引き伸ばして眺めた。そして武友の、御家流の流れるような墨痕《ぼっこん》を追う。書簡には、こう書かれていた。

九鬼大隅守殿
一筆啓上　すでに、ご高承かとは存ずるが、念のため、ご報告申し上げそろ（候）
去る水無月（六月）二日払暁《ふつぎょう》　京・本能寺滞在中の信長　明智光秀の軍勢一万数千に
不意を襲われ　よもやの敗死と承る
本能寺炎上　灰燼《かいじん》に帰してそろ
なぜに光秀が謀反か　しさい（子細）不明
されど　信長の首級と遺体は見あたらず
明智方苦慮の様子にそろ　信長逃亡の噂しきりなり　あとは　追い文にて
なお書き　先年　信長に家屋敷を焼き払われし上京の民　この報にわきたち　もいちど左義長《さぎちょう》したき喜びの様子にござそろ

うわさでは　公家衆も秘かに溜飲を下げ祝杯をあげているらしゅう　承る
坊主ども　その喜び　殊に露骨　見苦しきほどに酩酊《めいてい》のさまにて　京の町なかをかっぽ（闊歩）いたしおり　醜悪　沙汰のかぎり
切支丹の宣教師ども　雲隠れして見えず　こちら　笑止のきわみ　呵々《かか》
恐惶謹言《きょうこうきんげん》
たけ（武）

天正十年壬午《みずのえうま》
水無月三日申《さる》上刻（午後三時）

守隆もまた茫然、我を忘れた。

どのくらいの時が過ぎたであろうか。

親子二人が自分を取り戻したのは、噂を聞きつけて、どっと砦の前に集まってきた部下の兵の叫び声を聞いた時である。

「お館さま、これからどうなるだ、教えてくだされ」

非情の将ではあるが、九鬼一党にとっては、杖《つえ》とも柱とも頼む信長が消えたのである。

不安におののくのも無理はなかった。

我に返った嘉隆は、唇をキュッと噛んだ。

「よし、俺についてこい」

守隆に命じて、すっくと立った。すでに、引き締まった日ごろの精悍《せいかん》な顔に戻っていた。

守隆は嬉しかった。これでこそ父上だ。

父は、幹部の武将だけを砦の大部屋に招き入れた。集まったのを見届けると、ぴたりと襖を閉ざして、厳《おごそ》かに告げた。

「わしの知るところは、まだ残念ながら少ない。京におられた信長さまが、明智光秀の謀反に遭い、ご最期を遂げられたとのことのみである。事情は全く解らない。だが――」

ここで五十人あまりの部下を睥睨《へいげい》し、

「追って、詳細を知らせる二伸、三伸が届く手筈《てはず》となっている。来た時は、随時、砦の大太鼓を打ち鳴らして知らせるゆえ、夜間といえど直ちに参集せよ。それまでは、各々屋敷にとどまり、信長さまの冥福を、お祈りして待機せよ。みだりに勝手な会合を持ち、憶測をまき散らして、民を迷わせてはならぬ。違反したものは容赦なく切り捨てるぞ」

凜とした口調に、部下は声もなく退散した。

武友からの二伸は、その後、しばらく来なかった。代わって、安土城の拝領屋敷・留守居役の波切五郎兵衛からの密書が届いた。これで安土城下の様子が、おぼろげながら判明した。

密書は、こう語る。

安土城の織田家留守居役は、上位が尾張衆、下位が征服された近江衆で、日頃から仲が悪い。そのため、なかなか明智軍への対応策がまとまらなかった。そのうち近江山崎城主・山崎志摩守《やまざきしまのかみ》が光秀に応じて謀反。屋敷に火を放って遁走《とんそう》した。しかし、その他の謀反者は出ず、近江衆の一人、蒲生賢秀《がもうかたひで》殿の誘導により、信長さまの女衆は蒲生さまの城・日野城に待避。他の者たちは、光秀軍の攻撃を回避すべく、粛々と琵琶湖東岸を北陸方面に落ちる準備を進めている、云々《うんぬん》。

「なんだと！　籠城もせずただ逃げるのみか」

それが密書を読んだ嘉隆の第一声であった。

待ちに待った武友の第二の報告が届いたのは、六月八日の夜半である。書面は次のとおり。

九鬼大隅守殿
追申
一　その後の本能寺近辺、以下のごとし
本能寺警護の信長手勢　四十余　全員討ち死に　嗣子・信忠　四百人の守兵と共に陣所の妙見寺から移動し　二条

御殿にこもるも、交戦わずかにして
あえなく自害して果つ
その後　光秀　近江・大津方面に向か
う　朝廷は朝議の結果　使者に吉田神
社の宮司・吉田兼見を勝者光秀に派し
て賞賛す
二　明智軍、近江・美濃をすべて平定と聞
こゆ　唯一、織田の女たちを安土城か
ら収容せる蒲生右兵衛の日野城　抵抗
を継続中
三　四日　光秀安土城を小競り合いの末奪
取
四　ただし信長の首、遺体、依然　不明
恐惶敬白
たけ（武）
天正十年壬午
水無月（六月）五日　中夜（夜なか）

嘉隆は、約束通り砦の大太鼓を打って招集をかけ、まず、安土・近江の状況を伝えた。

「なんとも素早い明智が進撃よ！」

これが集まった部下たちの、最初の率直な感想だった。たしかに、信長という「重し」の取れた後の光秀の動きは、怒濤《どとう》のように迅速かつ鮮やかな用兵の冴えを見せていた。逆に信長への追悼の雰囲気は、部下たちに全くなかった。

「しかし、我等は、あくまで織田方の一員ぞ。この明智の動きに幻惑されることなく、どうこれに対処すべきや、を考えねばなりますまい」

やっと、そんな、まともな発言が出てきたのは四半刻ほどのざわめきの後である。最初の発言者は川面与一《かわづらよいち》。嘉隆が再上陸して駆逐した土着勢力の一つ、川面党の傍系の頭である。川面党の屈服後は、嘉隆の水軍術に心服し、今では九鬼水軍の副将格を務めている。自分も傍系（妾腹の子《めかけばら》）として苦労しただけに、与一は嘉隆の立場に同情的で、嘉隆の、澄隆暗殺の秘密部隊の主将を兼ねていた。この意見、無視はできない。

「そう、そこでござるよ、与一殿、事の核心は」

落ち着きを装い、嘉隆は、ゆっくりと言葉を選びながら答えた。

「しかし事の核心を知るには、なお諜報が不足している。明智の謀反が何ゆえか。それに第一に織田家の重役方、つまり北国の柴田さま、西国の羽柴さま等々の、対応が摑みきれていない。第二に、御連枝《ごれんし》方（織田の血族）の動き、こちらは隣国ながら、とんと音沙汰がない」

そこまで話した時、場内から声があった。

「あいや、お館さま」

見ると、与一とならぶ水軍の副将格の青山豊前《あおやまぶぜん》であった。

「なんじゃ」

「拙者の縁者に伊賀在住の者がおり申す」

「ふむ、それで？」

「その筋からの話では、すでに本能寺の異変は地元には伝えられているとのこと。されど……」

「されど？　どうした」

思わずのめり出しそうになるのを、ぐっとこらえて訊ねた。

「地元には、昨年の織田方との戦《いく》さのしこり多ければ、憎き信長のために報復の兵を出すことなど、かなわぬ様子にござる」

「そうか、そうであろうな」

何気ないふうに呟いたが、一瞬、心の中を稲妻が走った。

(では伊賀領内は対応に混沌としているな)

これこそ、澄隆を討つ最大の好機ではないか――。心は、そこに飛んだ。

会合を切り上げた嘉隆は、与一を自室に招き入れると、「澄隆討ち」の決行を告げた。

「して、手段はいずれを選びまする？」

と、与一。こちらも、やる気満々だった。

「ボラ酒よ」

と呟いた。かねて決めてあった「酒の上の毒殺」を意味する隠語である。

「心得た。では、ただちに、その仕度を」

その夜、男十人、女四人の乗客を乗せた小早船が、十四挺櫓《ちょうろ》の快速で、鳥羽湊を出た。

出船に気づく者はなかった。あったとしても、ただの「夜釣り舟」とでも思ったであろう。

一行は、津で下船した。ここで、嘉隆は、次のような密書を澄隆宛てにしたためて早馬を先行させた。

「信長公は、ひどい火傷を負われている。が、ご存命にて、わが水軍の元におられる。そなたが救出したことにして、左近衛権中将（信雄）殿への功とされよ。よって、極秘のうちに単身出向いて参られよ」

場所を伊賀街道の、峠を伊賀側にすこし下った所にある西教山《さいきょう》の麓の鉱泉宿とした。

「来るだろうか」

「きっと来る」

可能性は五分と五分。

翌九日の夕刻。果たして、澄隆は、三人の部下を連れて、伊賀街道を登ってきた。

「よくぞ家中の混乱を抜けてこられたな。ささ、信長さまのおられる奥の部屋に参られよ」

招じ入れて、嘉隆は、にっこり笑って見せる。

「何年ぶりであろうかの、澄隆。そなたと、こうして、さしで会えるのは」

「そんなことより叔父上。一目でも早く、信長さまに会わせて下されぬか。俺は、これまで、お目にかかったことがないでな」

「まあ慌てるな。たった今、馬の油を全身に塗って差し上げ、眠りにつかれたところだ。まだお口はきけぬ」

一世一代の芝居だった。言いながら、奥の襖を、そっと、小開きにして見せたのである。そこには、枕頭《ちんとう》に薄明かりの雪洞《ぼんぼり》の灯る白い臥所《ふしど》が延べられ、男が一人横たわっていた。横顔しか見えない。一瞬、たじろぐ澄隆。

「して、叔父上が、どうして信長公を、お預かりするようなことになられたので」

当然の質問であった。そして、この「想定問答」は、道中さんざん考えてきたことだった。

「南蛮人どもの誘導じゃよ。これは、かねて、彼らと日本の切支丹商人とわしとの三者で、万一の時の救出策として考えてきたことなのだ。わしは、その後、安全な水路を選んで脱出させる役目だった」

「そんな取り決めが！」

澄隆は、呆気にとられた様子。一方、嘉隆は、大きな身体を揺すり、声をひそめて笑った。

「有らいでか。そうでなければ、用心深い信長さまが、わずか四、五十人の守兵で、京の、ど真ん中に滞在なされる筈がないではないか」

「それもそうですな。で、その後、叔父上は、如何《いか》ように信長さまを連れ出されたので」

「ここからは推測の域を出ぬ。が、恐らく、信長さまは、弓と槍で、しばしの応戦の後、火傷を負って、本能寺の本堂の地下蔵に隠れられたのであろう」

「地下蔵？　そんなものが本能寺にあったので！」

「南蛮では寺院が地下蔵を持つのは、ごく普通のことだと聞く。それを真似たものだ」

嘘を話しながら、嘉隆自身が、だんだんと、そんな気になっていくのが不思議だった。

「地下蔵に隠れて、信長さまは脱出されたのか！　知らなかった」

澄隆は、嘉隆の話術に引き込まれていく。

「そうだ。本堂には、切支丹の着衣も用意されていた。それに着替えて、女どもや、黒人の弥助と共に本能寺を脱出。隣接する南蛮寺に転がり込んだのであろうな」

すべて考えてきたとおりの筋書き。

「で、その後は？」と、なお澄隆が話を追う。

すると、嘉隆は、よどみなく答えた。

「信長さまは、切支丹宗の薬師《くすし》の手で火傷の応急手当を施され、切支丹商人の船荷の中に隠れてわしの舟に運び込まれたというわけよ。本来なら、京から石山に出てからは、四国遠征のために堺に在陣中の三男・神戸《かんべ》信孝さまに引き継ぐのが筋であろう。だが、それでは、そなたの仕えるご次男の信雄さまの立場がなくなる。また、信長さまの救出が、そなたの功績にもならぬ。そうであろうが」

澄隆は頷かざるを得ない。

「そこで、石山から快速船を迂回させ、急遽、津までお連れしたというわけよ。恩に着せるわけではないが、すべてお前のためだ。だが苦心談はこれくらいにしておこう。後は信長さまがお目覚めになるまで、無事を祝して、一杯やろうではないか」

澄隆は、まだ、疑心暗鬼のようだ。

ここで、嘉隆は、もう一押し、情を絡めた。

「時に、そなたは、伊賀では田租《でんそ》（年貢）の徴収役を仰せつかっているそうではないか」

「よくご存じで」

「なに、人づてに聞いた話だ。そなたのことは、いつも気になっているのでな。つらかろうと思ってな。それに比べると志摩の年貢集めは楽だったろう」

「志摩は豊かなので容易でしたな。今は、つらいのなんの、地元では、すっかり憎まれ役でございます。殺されそうな目にあったことも何度もありました」

嘉隆の言葉に、ほろりとしたのであろう。ぽろりと地元での愚痴が出た。

「そうだろう、そうだろう。他人様に仕えるのはつらいものだ。まあ、今宵《こよい》は、このわしと二人きりだ。では――」

ポン、ポンと手を叩く。待っていたように現れたのは、妙齢の四人の女。前を行く二人の捧げる高坏《たかつき》には、伊賀の山菜とキジの肉料理が盛り沢山。後に続く二人は、竹筒に入った酒を捧げていた。

うなずいた嘉隆。ここでにこやかに言った。

「まずは一献。わしが毒味しよう」

嘉隆は、女の傾ける竹筒に、杯では面倒だとばかりに幅広の湯飲み茶碗を差し出した。

「注げ、なみなみと」

そして一気に茶碗を空けて、その底を澄隆の目の前に掲げて見せた。

「なにもそこまでなさらずとも、叔父上」

と、苦笑いする澄隆。そこに一瞬の隙ができた。茶碗の底を覗かされている間に、女が竹筒を、さっと、入れ替えたのに気づかなかった。

こうして、毒入りの竹筒の酒が、澄隆の茶碗に、無毒の竹筒の酒が、嘉隆の茶碗に、いとも易々《やすやす》と注がれることになった。

その上で、

「では、信長さまの、ご回復を祈って」

二人は茶碗を高く上げて、一気に酒をあおったのである。

酒毒は即時に現れた。澄隆は、「叔父上も、近頃はすっかり酒が、お強うなられましたな」と言う積もりだったのであろう。だが、言葉半ばで、早や「ググッ」と喉を手で押さえ、肩を震わせ始めた。

最後の「なられましたな……」と、言い終わる前に、澄隆は、野獣のようにうめき、のたうち回り、血反吐《ちへど》とともに倒れた。

嘉隆は、我と我が犯行ながら、澄隆の、天空を睨む、恨みの形相に、思わず眼をそむけた。

そこに与一が、唐紙を開いて顔を出した。

薄く化粧し、信長そっくりのひげを付け、白絹の夜着姿である。胸に懐剣を抱いていた。

万一、澄隆が、見舞いのために部屋に入ってきた時は、振り向きざま一気に刺す手筈だった。

「終わりましたな」と、与一。

「終わった。遺骸を下げてくれ」と嘉隆。

二人の会話は、それだけであった。

すべては、九鬼一族の一本化のため、そして、嗣子・守隆を守るため、そう割り切っての犯行だった。だが、目の前の甥の、むごたらしい遺体を見ると、ふと、昔、兄・浄隆の屋敷に遊びに行った頃、無邪気に駆け回っていた子供時代の澄隆の童顔が、不覚にも浮かんでくる。嘉隆は、そんな過去を振り払うように言った。

「三人の部下は？」

「同じように毒殺いたしました」

「よし、では、澄隆と共に西教山の谷底へ」

「承知しました」

「終わったら、即刻、帰国だ」

後は、夜の伊賀街道越えである。嘉隆は、何事もなかったように、平然と立ち上がった。

嘉隆の数日の不在は、異常事態に際しての「畿内の密行視察」ということで、鳥羽砦では、別に怪しまれることもなく終わった。

守隆も、これを疑わなかった。

焼けた本能寺が、今、どんな状況なのか、なぜ父は京で武友さまと会われなかったのか。

守隆の、この疑問に、嘉隆は、こう答えた。

「今の京は明智が天下よ。入京できる七街道の入り口は、すべて明智方の検問所が設けられており、我等武士は、一歩も入れなかったのだ」

「そうでしたか」と、納得せざるを得なかった。

（帰国後の父上は、お元気がない）

それだけが気がかりだ。

これまで、こもりきりだった大湊の造船現場に行くことも、なぜか、なくなった。暇さえあれば仏壇の前で手を合わせている父。

「なにか変だな」とは思ったが、口には出せずに、時だけが無為に流れていった。

京の武友からの便りは切れたままである。

そんな空白の十一日の夜。

突然密書が届いた。なんと、それは羽柴秀吉からの、仮名文字だらけの親書であった。

例によって嘉隆は、一人、自室にこもって手紙を読んだ後、首を傾《かし》げながら出てきて、守隆に渡した。書面は、こう書かれていた。

くきおゝすみのかみどの
さっそくながら　ひとふで（一筆）まいる
余は　こたびの　ひうが（日向守、明智光秀）がむほんを　せいばい（成敗）すべく
ぜんぐん（全軍）をあげて　とうじょう（東上）の
と（途）にある
八日　すでに　ひめじ（姫路）にあり
信長さまの大恩を思わば　こころして余に

みかた（味方）あるべし　食糧を積んだ
すいぐん（水軍）のたいきょ（大挙）しゅ
つどう（出動）をのぞむ
きっぽう（吉報）を　かくしゅ（鶴首）し
てまつ
　　　　　　　　はちく（羽筑）
　　　　　　　（花押影）

なおなお書き（追申）
信長さまほんのうじをだっしゅつ（脱出）
され　いずれかにかくれおるとの　たしか
なほう（報）を入手している

「本当なら嬉しゅうございますが」

　守隆は、声を弾ませた。

「あの戦さ上手な日向さまの万余の軍勢に囲まれては、脱出できたとは到底思えぬが」

　嘉隆は複雑な思いでつぶやいた。

　信長さまが生きておいでだ――と言いくるめて、甥の澄隆を毒殺したばかりの嘉隆である。

秀吉に同じことを言われても、おいそれとは信じられなかった。だが、どちらにせよ、水軍の出動準備だけはしておかねばならない。

こうして全艦船に出動準備を言い渡してまもなくのことである。思いがけず、澄隆の守る田城砦から使者が来た。

「我等も信長さまの弔い合戦に、九鬼勢の一員として、参加させてくだされ」

との申し出である。小早船を中心とする二十艘に兵員五百が参加可能だという。

(なんだと!)

嘉隆は驚くより、むしろ警戒を強めた。そんな名目で自分に近づき、復讐する気ではないのか。だが、よく聞いてみると、話は違っていた。

織田信雄に仕えるため、ほとんど伊賀につめきりだった主君・澄隆が、過日、恨みを買ってか行方不明。暗殺されたらしい。だが、信雄さまは、京の明智光秀への対応に頭がいっぱい。我等の主のことなど、お考えくだされぬ。

ついては、我等は主を失った身ゆえ、鳥羽の嘉隆さまに、お縋《すが》りして生きていくより他はない――ということで参上した次第だと。

「まるで、キツネにつままれたような話だが」

嘉隆は、苦笑いして与一に相談した。

「よろしいのではないですか。このままホッ被《かむ》りいたしましょうぞ」と与一。期せずして、本家の方からの接近で嘉隆の望む一族挙党体制が出来てしまった格好である。

（話がうますぎて、かえって気味が悪い）

なにか悪いことでもなければよいが――。

嘉隆が、本気で、自戒した直後のことである。

「その出港しばし待たれよ」と横槍が入った。

三河の徳川家康の依頼を受けた滝川一益《たきがわいちます》の登場であった。一益は、さきの甲州遠征で、武田勝頼を討つなどの活躍により上野と信濃二郡を拝領。関東の目付となった。が、任命者信長の死で、逆に北条から追われる身となり、命からがら元の任地に逃げもどった。その一益が、帰国後、その席が温まらぬうちになぜ突然ここに来たのか？　その辺りの事情は解らない。だが、ともかく会うしかなかった。

一益は、相変わらず高飛車だった。

「聞くところでは、そなた、東上中の猿の頼みで、水軍を出動させるそうじゃな」ときた。

「はい、出陣要請を受けたのは事実でございます。されど、去就はまだ決めておりませぬが」

そう言って、嘉隆は、一益に探りを入れた。

「そうか、それならよかった」

一益は、すこし言葉を和らげた。

「実はな。本能寺の異変当時、堺におられた徳川さまが、急遽、三河にお戻りになられたのじゃ。そして、ようやく京に向かって、弔い合戦の兵を起こすに際し、是非、そなたの水軍の協力を得たいと申されているのじゃが」

「ほう、それは、光栄なことでございます」

嘉隆は平伏して、大袈裟に恐縮してみせた。

だが、「お受けします」とは言わなかった。

再び顔を上げると、

「しかし、三河さまも、よくまあ京での異変が、堺におられてお解りになられましたな。それに、ご無事で戻られたとは！　いやはや驚きですな。一体、どこをどう通って帰国されたのでしょうか」

と続けた。話のはぐらかしである。

しかし、根が単純な一益。易々とこの嘉隆の誘導に乗ってきたのである。

「なんでも、守口からは、甲賀越えを避けて、伊賀越えで、伊賀路を伊勢湾沿いにある白子《しろこ》（鈴鹿）へと出られたと聞くが」

と、事情通を誇るように鼻をうごめかした。

「ほう、甲賀越えを避けて、でございますか」

一益は甲賀の出身と聞いている。それなのに三河さまが、なぜ甲賀を避けて戻ったのかに、一益は、なんの不審も関心も示さなかった。

(やはり甲賀出身というのはウソなのではないか。本当は尾張の無名の家の出であろうな)

と、見抜いた。さらに誘導を続ける。

「それに、案内もなく伊賀路をよくご無事で通れましたな」

これにも、一益は軽率に答えた。

「いや、多数の伊賀者が護衛したそうだぞ」

「やはりそうですか」

「やはりとは、どういうことじゃ?」

一益は、ここで反問した。

余計なことを言ってしまったと嘉隆。

「いや、なんとなく、そう思っただけで」

しらっと、答えをはぐらかした。うっかり「やはり」と言ったのには理由がある。

一つは、その伊賀者をどこで召し抱えたのか。恐らく一昨年、信長さまが伊賀侵略に際して、伊賀者の皆殺し宣言をした。この時、「上忍」と呼ばれる優秀な忍者を多数抱え込んだのだろう。そして最近も伊賀越えに際して増員したに違いない。

(もしそうだとするなら、徳川方に駆り出された伊賀者には、俺の澄隆殺しを知る者がいるに違いない)

警戒しなければならないと思ったのである。

もう一つ。

徳川さまが前から伊賀者を多く抱えているとすれば、当然、信長さまに同道して安土城での接待を受け、堺に出向くに際しても、身辺に伊賀者の諜報者を連れていったはずだ。

（となると、本能寺の事件の真相を知るのは、間違いなく徳川さまだ！）

その辺りも恐い。徳川さまを敵とし、つれなくするわけにはいかない気がした。

羽柴さまからの要請に応じるか、

徳川さまの申し出に乗るか、

嘉隆は、難しい選択を迫られた。

目の前の一益は、一通りの話を終わると、

「で、大隅守どの。どうなされる。忙しい中、わざわざ、ここまで足を伸ばしてきた拙者の顔を立てて是非とも三河さまのお味方となれ」

と、迫ってきた。

「解りました。では、一刻（二時間）ほどの猶予をいただきたい。手前どもにも、何人かの重臣がござれば、その了承も得ねばなりませぬ」

即答しない嘉隆に、ふくれっ面の一益を、なだめすかすようにして黒書院に待たせ、即時に開いた秘密の会合。大勢は、「徳川さまにお味方すべし」であった。理由は、地理的に近い大国であることに尽きた。だが、嘉隆にとっては、伊賀者への恐怖が大きく作用していた。

ところが、特別参加の守隆が、ただ一人、これに反対したのである。

「父上、私は同意できませぬ」

きっとした、澄んだ目で嘉隆を見つめて、こういうと、その理由を明快に開陳したのである。

「理は二つあります。一つは私より下手な筆ながら、親書でまっ先に協力を申し出られたこと。ここに羽柴さまの、並々ならない誠意を読まねばなりませぬ。それともう一つ。十一日のお手紙では、この時、すでに姫路にありとのこと。事実なれば、今頃は日向さまとの合戦後の三河さまとの対応策を考慮中かも知れませぬ。その内容を見てから、いずれの側につくべきかを考えても、決して遅くはないかと思いますが」

「うむ」

嘉隆を含む全員が、グウの音も出ない一瞬となった。嘉隆が、うめくように発言した。

「では、どうしたらいい」

「どうしましょうか」

守隆は、あどけなく笑っている。

「なんだ、腹案はないのか」と怒る嘉隆。

「いえ、あります」

守隆は、不敵な笑顔のまま一同を見回したのであった。

「言ってみよ」

嘉隆は、怒っていた。わずか十歳。将になった時の合議の進行の仕方を見せておくために出席させてやっているに過ぎない。それが、この重大事に微笑まじりに発言するとは何事だ。

ところが、守隆は、居ずまいを正すと、さらりと、こう発言したのである。

「二つに一つの選択で、そのいずれにも決めかねる場合は、第三の道を探らねばなりませぬ」

「そんなことは、そなたに言われずとも解っておるわ。その第三の道とはなんぞ」

怒りで爆発しそうになった。

「はい。では申し上げます。出港する船団を三分の一以下になされませ。それならば、後日、羽柴さまには、志摩は小国の悲しさ、嫌々ながら徳川さまにほんのすこしお付き合いしたにすぎませぬ、ご勘弁下されと、釈明する余地が残りましょう。一方、徳川さまには、端境期《はざかいき》のため搬送すべき備蓄の米が乏しく、この程度の動員で申し訳ありませぬ、と説明すればよいのではございませぬか」

「なるほど」

若い癖に、なんという大人顔負けの弁明を考えつく奴だろう。嘉隆を含む重臣一同、再び、うならざるを得なかった。そして、結果は、守隆の案どおりとなった。徳川方として出港した九鬼船団は大幅に削減されたのである。それが正解だった。

というのは、徳川軍が発進した時、すでに秀吉と光秀の間の激突――世に言う山崎の合戦――は、十三日のわずか一刻（二時間）で、終わっていた。

もちろん秀吉の圧勝。先発の伊賀の忍びからの報告で、途中、この結果を聞いた家康。「我おそかりし」の悔しさを隠すように、さばさばした顔で帰国した。これで、九鬼水軍の出動船が少なかったことは不問のままとなった。

しかし、秀吉の出動要請に、九鬼水軍が即応しなかった傷は残る。その傷がどのくらい深かったかは、嘉隆には想像もつかなかった。

家康と同様に、なすところなく帰国した嘉隆は、九鬼一族の統一を機会に、鳥羽砦の強化に着手する。だが、周辺の情勢は、やがて嘉隆が国内に専心することを許さなくなるのである。

世の中は、急速に秀吉中心へと回り始めた。

六月二十七日。

勝家の名で、織田家の重臣会議が織田家発祥の地・清須で開催される。

勝家が招集をかけた重臣は、

羽柴秀吉（長浜城主）

丹羽長秀（近江佐和山城主）

池田恒興（伊丹城主）

滝川一益（厩橋城主）

の四人である。この内、丹羽、滝川は、柴田側として動くと踏んでいたようである。

しかし、最終的には、一益は、この席から外された。信長が殺されたと知った北関東の北条と武田の残党たちは、一益の施政に、手のひらを返すように一斉反発。一益が任地を放棄して、厩橋城から這々《ほうほう》の体で逃亡したためである。

なお、信長の遺子二人は、清須には呼ばれたが、最初から重臣会議からは外されていた。

議題は、

第一に、亡くなった信忠の尾張、美濃の旧領と光秀から剝奪する西近江の領地の処理。

第二に、後継者問題を絡めた安土城の処理。

第三に、信長公の葬儀の日時、そして式次第。

これには、喪主を誰にするかという難しい問題が絡んでいた。

議題の一は、信忠の旧領を、信雄が尾張、信孝が美濃を領することで決着。光秀領は秀吉が取る代わりに、秀吉は、長浜城を含む旧東近江領を勝家に譲渡することで合意した。

紛糾したのは、議事の二と三であった。勝家と秀吉の対立が、ここで鮮明になるのである。

信長の後継者問題では、嗣子の長男・信忠が死んだことで、いままで隠されていた

である。

「信雄と信孝の、どちらが本当の次男か」の微妙な問題が表面化した。

というのは、二人の生母は、信雄が兄・信忠と同じ生駒《いこま》氏、信孝が坂氏の娘で、別人である。

生年は、同じ永禄元年(一五五八)。

信孝は、同年四月四日に、熱田の岡本右衛門良勝《よしかつ》(詳細不詳)の家で生まれたという。だが、信雄の方は月日の記録がない。

しかし、生駒氏は、信長が通い詰めた美貌の寡婦《かふ》・吉乃《きちの》の実家で、生年月日の記録をとどめないような、お粗末な家柄ではない。信孝より早く生まれていたなら、堂々と記録したであろう。遅かったからこそ記録を消したのだ、という疑惑が成り立つ。

大体、信長本人が、弟信行との関係で、生年月日を消してしまったような、いい加減な家系である。その子も、都合が悪いからと記録を消したという推測は大いにありうることである。

一方、坂氏は身分の低い家であったという。

信孝は、そこで信雄より二十日早く生まれたが、身分が低いことから遠慮(?)して、信長への届け出が遅くなった。このため、三男にされたのだという。これも、「まことしやかな理屈」だが、決め手には欠ける。

これまでの判定では、事実上の正妻であった生駒家の寡婦・吉乃の顔を立てたのであろう。信雄が次男、信孝が三男とされてきた。清須会議でも、信雄が織田家発祥地の尾張を領し、信孝に美濃を与えたのがその表れであろう。

だが、ここで、二人の出生の前後問題がブリ返した。そんな不毛の争いのところに、秀吉が思いもかけぬ新提案をしたのである。

「拙者、三介さま（信雄の幼名）、三七郎さま（信孝の幼名）のいずれも、後継ぎになられること承服しかねまする」ときた。

なにを言うのだ！

自分がなりたいというのか！

勝家を含む重臣たちは、激高した。が、

「いや、拙者ではござらぬ。こちらにおわす和子さまにござる」

秀吉は、気取ってしゃべった。

「なに！　和子さまだと」

虚を突かれた重臣たちは、顔を見合わせた。

秀吉が、恭《うやうや》しく開いた隣室との間の襖障子。

そこから現れたのは、若い乳母の、ふくよかな胸元に抱かれた――白い練り絹の肌着の上に、金ピカな小袖をつけていた幼子《おさなご》であった。

「どなたと思《おぼ》し召《め》すや」

秀吉は重々しげな声で一同を見回した。

答えられる重臣はだれもいなかった。

「余人にあらず。亡き左近衛権中将さま（信忠）が忘れ形見・三法師《さんぼうし》さまでござる。当年三歳にておわしまするぞ」

秀吉は、得々としてしゃべった。

当時、長兄の系統を嗣子とする決まりはない。が、亡き信長さまが後継ぎに指名した信忠の子ということで、重臣たちは、なんとなく黙ってしまったのである。

この三法師の母も不詳である。祖父・信長も、弟たちも知らなかったのだから、正式な「お披露目」もないような無名の側室の子だったのかも知れない。だが、子は子である。六月二日の本能寺の異変の時、岐阜城にあって、父信忠の側近・前田玄以《まえだげんい》の機転によって、隠されてきたという。地元清須に、部下や妻の親族を持つ秀吉だけが知り得た諜報だったのであろう。

秀吉は、この子を、玄以と謀《はか》って、清須会議の「隠し球」に使ったのである。この子の出現で、勝家は、一瞬ぎょっとしたろう。最初は、「本当の子か？」と疑ったに違いない。

しかし、信忠側近の重鎮・前田玄以の証言がある以上、否定はできなかった。

「この三法師さまを、どうなされる積もりだ」

と訊ねた。

「しれたことよ」

秀吉は微笑した。

「信長さまが後継として指名された左近衛権中将さまが、志半ばで倒れた以上、信長さまは、きっと、三法師さまを、この次の後継ぎにと望まれているに相違ない。何度も拙者の眠る枕元に立たれ、拙者に、頼む、筑前よ頼む、と言われる夢を見た。いや嘘ではないぞ。つい今朝方もそうだった……」

夢では「嘘だ」と言っても水掛け論になる。

他の重臣たちは押し黙った。

だが、勝家だけは黙らなかった。

「貴殿が、信長さまの夢を見るのは、お手前の勝手だが、さて、頼む、頼む、と言われたかどうかは、拙者も他の者たちも存じ上げぬところだ。まさか、その夢の話だけで、筑前殿は、後見人気取りでいるのではあるまいな」

ぐさりと核心を突いた。三歳なら、後見人の名目で、どんな勝手でもできる。その意図を見すかされたのである。

「いや、気取っておるわけではないが……」

秀吉は、ここで、一瞬、言葉が詰まった。

勝家は、秀吉が言葉に窮した間を逃さなかった。

「のう、各々方《おのおのがた》」

勝家は、勝ち誇ったように言った。

「百歩譲って三法師さまを、ご継嗣《けいし》とするとしても、その後見人選びは、改めて我等が合議によって決めるべきと存ずるが如何か？」

ぐるりと丹羽、池田の両氏を見回した。

「いや、それは織田家の家庭事情ゆえ、我々が口出しすべきことではござるまい。この際は、市さま（信長の妹）に、お身柄をお預けするのが最良の選択と存ずるが……」

ぐらいの一声を、長秀（丹羽）あたりに期待したかも知れない。

というのは、すでに、この時、寡婦となって久しい市と勝家との間には、信雄の斡旋《あっせん》で、再婚話が進行中だったからである。そうなれば、秀吉の「隠し球」の三法師君《ぎみ》は、勝家の手許《てもと》に転がり込む。

市の夫ということは信長の義弟である。それに、市が継嗣・三法師君の後見人ともなれば、勝家は、織田家の集団指導体制の議長というだけでなく、名実ともに織田家の総《そう》帥《すい》になる。

だが、長秀にはそこまでの動きがなかった。

進行中の市と勝家の再婚話を知らなかったのか、それとも、若い頃から秀吉の、武将としての並々ならぬ手腕に傾倒していたせいか。

後者の可能性が高い。

「では、早速に、これを議題といたそう」

と、言うだけにとどまった。

これは、一旦《いったん》収まったばかりの次男、三男問題の再燃でしかなかった。結局は、後見人には、どちらの兄弟もなれずじまいで、第三者を選ぶことで一致。それには信長の直属の側近だった堀秀政が適任という話まででとどまった。
だが、この秀政が、明智軍追討戦以来、秀吉の部下同様に働いていたことを勝家は知らなかった。
第三の議題。
信長の葬儀については、紛糾は更に激しかった。
葬儀を、織田家ゆかりの清須で行うことについては、秀吉を除く柴田、丹羽、池田の多数決で決した。だが、執行の日取りについては、
信長さまのご遺体の行方が目下不明である
その行方は、秀吉が責任をもって捜索する
その発見の自信もある
とのことで、秀吉に一任するしかなかった。
秀吉は、意気揚々。しかし、万一、勝家に襲われることを想定して、直属軍を途中待機させての、周到な清須からの帰国となった。
途中一泊して、長浜に帰った秀吉は、城を柴田側に譲ることにしたと部下に告げる。
そして城の財宝、武器、弾薬、そして備蓄食糧のすべてを姫路城に移すことにした。
七月十三日。姫路への引っ越し完了。
ここで集合した家臣団全員を前に、秀吉は、これまでの光秀打倒への協力を丁重に謝

した。

その後、三日三晩、無礼講で呑みかつ唄い、そして踊りまくったという記録が残っている。

我《わ》がこと成《な》れり——の気持ちの高揚がそうさせたのであろう。だが、この、乱痴気《らんちき》騒ぎを伝え聞いた喪中の織田家の武将たち、なかでも悲嘆に暮れていた信長の女たちが憤然となった。

まず、信長の側室の一人である鍋《なべ》が動く。

決して美形ではないが、不思議と気むずかしい信長に可愛がられ、信高、信吉、振の二男一女を生んだ女である。本能寺の変の時は、一旦日野城に逃げた。が、その後、三人の子を守るために、岐阜城へと、子連れで脱出した。

信長への思い入れが激しかったのであろう。信長と結ばれた思い出の地・岐阜城の対岸にある崇福寺《そうふくじ》に、独断でご位牌を祀《まつ》った。ついては、信長さまのご遺品などがあればいただきたいと丹羽長秀を通じて秀吉に迫ったのである。この話は、その日のうちに織田全軍に伝わった。

次いで、信長さまから押しつけられた養子・秀勝の母養観院《ようかんいん》が動いた。清須会議の結果、旧明智領の丹波を入手した秀吉は、十六歳の秀勝に丹波亀山城を与えた。すると息子についてやってきた養観院が、亀山城内に信長公の墓を造りたい、ついてはご遺品を下され、と要求してきたのである。

そしてもう一人。信長の葬儀を遅滞させる張本人・秀吉に対する女たちの不満の最後に立ったのは、勝家の妻となった市である。

九月十一日。市は、京・妙心寺で、信長の「百日忌」を開催した。こちらは、遺品を下さい、などと言ってよこさなかった代わりに、秀吉に無断での挙行だった。

当初、秀吉は、この忌祀《きし》の開催を知らなかった。が、妙心寺からの内々の知らせで知った。

「市め、山城国の領主である俺の許しもなく、このような行事を俺の足許でするとは――、けしからぬ」

かつては、恋いこがれた市だが、今は憎い柴田の妻である。これで市への想いを断ち切れた。

(それならば、こちらにも覚悟がある）とばかり、秀吉は、僚友を無視する形で、信長の葬儀を、京での単独挙行とすることに決めたのであった。

「いつになったら、信長さまのご遺骸を、我等にお引き渡し、ねがえましょうか」

清須会議の結果、信長公の葬儀は、清須での合同葬と決め、今でいえば「葬儀実行委員長」となった丹羽長秀。しびれをきらして、九月十八日、上洛《じょうらく》して京・吉田山で秀吉と会っている。だが、秀吉は言葉を濁すのみであった。

そして十月十五日。

秀吉は、突如、織田家の僚友の招聘《しょうへい》はおろか、一切の挨拶もなく、大徳寺で、七日間に亘って信長の葬儀を単独挙行したのである。
それも以下のような異様な形で——。
第一に警護の人数。
葬儀の行われる大徳寺から本能寺（跡）までのすべての道路と辻々に、弓矢、鉄炮に身を固めた、物々しい姿の羽柴勢三万を配した。
警護の名目は明智の残党に対する備えであった。が、本音は柴田、滝川らの部隊の不意の襲撃と遺骨奪取への警戒にあったのは言うまでもあるまい。
第二に信長の棺《ひつぎ》である。ご遺骨が、ごく最近になって、突然、本能寺の焼け跡から発見されたのだと喧伝《けんでん》。棺が本能寺から紫野《むらさきの》の大徳寺に向かって運び出される形を取った。しかし、誰一人、その棺の中を見た者はない。
一説には、棺の中は、木の信長像を焼いた木灰だけだったという。
この棺に従う者三千。参加者は、皆、烏帽子、直垂《ひたたれ》に威儀を正したから、果たして公家が参加していたのかどうかは不明である。はっきりしているのは、
棺を載せた御輿《みこし》の前を担ぐのが信長の自称乳兄弟・池田恒興の次男・輝政であったこと
同じ御輿の後を担ぐのが信長の四男で秀吉の養子・秀勝であったこと
その後をご位牌と太刀を捧《ささ》げて秀吉が意気揚々と行進したこと
だけである。大徳寺での葬儀に動員された僧侶の数は五百を超えていた。

心ある見物衆は、誰一人、これを織田家の葬儀とは見なかった。だが、大衆は、葬儀絵巻の絢爛《けんらん》さに見とれ、毎日のように撒《ま》かれる茶菓、酒食そして多額の銅銭に群がり、批判がましいことは一切口にしなかった。

この噂に驚いたのは丹羽長秀である。

十月二十八日。恐らく秀吉の約束——清須での合同葬儀——違反に、血相変えてきたのであろう。上洛すると、秀吉に談じ込んでいる。この後も、十一月十日、十二月四日と、続けざまに二人だけの会合を持った。

だが、すべては「後の祭り」であった。

秀吉が京で単独で挙行した信長の葬儀。

これに織田家の家臣たちの怒りが爆発した。

「泣き寝入りしてはならない」と、誰もが思った。しかし、「誰が怒りの旗をまっ先に掲げるか」となると、尻込みする者ばかりだった。

すでに羽柴軍は、堀、池田、高山（右近）、中川（清秀）らの旧織田家の家臣たち、これに筒井順慶の大和衆を加え、織田軍団最大の勢力に膨らんでいた。わずか半年前には、毛利方の出城・高松城の水攻めに、その四囲を囲む兵力が足りず、信長公に救援を仰ぐ始末だった。

それが嘘のような兵員の膨張ぶりである。

それに、季節が悪い。まっ先に「反羽柴」に立つべき勝家は、北国にあって厳寒を迎える直前である。秀吉の不当を訴えようにも春四月の雪解けまで出兵できない。

それに、市を新妻に迎え、その温かい寝所から出てくるのは容易ではなかろう。

「ということなら、このおれが立つしかない」とばかり、「反羽柴」の立場を最初に鮮明にしたのは、信長の三男・信孝であった。元々、父信長の本能寺の変当時、堺という最短距離にいた。それが「信長が生きている」などという話をつかまされて右往左往した男だ。

そのため、猿（秀吉）に、弔い合戦で先行されてしまったという悔恨《かいこん》があった。

もっとも、側近たちは、懸命に主君信孝の暴発を押しとどめた。とても、一人では、太刀打ちできる相手ではないと思ったのであろう。

「どうか、おとどまり下され。せめて来春、柴田さまが軍を率いて南下してこられますまで、ご辛抱くださされませ」

と言った。が、信孝は、一度言い出したら言うことをきかなかった。

そんな最中、秀吉から、信孝傘下の佐治《さじ》水軍に「秘密の誘い」がかかったのである。

この物語の主人公である九鬼守隆とその父嘉隆の親子が、本能寺の変に際し、秀吉の援軍要請に即応しなかったことは既に述べた。この佐治水軍への誘いは、これに絡んでいる。

（九鬼水軍が、俺の言うことを聞かず、家康に加担するなら、いっそのこと佐治水軍を、わが手許《てもと》において、大きく育てたい）

秀吉は、そう考えたのである。

尾張佐治氏は、九鬼の伊勢湾の対岸、知多半島の中央にある大野《おおの》を中心とする水軍一族である。この佐治氏に誘いの手を出した背景には、ある女性の物語が絡んでいた。

その女性の名は「お犬《いぬ》」。

信長の、もう一人の妹である。

話は二十年ほど前にさかのぼる。当時、佐治氏は、独立独歩の水軍だった。永禄（一五五八〜七〇）中期に尾張から南下を試みた信長も、この佐治水軍には手を焼いたようである。ついには武力制圧をあきらめ、例によって婚姻政策に変更。「お犬」を、大野城主・佐治為興《ためおき》に娶《めと》らせたのである。近江の将・浅井長政に妹・市を娶らせたのが永禄七年（一五六四）であるから、その前後のことであろう。その上で、天正二年（一五七四）、満を持して、水陸連合軍で伊勢長島の一向衆を攻め滅ぼした。

しかし、この「伊勢長島の戦い」で、為興はあえなく戦死。お犬は、二子を得ただけで、若くして寡婦となった。

佐治家の後を継いだのは嗣子・一成《かずなり》。

この時、わずか六歳である。

ところが、お犬は、翌年十一月、幼子を佐治氏に残したまま、室町幕府の管領・細川氏の系譜に当たる細川昭元のところに再嫁させられる。もちろん信長の命令であり、嫌とはいえなかった。この再縁に尽力したのが秀吉であった。

ところが——、天正十年九月八日。

お犬は兄・信長の後を追うように病死した。

その死に際し、秀吉は、お犬に、佐治氏に残した遺児の後事を託された——という。

だから、

「佐治水軍は、我が羽柴軍の下に参じよ」

というのであった。

「主君の俺の了承も得ずに、なんという人もなげなことを言うのか」

信孝は、益々いきり立ち、見境もなく秀吉への挑戦状を叩きつけたのである。

これを知った秀吉は、喜んだに違いない。勝家が北陸から出てくる前に、自分に刃向かう旧織田方を各個撃破しておくことは、秀吉の天下制覇のために好都合だったからである。

十二月十一日。

姫路から近江に出陣。

同日、佐和山《さわやま》城に入る。

佐和山城は長秀の居城である。

葬儀問題で清須会議の約束を守らなかった秀吉に怒っていたはずの長秀。それが自城を秀吉軍に提供したのは、これまで仕えてきた信孝に、内心愛想を尽かしていたからに相違ない。

長浜城を勝家に譲ってしまって、美濃までの街道沿いに「中間拠点」を持たない秀吉には、この申し出は、まさに「渡りに船」であった。

十二月十六日。

秀吉は四万の大軍を二手に分け、自らは三万を率いて美濃・大垣《おおがき》城に進出した。大軍に仰天した美濃衆は、戦うことなく羽柴軍に降《くだ》る。

この後、秀吉は、ただちに信孝の岐阜城を包囲した。城中の兵、わずか二千である。

秀吉は、この城の欠点を知り尽くしていた。

なにしろ城が高所にありすぎた。唯一の秘密の井戸は、雨期を過ぎればすぐに涸《か》れた。そのため、飲み水は主に雨水が頼りである。

この飲み水の貯水槽を破壊し、米倉に火を放てば、ひとたまりもない。事実これを実行した。この攻撃だけで、城は一日で陥落した。

その時の、秀吉の考えてきた信孝に対する降伏条件は、二つである。

一つは信孝が清須会議の約束に違反して、自分の手許にとどめて離さなかった織田家の遺子・三法師を引き渡すこと。

引き渡した三法師を安土城に奉じ、ご次男の信雄卿が単独で後見人になることを認めること。

信孝は、この申し出を渋々呑んだ。

安土にとって返した秀吉は、炎上した安土城を総点検した上で、次男・信雄に声をかけた。

「信雄卿におかせられては、是非とも安土にお越しいただき、三法師さまのご後見のほど、伏してお願い申し上げます」と。

あくまで下手《したで》に出た。が、これは、弟・信孝との仲を断ち切るだけでなく、不気味な仮想敵・徳川家康と信雄との隣国同士（尾張・三河）の連携を妨げるための策略であった。

一方の信雄。三法師の後見人としてではあるが、あの名城・安土城の主となれる——ということだけで喜び勇み、秀吉の申し出に飛びついたのである。

（これでよし。すべては計算どおり）

秀吉は大満足。おまけに、信孝を屈服させたことで、信孝の配下にあった佐治水軍を自分の傘下に加えることができた。この佐治水軍にテコ入れし、その対岸の九鬼水軍まで吸収してしまえば、伊勢湾を航行する全船の支配権が自分のものになる。これで仮想敵・家康軍が、海上の異国船から勝手に鉄炮と火薬類を補給することができなくなる。

（そうなれば、家康は戦わずしてわが軍門に降ること必定《ひつじょう》）

秀吉は笑いがとまらない。年末から正月にかけて、信雄を後見人として、三法師君を安土城に移すと、飛ぶように姫路に戻った。

正月三日を、部下たちと、トコトン飲み明かす積もりであった。

天正十一年正月三日。

姫路城の新年は、集まった武将たちに対する秀吉の茶の湯の振る舞いで始まっている。

冒頭、秀吉は高らかに宣言した。

「これからは、随意に茶の湯を楽しまれるがよかろう。余の許しを得ることなど一切無用」

茶の湯にかこつけた、前主君・信長の施政からの訣別《けつべつ》宣言である。

信長は、一々部下の茶の湯に口を出し、その催しを自分の許可制とした。自分（秀吉）も中国戦線の総司令官になって、初めて信長から茶の湯を主催する許可を得た。この時は、

「有り難き幸せ」

と這いつくばって嘘の涙を流して見せた。

あの惨めさ、ばかばかしさは、今も忘れない。信長が茶の湯の創始者でもあるまいに……。

部下思いの秀吉は、そんなことを部下にさせたくなかった。ということで、この規制を取り払ったのである。

だが、同時にそれは、暗に、

「これからは、すべての事を決めるのは俺だ」

という「天下人宣言」でもあったのである。

早朝から始まった秀吉の湯茶の接待は、午後四時過ぎまで続いた。茶頭《ちゃとう》には、信長時

代、茶頭下位に甘んじていた千宗易《せんそうえき》を起用。囲炉裏《いろり》には信長から拝領した「あられ釜」、床の間には牧谿《もっけい》の山水画を選んだ。

茶席が終わると、待ちに待った無礼講の酒宴となった。

酒宴は延々と九時過ぎまで続いた。

最後は、秀吉が股肱《ここう》の臣全員に呼びかけての大広間での雑魚寝《ざこね》であった。

酒宴でも、信長の下では、一瞬たりとも緊張感を緩めることができなかった。

それなのに、今はどうだ。

後年『前野家文書』は、この時の情景を、

〈君臣一和。かようなる宴いまだかつてなし〉

と絶賛している。あながち阿諛《あゆ》とばかりは言い切れまい。秀吉は、前君・信長を反面教師として、その欠点を見抜き、ガラリと部下の掌握方法を変えたのであった。

そして、この三日の明け方（翌四日早朝）。

「勢州《せいしゅう》（伊勢）長島の滝川一益動く」

の第一報が入った。関東の厩橋から逃げ戻った一益が、旧領で態勢を立て直し、「反羽柴」の狼煙《のろし》を上げたのである。

（各個撃破なら望むところ）

秀吉は、再び莞爾《かんじ》として微笑したのであった。

本能寺の変から七カ月。

織田家内部の覇権争いは、出遅れていた滝川一益の登場で、ようやく終盤戦に入る。

それは同時に、これまで門外漢でいた徳川家康の足許にまで、中央の覇権争いが及んできたことを意味する。一益が、「反羽柴」に立つに際し、家康に援軍を求めてきたのである。

だが、家康は利口だった。

「これは織田家内部のもめ事にすぎませぬ。拙者は、いずれの側にも立ち申さぬ」

と、婉曲に中立を決め込んだ。

覇権争いで双方が疲弊すれば、「漁夫の利」を得るのは自分であることを知り抜いていた。

一益は、九鬼一族にも来援を求めてきた。

だが、嘉隆は家康に倣《なら》い、取り合わなかった。

とは言っても、嘉隆の場合は、家康と違って、頭からすっきり決まったわけではない。旧本家筋は、一益に恩義がある。この礼を欠くわけにはいかぬので、我々だけでも参戦させてくだされ、と懇願してきたのである。嘉隆は、これを断固拒否した。

「これまでのような分裂行動は二度と許さぬ。仮に滝川さまにお味方し、羽柴軍と戦さをまじえるときは、こたび羽柴側に組み入れられた対岸の佐治水軍と、まっ先に事を構えることになる。今の水軍の力なら、七分三分でわしが勝つであろう。それに相手当主の一成は、まだ十五歳だ。だがな……」

ここで、まだ本家意識の抜けない老将たちを睨み、さらに続けた。

「……その背後にある羽柴軍の力は強大だ。どんな仕返しを受けぬとも限らぬ。それに、羽柴さまと和睦した毛利水軍の来援のあることも覚悟せねばならぬぞ」

脅しだけではなかった。

佐治氏が羽柴水軍に組み入れられてからの対岸大野湊は、秀吉のテコ入れで、造船に、築港に、目を見張るような活況が続いていた。

対するこちら伊勢大湊は、後ろ盾の信長を失ってからは、これといった大型の新造船の注文もないまま、多くの人手が対岸の大野に流出していた。これを止めることもできないのが嘉隆の現状であった。

嘉隆の返事に、一益は憤然として去った。

しかし単独軍では、とても秀吉に歯が立たないことは知っていた。そこで、昨年末に秀吉に降伏したばかりの三男・信孝を、また引っ張り込もうとした。

これがまた秀吉の思うツボとなる。

(これを種に兄弟を争わせるとしようか)

秀吉は、ここで奸計《かんけい》をめぐらしたのであった。

一月六日。

秀吉は一万五千の兵を率いて姫路を発つ。

そして近江を素通りして伊勢に侵入し、八百挺の鉄炮隊で、緒戦となった宝寺《ほうじ》城を奪った。

しかし、この後は、前線を部下に任せきりで、自分は秘かに安土に向かっている。

安土では、三法師とその後見人・信雄の並ぶ高座から、はるかにへりくだって平伏し、

「滝川一益が、三七《さんしち》信孝卿をたらし込み、三法師さまに刃向かうやに聞き及びまする。よって、この秀吉、これより軍を勢州（伊勢）に向け、一益を誅《ちゅう》する所存にござります る」

と、ぬけぬけと言った後、すこし首を上げて、信雄の方に顔を向け、さらに慇懃《いんぎん》に、

「……ついては、三法師さまの名代として、中将さまにも、是非、ご出馬下さいますよう、伏してお願い申し上げます。拙者に従う諸将も、中将さまのご出馬とあれば、いやでも奮い立つでございましょう」と、説いた。

信雄は、これに、まんまとダマされた。

あくまでお人好しの世間知らずだった。

やがて参加して解った。手許の自軍と尾張から新たに参戦させた三千を併《あわ》せても、秀吉の軍勢の中では、それほど大きな存在とはならなかった。全軍の指揮はおろか、武将としての端役《はやく》すら与えられなかったのである。

伊勢に侵攻した秀吉軍は、滝川軍を、伊勢亀山城、峰城と追い、一益を勢州長島城に追いつめた。しかし、北方の柴田勝家の動きを意識し、決して深追いはしなかった。いや、できなかったのである。

長島は、木曽、長良《ながら》、揖斐《いび》の三大河川が落ち合って海に入る、大小十数カ所の三角州の総称である。周囲は水と川藻と泥土で守られており、折からの寒気で歩兵や騎馬軍では戦えない。

お得意の兵糧攻めをしている余裕はない。

勢い水軍同士の合戦になった。が、滝川軍の方が、難しい操船に一日の長があった。

佐治水軍では歯が立たなかったのである。

秀吉は、漸《ようや》く気づいた。

自分が仕えた信長公も、元亀二年（一五七一）五月、天正元年（一五七三）九月と、ここ長島にこもった一向宗徒を攻撃したが、多大の犠牲を蒙《こうむ》って敗退。天正二年六月に、九鬼水軍を得て第三次攻撃を仕掛け、三月《みつき》がかりで、やっとのことで勝利したのだった——と。

（やはり九鬼水軍でなくてはダメなのだ）

秀吉は、こう慨嘆《がいたん》したのであった。

羽柴軍一万五千が亀山城を攻め落とし、一益を長島に追い込んだのは三月初旬である。

ここで「柴田動く」の諜報が入った。

北国が、例年より降雪が少なく、雪解けが早かったのである。秀吉は舌打ちした。

すべての攻撃が、まだ中途半端だった。

美濃戦線について言えば——、ダマしたような形で連れ出した信雄は、美濃に進出したものの、岐阜城攻めを中断したまま動かず。

相手の信孝も、城から一歩も出てこない。

二人とも、秀吉に利用されるだけの愚をさとり、暗に勝家の到来を待つ姿勢と見えた。

「ままよ、それでは」と、秀吉。

ひとまず滝川軍との対陣を中止し、留守部隊だけにとどめて、急遽近江に戻った。

勝家との遭遇戦を重視し、その想定される賤《しず》ヶ岳《たけ》周辺に、大挙布陣するためであった。

史録では、山なみを利用した、豪勢な「十三段の布陣」だったという（『柴田合戦記』）。

だが、このため秀吉の総勢四万の大軍は、——その後、日和見《ひよりみ》を決め込んでいた旧織田家臣団からの参加を得て一万ほど増えてはいたが——秀吉本隊、姫路城の留守部隊、賤ヶ岳の布陣部隊、美濃の留守部隊と、四分割せざるを得なくなった。

兵を、広く薄く展開させる愚は、百戦錬磨の秀吉の一番よく知るところだった。

それは、勝家も同じである。

秀吉の兵の展開の弱点を見抜いたのであろう。勝家からの密使が、まず長島の一益に走り、一益から、さらに信孝へと走った。あるいは、この二人は、どこかで会ったのかも知れない。

旬日《じゅんじつ》を経ることなく、一益と信孝は大同団結し、反羽柴の狼煙《のろし》を上げたのである。

恐れていた南北からの挟み撃ちの危機。

さすがの秀吉も、心の内では（参ったな）と思ったに違いない。

だが、自分の弱みはおくびにも出さないのが、この男が天下人となる所以《ゆえん》であろう。

部下の前で叫んだ。

「勝家が兵を整えるまでには余裕があろう。その間に、信孝だけでも血祭りに上げておこう。なに岐阜城の弱点は、この俺が一番よく知っている。余を信じよ。三日で落としてみせるわ」

増員した本陣二万五千を率いて、勇躍反転した秀吉。この時、東海道に、大雨が近づいていた。それが秀吉の命運を左右する雨となるとは、秀吉自身も、露知らぬことであった。

四月十六日。

秀吉本陣は、岐阜への進撃を目前に、大垣城で急停止を余儀なくされた。

大雨の襲来である。これで揖斐・長良川が増水し、岐阜への渡河ができなくなった。

秀吉は地団駄《じだんだ》踏んで悔しがった。

ここで、もたもたしていては、勝家の進撃までに近江戦線に戻ることができなくなる。

秀吉は終日天を仰いで嘆息した。

だが、三日二晩寝て待った後、ふと、思い直した。

自軍が、動けないということは、相手も、また向かってこられないということではないか。

東海道を南岸沿いに西から進む大雨なら、一益の居る勢州長島の湿地帯は、もっとひどかろう。

そんな思いにふけって、まだ決断しかねていた二十日の昼ごろ。賤ヶ岳山麓に配置した守備隊から急報が入る。

「なんだと！」

一瞬だが、秀吉の顔は歪《ゆが》んだ。

柴田軍の佐久間盛政《もりまさ》の奇襲によって、賤ヶ岳山麓の大岩山に布陣した守将・中川清秀が討ち死にし、隣接する賤ヶ岳城の守将・桑山重晴は一戦も交えず退却、岩崎山の高山重友（右近）も退却。羽柴軍は緒戦で惨敗したのであった。

秀吉は、即時決断した。早急に一時退却し、総力を柴田打倒にぶつけるのだ。この辺りの河川の洪水は、激流なだけに、水の収束も早い。退却する秀吉軍が追撃を受けない期間は、ごく限られている。

こうして羽柴軍主力二万五千の、必死の〈美濃大返し〉が始まった。

昨年の〈中国大返し〉より距離は、はるかに短いが、前回と違って、武器を携行しての重装備での走りである。

出発に当たって秀吉は全軍に獅子吼《ししく》した。

「この雨は我等の天運ぞ。もし河を渡りきったところで洪水になっていたらなんとする。美濃は奪えても、返すことができぬままに、賤ヶ岳の我が軍は壊滅の危機に陥るところだったのだ。行け、戻れ、者ども。天運は我に。天下の帰趨《きすう》は、そなたらの賤ヶ岳の一戦で決するぞ」

羽柴軍が大垣を出発したのは四月二十日申《さる》の刻（午後四時ころ）、関ヶ原から伊吹山山麓を北西へ。そして小谷《おだに》で、戌《いぬ》の刻（午後八時ころ）に木之本《きのもと》着。

二万五千の大軍が、北国街道五十キロ余を重装備のまま、ひしめき合うようにして、五時間あまりで走破したのである。「天下」というエサをぶら下げて、初めてできる芸当であった。

合戦の勝敗を決めるのは、

第一に物量、第二に将の手腕。

まず、物量についていえば、賤ヶ岳の激突では、

柴田軍　一万五千

羽柴軍　二万五千

ただし、柴田軍は子飼いの精鋭。

対する羽柴軍は一万ほど多いが、それは天下の帰趨を見ながら参加した烏合《うごう》の衆。しかも、夜を徹しての「美濃大返し」で全員疲労困憊《ひろうこんぱい》だった。

物量は、ほぼ同等、あるいは、休養十分の柴田側のほうが、若干優っていたと見てよい。

将の手腕はどうか。

これも、どちらも遜色はなかったろう。

このように、物量も同等、手腕も互角の場合、勝敗の帰趨を決めるものはなにか？

第一に天運である。

美濃出撃が三日早ければ、秀吉の「美濃大返し」は、しようにもできなかっただろう。

勝家の場合は、もっと微妙だ。

その北国進発が二日早ければ、いや、一日早くても、勝利を得た可能性が高いのである。

天運に、もう一つ加えれば、追いつめられたギリギリの時の将の果断、しかも、苛烈な決断である。

秀吉は、自分の不在中の緒戦の敗色を消し去るために、三つの措置を講じている。

第一に、寝返りした寄せ集め軍を布陣から完全に排除したこと。

第二に、みすみす中川清秀を見殺しにして動こうともしなかった、田上山の将で、弟の秀長を、満座の前で叱責し、陣営に活を入れたこと。

父の違う弟を、「身と種ちがったり」とまで露骨に面罵《めんば》した、と史談はいう。

第三に、先陣を若手の小姓や馬廻衆に切り替えたこと。これが最大の要因である。

次に始まる激戦に耐えられるのは、疲れ知らずの若者しかいない。若者を突破口に、戦意をかき立て、勝家と雌雄を決するつもりだったのである。

「そなたらの命、今日一日、余に預けい。その代わり高い預かり料を払ってやるぞ」

秀吉は、からからと笑って天を指さした。

「預かり料は天下じゃ。天下取りの暁《あかつき》には、この国の六十四州、どこなと、そなたらの望みのままに呉れてやるわい」

大きく出た。が、その後の戦況の推移を考えれば、天下取りの行方は、まさしくこのギリギリでの「若手への切り替え」の一言で決したといってよいのである。

第五章　天下人秀吉

天正十一年（一五八三）五月中旬、その夜陰《やいん》。

書見《しょけん》に倦《あ》いた守隆は、鳥羽砦をそっと抜け出すと、松原越しに一人海辺へと向かった。

父に教えられた夜の「眼の鍛錬」のための散策である。始めてから足かけ三年になる。

できるだけ遠くを見よ。

星をじっと、いつまでも凝視せよ。

時に、流れ星を追え。これは遊びだが、途中、見失うまいぞ。その最後の光まで見届けよ。

この訓練を続けていけば、眼は、ぐんぐん良くなっていく。

良き眼は水軍の将の宝ぞ。

それが父の教えである。

だが、今夜の鳥羽の海は、生憎《あいにく》、靄《もや》っていた。三間先が見えない。

しかし、それでも構わない。

守隆は、そんな靄った海も好きだ。

靄は、やがて生き物が這《は》うようにして陸に上がり、守隆を、ふんわりと真綿のように包んでしまうだろう。すると守隆は、砂浜の岩の上に正座する。一切、抵抗はしない。むしろ靄にすべてをゆだねるのだ。

今夜もそうしよう。誰はばかることなく口を大きく開けて、靄の、ほのかな塩味を全身に吸い込むのだ。すこしほろ苦く、やがて、ほんのりと甘味を、舌の上に残して消える。この感じがわかるまでに一年かかった。

それに靄の中は天涯孤独の世界だ。来し方、これからを、自問自答する絶好の場となる。

(それにしても、時代の移り変わりの、なんという激しさだろうか)

信長さまが明智さまに殺され、その明智さまが羽柴さまに殺された。

羽柴さまは、その後、自分に刃向かう旧織田の武将がたを次々に亡き者とされた。どうやら、ご自身が、「天下人」になりたいらしい。

しかし、切った、殺した、奪った。

そんな生き方を、人は、いつまで続けるのだろうか。

海を見よ、奪い合う必要もないほど広く豊かではないか。そんな海だけの生き方が、海辺に生きる我らに、なぜ許されないのだろう。

なぜ陸の、おぞましい権力者に膝を屈し、そのアゴでこき使われて生きなければならないのだろう。そんな生き方は止めたい。時々、今の生き方が、いやで、いやで、たまらなくなる。

守隆は、靄の中を、そっと歩み続けた。

海辺の砂浜は、その起伏も、岩場の在処《ありか》も、諳《そら》んじている。目をつぶっても歩ける。

守隆は、靄の中で、自分が定席のように座っている平らな岩の一つに近づいた。

が、ふと、微《かす》かな人声を聞いた気がした。

守隆は歩みを止めた。

どうやら二人。それも若い男と女らしい。

二人は、それまで砂浜に寝ころんで抱き合っていたらしい。

靄の中から、女の白い裸体が、かすかな星あかりに透けて見えた。男は起きあがって、脱いでいた衣服を着るらしく、ごそごそと衣擦《きぬず》れの音がした。やがて手で砂を払うような、ぱたぱたという高い音が続いた。

「としさん、きっとだよ」

遅れて起きあがったらしい女が、突然、哀願するような声を出した。

「きっと、大野から帰ってきておくれな、暮れには。そして正月を一緒に」

「うん」

気のないような男の返事。

「若いのだから大野での浮気の一つや二つは眼をつぶるけど、鳥羽のあたしを見捨てないでおくれ。また今みたいに、としさんの好きな格好で抱かれてあげる。どんな恥ずかしいことでもしてあげる。だから、だから、きっとだよ」

女の哀願が続く。

「……私は、造船場のフイゴで眼を潰したとと（父）と、たたらで足を怪我《けが》して海にも出られないかか（母）がいるじゃけ、いくら大野がよくても、ここさ動けねえだ」

「わかっている」

男は、ぞんざいな声で答えた。

「しかし、こっち側には、もう、ろくな仕事がねえ。あっちへ行くしか仕方がねえだろうが」

「そう言われりゃあ、そうだけんど、でも……」

「でも、なんだ」

「昔は船を一緒に造って、一緒に船を漕いで出て、一緒に魚さ捕って静かに暮らしていけただよ。うちの、ととも、かかも、その前のじじ（祖父）も、ばば（祖母）も、そうだった。それが戦《いく》さ船を造りだしてから、ダメになってしもうた。みな自分勝手になり、この村もバラバラになってしもうたんよ。戦さが憎い」

女の愚痴は延々と続いた。どうやら女は、嫁《い》かず後家。男よりずっと年上らしい。

いたたまれなくなった守隆は、そっと後ずさりすると、ゆっくりと踵《きびす》を返した。

あの女の家の不幸も、男の出稼ぎも、すべて九鬼のせいと思うと、たまらなかった。

追いかけてきた靄を、最後に大きく一つ吸い込むと、守隆は、砦の裏木戸をくぐった。

見とがめた守衛が、提灯《ちょうちん》片手に、「天」と叫ぶ。九鬼の定める符牒《ふちょう》である。

その日と旬によって答えが変わる。

符牒が合わなければ、殺されても文句は言えない。そういう決まりだ。

「地は竜の二」

守隆は叫んだ。竜が、この日の符牒、二は守隆の人別数字だった。

「和子さまか。失礼仕《つかまつ》った」

守衛が声を和《やわ》らげた。

「お役目ご苦労です」

「いえ、滅相《めっそう》もございませぬ。それより、先ほど、お館さまが顔をお見せになり、なにやら和子さまを、お探しのご様子でしたが」

「そうか、では参る」

守隆は、廊下の階段を駆け上がる。

（砦に戻ろう）

最上階の、一番見晴らしのいい部屋が父嘉隆の居間である。

居間の周囲には、所狭しと、これまで造った船の試作型が並んでいる。だが、なぜか鉄甲船だけがない。父に直接訊ねたことはないが、「不格好だから好かぬ」と、側近たちに言っているらしい。

「戻ったか」

書見台から振り返った父は、日頃の笑顔もなく声をかけてきた。

「はい。夕べの書見の後、いつもの眼の鍛錬に海辺に出ておりました」

「靄っておったろう」

「よくお解りで」

父の部屋からの海は松原越し、見えても今宵《こよい》は月もなく暗い。ここからは岸辺の様子はわからないはずだ。

「なに、流れ込む風の重さで知るのだ」

父は、初めて微笑した。

「それより大事な話がある」

「はい」

「まず織田信孝さまが亡くなられたことだ」

「えっ！　亡くなられた？　と申されますと」

「自裁されたそうな」

「自裁？」

なぜ？　益々解らなくなった。

「恐らく羽柴軍を南北から挟み撃ちしようと謀った北国の柴田さまが、あっけなく敗れたために、すっかり気落ちされたのであろう」

「それにしても、お気の弱い。羽柴さまが、一度ならず二度までも反抗した信孝さまを許さなかったということでしょうか」

「それもあろうが、そうではないらしい。ご自分で死を選ばれた。それも兄・信雄さまとの話し合いの末、兄の目の前での自裁と聞いたが」

「益々情けのうございますね。では、主《あるじ》の居なくなった美濃は、今後、どうなるのでございましょう」

「よう気づいた。そこだ、話の核心は。というのは、当初、信雄さまを美濃攻めに参加させるに当たって、羽柴さまは、戦勝の暁には、美濃一国を差し上げますと約束したらしいのだ。元々不仲な兄弟じゃ。信雄さまは、まんまと、この甘い話に乗った。弟が自分の目の前で自裁するのを止めなかったのも、弟憎しに加えて、そんな欲得ずくのせいではなかったか。しかし勝った途端に羽柴さまは、コロリと前言を翻してしまわれたのじゃな……」

「ということは、美濃はどなたに」

「安土城の三法師さまに献上されてしまわれたのじゃ」

「三法師さま、というと例の？」

「そうじゃ。わずか四歳。ということは献上は名目にすぎず、羽柴さまの好き勝手ができるということになるな」

「例えばどんな好き勝手が考えられましょうか」

「金よ。美濃の金鉱山狙いよ。羽柴さまは、明智討ちの中国大返しと、此度の賤ヶ岳の戦さで戦費を使い果たした。その手許資金の回復には美濃の産金が即効薬だ。みすみす信雄さまに渡したくないと思い返したのであろう」

「ひどい話ですね。そんなことが許されていいものでしょうか」

「許すも許されぬもないわ。天下餅を喰らうためとあらば善悪は二の次。それが今の世の中よ」

「嫌な世の中ですね」

「嫌なら遁世《とんせい》するしかない。そなたもすでに十一歳。早くそんな子供じみた考えを捨てよ。それより羽柴さまが打つ次の手をどう読むか。その時、九鬼一族をどう守り抜くかを考えよ」

「解りました。では、私の思うままを申し上げてもよろしいですか」

守隆は腹を据えた。

「構わぬ、なんなりと申せ」

父は、じっと目をつぶった。本気で子の考えを知りたいらしい。

守隆は、思いきって言った。

「そうなると、対岸の佐治水軍は羽柴軍直轄同然となり益々強大に。われら九鬼は、取り残されて、凋落《ちょうらく》一方になる恐れはございませぬか」

一瞬、父は顔を歪めた。が、すぐに、「ではどうしたらいい」と、更に迫ってきた。

「どうしようもありませぬ」

守隆は、さばさばした口調で答えた。

「どうしようもないでは済まぬぞ」

父の声から怒気が伝わってくる。

だが守隆は平気だった。

「どうしようもない時は、動かぬことです」

「動かぬとは？」

「じっと時を待つ。それしかありませぬ」

「若いに似ぬことを言うな」

父はかすかに微笑んだ。

「そうでしょうか」

「そうだ。まるで三河さまそっくりじゃな」

「三河さま？　私が三河さまに似ていると、お考えで？」

「うむ」

「で、どうして父上に三河さまのお考えが解るのでございますか？」

「数日前、三河さまのご家臣・本多忠勝さまが、ふらりと、お見えになってな。伊勢神宮に参られての寄り道だと申されたが、なに、九鬼の去就《きょしゅう》を知りたかっただけのことだろう」

「それで？」

「逆に、三河さまの、ご様子を訊ねてみたのじゃ。すると、三河さまは、そなたとそっくり同じことを言われていることが解った。どうしようもない時は、ヘタに動かぬことだとな」

「では私は光栄と思うべきなのでしょうか」

「さて、どうかな。それは解らぬ」

「父上がお解りにならぬなら、私にも解りませぬが」

守隆は、すこし頬を膨らませて見せた。

「そう怒るな。三河さまなら動かぬで済む。だが、我々小国のものは、動きたくなくとも、相手によって動かされる時がある。だから、動かぬ、というだけでは答えにならぬのだ」

「相手とは、どなた様で？」

「羽柴さまじゃ」

「えっ、羽柴さまからも当家に接触がありましたか。それはいつのことでございますか」

またしても、徳川と羽柴の両陣営から九鬼への囲い込みの動きがあったらしい。

「昨日じゃ。本多さまと入れ替わるようにして、京の所司代・前田玄以《げんい》さまが津にお見えでな。会いたいとの仰せで津まで出向いて参った。つい今しがた帰ってきたところだ。昨夜、その席で思いもかけぬことを言われたのだ」

「羽柴側として働けとでも？」

「いや、全く違う」

「では、なんと」

「ご子息・守隆殿は、お幾つになられたのかな、と訊ねられた」

「私の年齢が、どうかしましたか」

　守隆は、びっくりした。自分の知らない所で、年齢がどうの、こうのと話されている
とは、思いもしなかった。

「うむ、隠すほどのことでもなき故、正直に、当年十一歳にあいなりますと申し上げた。

するとな……」

　嘉隆は、ここで顎をなぜながら、なにがおかしいのか満面に笑みを浮かべた。

「ご当地は早熟の地と聞いておる。故にうかがうのだが、と前置きされた後、時にご子
息に、つまりお前のことだが、嫁御《よめご》を取らせる積りはありませぬか。これは羽柴から
の依頼の筋で申し上げるのだが、と訊ねてきたのじゃ」

「嫁御！　ということは私に妻《めと》を娶れということで？　父上は、どう、お答えになりま
したので」

「あははは」

嘉隆は、照れくさそうに笑った。

「笑い事ではありませぬ」

守隆は、さらに頬を膨らませた。

「すまぬ。あまりにも唐突な話なのでな。正直、答えに窮した。その時の冷や汗を思い出して、つい……、いや勘弁してくれ」

「その先をどうぞ」

守隆も、思わずクスッと連れ笑いした。

「仕方がないので、咄嗟《とっさ》の嘘をついた」

「嘘！　でございますか」

「そうだ」

「なぜ嘘を？」

「柴田さまが消され、信長さまの遺子の一人・信孝さまも消え、滝川さまは長島で孤立。残る信雄さまは羽柴さまに取り込まれてしまった。最後は三河さま、ただ一人。しかし、この方はただ者ではない。その目と鼻の先で羽柴さまの筋から嫁を貰ってどうなる。剣《けん》吞《のん》この上なしじゃぞ」

「で、父上の嘘とは、いかな嘘で」

「聞きたいか」

「面白うございますれば、後学のため是非に」

「茶化すな。しかし、教えてやろう。父はこう言うた。それはまた、思いもかけぬお言葉。有り難きことなれど、なにしろ、あの子、つまりお前のことだが、私めの子に似合わぬ晩熟《おくて》。まだまだ全くのネンネでしてとな」

「ネンネ？　とは」

「つまり、そのあたりのことは全くの幼稚ということじゃよ。毎日、拙者も歯の立たぬような難しい書を読むだけの世間知らずでござれば、あと三年ほどは、お待ちくださされませぬかと」

言い終わると、親子は、ほとんど同時に「プッ」と笑い転げた。笑い終わると、嘉隆は、真面目な顔で、こう言い足した。

「坊主の嘘を方便といい、武士の嘘を武略という。これは亡き明智さまから教えられた言葉だ。若かったが、父は、なるほどそんなものかと思ったものだ。だが、この言葉には欠けた部分があった」

「なんでございましょうか」

「公家の嘘が抜けていた」

「なるほど」

「軽はずみに納得するなよ。父は実例で申しているのだぞ」

「ご無礼しました。謝ります」

「これは、明智さまの、ご謀反当時は解らなかったことだが、先日、本多さまから耳打ちされて知ったことだ。明智さまのご謀反を、背後で操った者がいる。誰か？　公家じゃよ、となー」

「公家さま。それはまことで」

「そのようだな。再三に亘って朝廷は信長さまに無視され、尊厳を傷つけられたとのこと。思いあまった前関白《さきの》・近衛前久《このえさきひさ》さまが、明智さまを秘かに招いて朝廷の苦境を語りきかせ『右府討つべし』との天皇さまの御綸旨《ごりんじ》（命令書）を出すとの条件で信長さまを討てと命じた。これを信じた明智さまは、言われるままに謀反を実行された。だが、明智さまが信長さまを討った直後、近衛さまは、忽然と姿を消したのだ」

「えっ、どこへ？」

「三河さまの元よ。浜松に隠れていたのだな」

「なんということ！」

「解ったか。この世は、そんな嘘とカラクリだらけだ。明智さまも、坊主と武士の言葉の嘘は知っておられたが、公家の嘘が、もっと大きいことをご存じなかった。愚かなことに」

守隆は、嘆息する父を、そっと眺めた。

（父上は、昔は明智さまがお好きだったのに）

今は、明智さまの謀反の決意を、平気で「愚かなこと」と、愚か者扱いにしておられる。

　許せないという気持ちと、そうでなければ、乱れきった世を生き抜くことができないのだぞ、という父の警告との相反で守隆は揺れた。

（大人になるって嫌なことだな）

　それが、今の結論だった。

「自室に戻ってもよろしいでしょうか」

　守隆は、父の眼を避けるようにして、立ち上がりかけた。

　だが、嘉隆は離さなかった。

「いや待て、その前に……、そなたと、これからの九鬼のありようについて、とくと話しておきたいと思うてな」

「はい」

　仕方なく座り直す。すると、

「そなたは、今は三河さま同様に動かぬがよいと言った。それもよかろう。しかし、先ほど申したとおり、我は動かずとも、天下の波の方から、こちらにやってくることもある。解るな」

「解ります」

「そこでの父の思案は、ただ一つ。この砦を、今の内に大改築し、鳥羽城と呼ぶにふさわしい強固なものとしておくことだ。そなた、どう思う。この思案を」

「大賛成にございます」

「父の言葉だとて、軽くは答えるな。ヘタをすると、今どきの砦の改築は、羽柴、徳川のどちらからも睨まれる原因になることじゃでな」

「決して軽はずみにお答え申しておりませぬ」

「では訊く。父の思案、なんのためと思うてのことか。父の心を忖度《そんたく》して言うてみよ」

「父上は、羽柴、徳川のいずれが敵味方になろうとも、救援のあるまでは戦って耐えるようにと、そうお考えの末かと存じますが、如何で」

「うむ」

嘉隆は、にっこり笑って頷いた。

「さらに忖度すれば、このご思案、元を辿れば、恐らく三年前の、海辺の尼崎城攻めが、あまりにもあっけなかったことで、お心に決められていたことではなかったでしょうか。むしろ遅すぎたような気がしないでもありませぬが」

「やれやれ」

「なんでしょうか」

「全くだ。そなたにかかると、この父も、からきし台無しじゃな。わははははは」

織田信孝が秀吉に屈し、自裁して果てると、追うようにして滝川一益が秀吉に降伏した。

それほど、あっけないというか、情けない降伏だったことも、また事実であろう。

秀吉の許しを得る前に、さっさと剃髪《ていはつ》し、以後「滝川入道」となり、「入庵《にゅうあん》」と号した。

「本能寺の変」に際し、甥の信忠を見捨てて二条城から逃げ出した信長の弟・長益《ながます》。後の茶人・有楽斎《うらくさい》。

有岡城を擁して信長に謀反したまではよかったが、籠城一年。妻子眷属《けんぞく》を捨てて尼崎城に逃げ出した荒木村重。

この二人に、優るとも劣らぬ汚辱《おじょく》の降伏であった。噂で知った嘉隆も、初めは、にわかには信じなかった。

（あの剛勇な滝川さまが、なぜ……）と。

しかし、事実と知ると、今度は、ふっと、会ってみたい気になった。からかうためでも、懐かしさのためでもない。むしろ、後半生では一益を憎んでいたくらいである。

だが、今の嘉隆には、

右（徳川方）すべきか、

左（羽柴方）すべきか、

に大きな迷いがあった。

敗者には違いないが、一歩退いた方なら、俺より、もっと冷静に、二人（秀吉と家康）の長短を観察しているに違いない。

（それに——、故・織田信長公の家臣への道をつけてくれたことへの義理もある）

そう心に決めると、嘉隆は一通の手紙をしたためた後、守隆を呼び、

「父と一緒に、いつでも旅に出られるようにしておけ」

と、命じた。

どこに、誰と会いにとも一切言わない。

「相変わらずの、お父上よ」

守隆は、一人苦笑し、それでも入念な旅支度を調えるのであった。

天正十一年十月初旬。

鳥羽城の基礎工事は、外観から見えないように幔幕《まんまく》を巡らせて、秘《ひそ》かに進行中である。

その現場を抜け出した九鬼嘉隆・守隆親子は、小早船二艘に分乗して四日市へと向かった。

親子は同一船に乗らなかった。襲われて二人が死ねば、九鬼一族は指導者を一度に失うことになるからである。

幸い何事もなく四日市に着くと、嘉隆は雲水《うんすい》姿に、守隆は、雲水に従う小坊主に変身して東海道を一路西へ。

着いたのは伏見である。

宇治川北岸の、樹林の繁茂する指月《しづき》の森と呼ばれる所で、南面に広々とした巨椋《おぐら》池を控えた月見の名所であった。

十年後には、秀吉の最初の伏見城（指月伏見城）が築城されてにぎわう一帯だが、この頃はまだ人目に付かない秘所である。

ここに嘉隆は、堺に続く二つ目の別邸を持っていた。

堺はあくまで武器商などとの荷扱い商談用。

だがこちらは密談用。滅多に使うことのない茅葺《かやぶ》きの三百坪ほどの別邸である。

その北側に長い竹林があり、その先の垣根越しに踏み石を十ほど数えて、露地をさらに奥へと進む。すると、こけら葺きの切り妻屋根に庇《ひさし》を組み合わせた最近流行の草庵風の茶室がある。

入り口に立つと、父は守隆を振り返った。

「そなたは裏の水屋で宗匠《そうしょう》さまを待て。父は、命じてある茶室の準備の様子を、もう一度検《あらた》める」

「念のため宗匠さまの、お名前を」

「神屋《かみや》貞清《さだきよ》さま。俺の手紙に二つ返事で承知してくれた。筑前博多の交易商で、茶の宗匠であらせられる。心して接するように」

「はい」

「宗匠さまが亭主として茶室にお入りになられた後は、襖の裏にて、そっと耳を澄ませ。一切物音など無用のこと。そこにて茶会の様子を、心の内に描いて待て」

「で、今宵の正客は……」

「その場所にて当て推量せよ。決して顔を合わせてはならぬ。よいな」

なぜ父が隠すのか解らない。難しい注文だった。が、守隆は、黙って頷いた。

耳は抜群にいい。

（一言半句、聞きもらすまいぞ）

そう覚悟を決めた。

言われたとおり水屋で待つ守隆の耳に、竹林を伝わる父の声が響いてきた。

相手は貞清さまらしい。

時々軽い談笑が混じる。

やがて茶室の玄関の戸が開かれ、袴付《はかまつけ》に入って着替えるような衣擦れが続いた。その後、茶室内を、あれこれ検めていたのであろう。

しばらく静かな時が流れた。

ふと、水屋の襖が音もなく開かれると、男が一人、不意に顔を出した。

守隆は、慌てて平伏した。

「おや、これは、これは」

明るい張りのある第一声だった。

続いて、その背後から、

「これが、先ほど申し上げた……」

と、慌てる父の声。

咄嗟に、守隆は父の言葉を継いだ。

「水屋にて、お手伝いを、と命じられ、ここに控えおります守……守吉《もりきち》にございます」

守隆と言いかけて、かろうじて吉と言い換えた。もしかすると、父は自分のことを息子だ、とは言っていないのかも知れない。

「これは、これは。いや、こちらこそ今夕《こんせき》は世話になります。堅くならずに、お顔を上げてくだされ」

男は屈託のない様子で言った。

貞清。この年三十二歳。年齢よりずっと老《ふ》けて見えた。筑前博多の生まれで、十六歳で父と共に通商をおぼえ、巨万の富を築いた。茶道は武野紹鷗《たけのじょうおう》に学び、千宗易、津田宗《つだそう》及《きゅう》とともに宗匠と称せられていた。

しかし他の二人の茶人の頑《かたく》なさに較《くら》べ、人となりが柔軟で、洒脱《しゃだつ》だった。

それでいて人の観察眼は鋭かった。

「守吉か、幾つになるな」

じろりと見る眼が刺すように痛い。

「当年十一歳になりまする」

「ほう、それにしては立派な体軀《たいく》。それに見事な骨相をしておるな。のう、右馬允殿《うまのすけ》」

と、父を振り返る。

「で、今、主になにを学んでおいでじゃ」

「禅宗をすこしばかり齧《かじ》ります」

守隆は、うっかり、そう答えてしまった。

「それは結構。では、こちらにきなされ」

しまった、試されるのか、と思ったが、もう遅かった。

「では、お許しを得て」

守隆は、観念した。

茶室は五畳ほどの広さである。板張りの踏込床があり、床柱は太い孟宗竹《もうそうちく》であった。隣室の書斎の間との仕切り壁には、九鬼の定紋「三巴紋《みつどもえ》」の透かしが入っていた。

守隆は、戦いに明け暮れていた父が、このような茶室を持っていることを知らなかった。ただ、呆然と目を丸くして眺めるだけであった。

「ご覧なされ、守吉とやら」

貞清に声をかけられて、改めて床を見た。

「なんと読む」と言われ、咄嗟に、

「喫茶去《きっさこ》でしょうか。自信ありませぬが」と答えた。「こ」か「きょ」か、正直のところ解らなかった。が、

「よく読めたな。どうせ和風の読みだ。どちらでも構わぬわ。で、如何な意味かな」

と、さらに訊ねられた。

「さあ」

守隆は、どぎまぎした。

「喫茶は、お茶を飲むことでございましょう。が、最後の去が解りませぬ」

と、正直に答えた。

「難しく考える必要はない。去は、さる、つまり行きなさいということ。茶でも飲んでいきなされ、ただそれだけのことだ。のう、右馬允殿」

と、後ろに立つ父・嘉隆を振り返った。

「はあ、ご助言、本当に助かりました」

父は、嬉しそうに言った。

どうやら、この茶席の床の禅語選びは、父が相談し、貞清の勧めで、あまり深い意味のないような言葉に決めたものらしい。

(となると、主客は誰か？　どういうお方であろうか)

その時、茶室の前方の露地から、人の来る気配がした。

「そろそろお出《いで》のようですな。では、あちらにて、お待ち申し上げましょう」

貞清は、父に目配せすると、ゆっくりと立ち、茶道口へと向かった。

守隆は水屋へと急いだ。そこで襖をしめて横向きに正座し、そっと襖に耳を寄せるようにして目をつぶった。

どうやら父は迎えに出たらしい。しばらく人の行き交うざわめきが続き、やがて静かになった。席入りが終わり、亭主役の貞清が茶道口の襖を開けた気配である。

（いよいよだ）

守隆は緊張した。すべての注意を、襖に添えた耳一点に集中させた。

と、その時であった。背中の水屋の出口付近で、数人の人の動く気配がした。

（裏に誰かいる）

耳を襖から離して後ろを振り返り、外の様子をうかがった。声はしないが、数人の男の股立《ももだ》ちの衣擦れのような音が聞こえてきた。

（襲撃？　護衛？）

そのどちらかであろう。

だが、守隆は、身に寸鉄も帯びてはいなかった。それに父からは、物音を立てるな、との厳命を受けている。

（どうしたものか）

瞬時、思案にくれた。だが幸い、人の動きはそこまでですぐに去った。後は静寂に戻った。

ほっとして、再び耳をそばだてる。

しばらくすると、中からコツンという音がした。おそらく、亭主が柄杓《ひしゃく》を持ち直し、竹の蓋《ふた》置の上に合《ごう》をのせて引いたのだろう。

音は二度しか聞けなかった。

どうやら、客は、謎の主客と、その連客を務める父の二人だけのようだ。

亭主を含め三人は、ほとんど声を発しない。

いや、茶道の礼儀上の応対はあるのだろうが、全く聞き取れなかった。

茶事の進行が早いようだ。

もしかすると、間もなく喫茶の後の中立《なかだち》に入るのかも知れない。

こちらを覗《のぞ》かれるといけない。それに先ほどの外の様子もうかがいたかった。

守隆は水屋の中を眺め、咄嗟に、置かれている鉄瓶を握ると、そっと水屋の裏戸を出た。水汲みに出てきた下働きの僧を装わねばならない。外は意外に寒い。北風がきつかった。

右手に鉄瓶を下げ、左手で僧衣の前身ごろを押さえながら、耳を澄ます。

かすかな湧き水の音がする。

そちらに向かって注意深く歩を進めた。

すると——、人声が前方からもれてきた。

湧き水のある岩場の蔭《かげ》らしい。

身をかがめて覗くと、二十人ほどの集団が十組以上たむろしていた。総勢二百人。皆、銃を持っている。しかも、火縄が燻《くすぶ》っていた。臨戦態勢にあるようだ。立てかけてある旗竿《はたざお》には桐《きり》のような家紋が付いているが、守隆には、それがどの家中の紋か、知識がなかった。

水汲みを諦め、急いで水屋に戻る。

まだ中立は続いているらしかった。

(では、その間に……)と、思い立った守隆は、懐から矢立を取り出し、備忘用の紙束に、今見てきた家紋を書き留めた。

四半刻《しはんとき》ほどして、茶会が散じたのであろう。

父が難しい顔をして水屋に現れた。

「腹が減ったであろう」と言われた。

「いえ、それほどでも」

「若者が無理するな。あちらの小間に、会席の残り物だが、食事を用意させてある。参れ」

「はい、では」

父は残り物と言ったが、一汁三菜に吸い物、八寸、湯斗《ゆとう》、香の物までついていた。

守隆が押し頂くのを、父は黙って待っていた。

が、湯漬けが終わると、我慢しきれなかったように口を開いた。

「困ったことになった」

「と、申されますと」

「どうやら、また合戦じゃ」

「えっ！　で、お相手は？」

合戦好きの父が困るからには、よほど相手にしたくない敵に違いない。案の定、「三河さまじゃ」と呟《つぶや》いた。

「三河さまを、お相手とされるのですか。そんな！　一体全体、どなた様と父上は茶席を催されたのでございますか」

「滝川さまだ。今は剃髪されて入庵と号されているが……」

「一益さまは、羽柴さまに降伏され、越前大野に蟄居《ちっきょ》されたと武吉から聞きましたが」

「うむ、建前はそうだが――」

「本音は違うので？」

「蟄居の前に、大野は越前ではなく、知多の大野で、佐治水軍を指導されるらしい。そこで志摩の九鬼と組んで伊勢湾に入る徳川軍の軍需品を東西両岸から監視し、一品のこらず封鎖してしまえ。これは羽柴さまの厳命だそうな」

「軍需品と言われると、主になんでしょうか」

「主として火薬だ。火薬の元となる硝石《しょうせき》は国内では造れぬ。海外、特に南蛮に依存せねばならぬのが実情だ。その我が国への搬入を、どこの藩国に、どれだけ陸揚げするか。これを交易商人たちと一緒になって秘かに決めているのがキリシタンだ。自分たちの布教に協力的なところほど優先するのだ、キリシタンどもはな」

「そんな人殺しの物資を扱って、キリシタン信仰の道に反しないのでしょうか」

「彼らにとっては、ヤソ教信者だけが人間なのだ。別に悪いことだとも思わぬようだな――」

「そんなバカな！」

守隆は怒っていた。許せないと思った。

守隆は、父との会話で知ったキリシタンへの怒りの中で、つい、羽柴側に囲い込まれる九鬼の危うさを忘れそうになった。

最後に思い出して、父に迫った。

「で、父上は、羽柴と徳川の戦いの暁には、羽柴側に立つと、すでに決められたのですか」

「いや、まだ……」

言いづらそうに答えたが、半ば以上に、そのつもりのようだった。

「でも、ここで滝川さまと会うのは、父上からの申し出で、されたことでしょう」

「そうだ」

「ならば、羽柴側に付くことも、父上から？」

「いや、そんな積もりはなかった」

「しかし、身を僧衣に包んでまでしてやってきたのはなんのためでございますか」

「それは……もしかすると、大野蟄居の末に切腹になるかもしれぬ。そうなる前に……」

「そうなる前に、どうしたかったので？」

「これからの世を、羽柴に付くか徳川に付くかの意見を滝川さまに訊ねたかったのだ」

「しかし、滝川さまは、決して俗世を捨ててはいなかった。そうですね」

「どうして解る」

「この茶室の周囲は、このような兵士で取り囲まれておりました。恐らく、これは羽柴の家紋ではございませぬか」

守隆は、言いながら懐の絵を取り出して、父に見せた。

父はぎょっとした顔で、ひったくるような手つきで守隆の描いた絵を眺めた。

「確かに、これは羽柴軍だ。どうしてこれを」

「水屋から、水を汲みに行くふりをして裏庭に出て、発見しました。それも火縄銃が点火されておりました。ということは……」

「この父が、滝川さまの羽柴方へのお味方に反対した時は、即座に、亡き者にしようと目論《もくろ》んでいたというわけか」

「そう読むべきだと存じます」

「知らなんだな。負うた子に教えられるとは、俺も、だいぶ焼きが回ったようだな」

嘉隆は自嘲した。

「いえ、それはありませぬ。しかし、万一、両者の戦さとなった時には、身の処し方は慎重にしていただきとう存じます」

「解った。しかし、そなたに腹案があるのか」

「あります」

守隆は、にっこり笑って答えた。

「聞かせよ。そなたの腹案とやらを」

父は、膝を進めた。

「難しいことではありませぬ。父上が羽柴方に立ち、不幸にして三河さまと対陣する際には、不本意かとは存じますが、佐治水軍の指示を仰ぎ、その配下として働くことです」

「なんだと！」

嘉隆は眉を逆立てた。

「できませぬか」

「できぬ。いやしくも九鬼が佐治水軍の風下に立つなど、金輪際できぬ」

「しかし、元々は不本意な戦いではありませぬか」

「そうだ」

「なれば、不本意な参戦の仕方もやむを得ぬと割り切る方が賢明ではございませぬか」

「うぅむ」

嘉隆は顔を真っ赤にしてうなった。子の言うことも一理あると思ったのであろう。その後はむっつりと、押しだまってしまった。

「それに佐治水軍の将は、亡くなられた信長さまの、お妹さま（お犬）のお子。つまりは甥御《おいご》さまでございましょう」

「そうだ」

「なれば、その主筋からして、その下で働くことを恥じることはない、と存じますがいかがでしょうか。意見を言えと申されたので、勝手を述べさせていただきました。僭越《せんえつ》あれば、平にお許し下さいませ」

「うむ」

嘉隆の顔からは、怒りが消えていった。


帰国後、嘉隆は再び砦の改造に専念した。

嘉隆の場合は、設計だけでなく作業現場まで入っての入念な指導である。

しかし、中央の動きを知るために再度、歌人の荒木田武友を起用することも忘れなかった。

以後、これまでと違ったのは、武友からの諜報文が届くと、一人で読まず、必ず守隆を招いて読むようになったことである。

守隆は嬉しかった。

それだけ父に重く見られることで、一段と大人になった自分を自覚するようになった。

そこで解ったことは、羽柴秀吉と織田信雄との関係が、のっぴきならない方向に進んでいることだった。

険悪となった発端は、秀吉が、約束を破って信孝の遺領である美濃三十万石を織田家の後継者となった三法師に呉れてやったことである。

だが、事はそれだけではなかったのである。

今を去る四カ月前。秀吉は、信長の一周忌を、京の大徳寺で行うことに決めた。この時の法要の庶務を、前田玄以と信雄の二人で行うことを命じたのである。玄以は織田信忠に仕えた前田利家の一族の一人。たかだか一奉行である。

そんな男と一緒になって、この俺、信雄に父上の一周忌に走り使い役をやれと言うのか！

俺は安土城主・三法師の後見人だぞ。

一周忌の代表者（三法師）の代理人であってもおかしくない立場だぞ。信雄は怒り心頭。

秘かに帰国すると、この憤懣《ふんまん》を隣国の徳川家康に訴えたのである。

だが、家康は重い腰を上げなかった。

そうこうしている間に、秀吉は空き城となった美濃の岐阜城に三法師を移した。わずか四歳、反対も賛成も言えない相手である。ということは、名目では織田家の継承者ということで、世間の批判を封じ、事実上は羽柴軍で美濃国を牛耳ることができるようにしたのである。

それに美濃はコメの生産高ではたいしたことはないが、「美濃金」とよばれる金資源が豊富。内実が豊かであった。

こうした無言の対立が続く中、秀吉は、信長の一周忌前後に発表した大坂城の建設に没頭した。場所は、信長が力でねじ伏せた石山本願寺跡である。大坂に難攻不落の巨城を築き、周辺をすべて自分の子飼いの武将で固めてしまう。

すでにこの年（天正十一年）秋には、その人事配置を完了したのである。

京・大坂への東の入り口、琵琶湖周辺は、

瀬田城　浅野弥兵衛尉
坂本城　杉原家次
高島城　加藤作内
佐和山城　堀秀政

同じく西の入り口である播州、但州は、

播州二郡・但馬七郡　羽柴秀長
三木城下二郡　前野将右衛門
龍野城下二郡　蜂須賀小六

その一方で、秀吉自身の知行地は、江州、丹波、備前、摂津、泉州など十三カ国におよび禄高は優に二百二十万石を超えた。その他石見《いわみ》の銀山、但馬生野の銀山始め七カ所の鉱山をことごとく直轄領とした。銀山とはいうが、それは名目に過ぎない。銀山には必ず金の鉱脈もある。信長のもとで働いていた時は銀の産出ばかりを報告し、金を隠してきた疑惑が濃厚である。その金を一挙に採鉱し始めたのである。

ここでは動かぬのが最善策。

とはいいながら、遅れれば遅れるほど、国内のすべての体制が秀吉側で固まっていく。家康は、表面穏やかに、あくまで受け身の姿勢を崩さなかったが、内心は焦っていたろう。

（どこかで秀吉に、俺の恐ろしさだけは見せておかねばならぬ。さもないと、秀吉ばかりか足許の部下からも舐《な》められるばかりだ）

家康の心を忖度《そんたく》すれば、そんなところだろう。だが、こちらから仕掛けるのは愚策。相手の秀吉の動きを待つ。

秀吉側も全く同じだった。仕掛けてはこない。どちらにも「相手から先に手を出させたい」という意地があったようだ。

こういう時は、小物が動く。この時も妙な取り合わせで、下から事件が起きた。

天正十二年正月。

築城中の大坂城で越年した秀吉は、同じく安土城に戻って越年した三法師さまの所に祝賀の挨拶に出掛けた。なにかと忙しい中だが、定例の行事であり、やむを得ない。

だが、これこそ「秀吉暗殺」の絶好の機会と狙っていた男がいたのである。信雄の老臣・滝川三郎兵衛《さぶろうべえ》。滝川一益の養子だった。元は木造具康《こづくりともやす》の子といい、僧侶から還俗《げんぞく》した武士である。

信雄と秀吉の対立、その後の養父・一益のだらしない降伏の中で、頑《がん》として反秀吉の立場を貫き通し、信雄を焚《た》きつけたのである。

「当日、三法師さまの謁見《えっけん》の屏風の蔭に隠れ、我と我が腕利きの部下二十人が飛び出し、秀吉を亡き者といたしまする。ご主君は後見役としてお側近《そば》くに控え、とくとご覧あれ」

だが、この陰謀は、事前に秀吉に筒抜けになっていたのを知らなかった。

陰謀をもらしたのは信雄の三家老である。秀吉は、この動きを知った上で安土に向かった。

当人は、きらびやかな平服の乗馬姿。

しかし、従う部下は、いずれも揃いの赤と黒の具足を着用。これに鉄炮隊五百と千二百の兵を従えるという物々しさであった。

側近は赤具足姿の二十人に限定した。

「相手が二十人なら、当方も二十人に限ろう」

秀吉の武将としての意地であった。しかし、そこには「賤ヶ岳の合戦」で勇名をはせた加藤清正、福島正則といった豪勇がぞろぞろいた。

安土城の惣門《そうもん》前からは警護の数人しか入城を許されない。だが秀吉を囲む二十人は、城兵の阻止を破って土足で入城したのである。

この日、滝川三郎兵衛の刺客の飛び出す機会は完全に封じられた。

恐れをなした信雄は、三法師の秀吉謁見に立ち会うこともなく尾張へと遁走《とんそう》してしまった。

秀吉は追わなかった。追わないだけでなく、首謀者の三郎兵衛の始末すらしなかった。

（これだけ強情な男なら将来見所がある）

と我慢し、三郎兵衛を釈放したのである。

だが、ただでは放さなかった。三郎兵衛の暗殺計画を秀吉に密告した三家老の名を教えて、尾張に帰国させたのである。

このような不忠な家老は適当なところで使い捨てなければならない。後々邪魔になる。

急ぎ帰国した三郎兵衛は、ただちに信雄に、秘密漏洩《ろうえい》の事実を伝え、三人の家老の名を告げた。信雄は、三人の家老を長島城に連れ出して闇討ちに葬ったという。

ここまでは秀吉の計画通りだった。が、その後、信雄と三郎兵衛は予想外の行動にでた。

ただちに臨戦態勢に入り、家康に援軍を仰いだのである。しかも、家康が意外にあっさりと参戦を表明した。

もっとも、懐勘定だけは忘れなかった。

信雄からの人質と多額の軍資金と引き替えに、三万余の軍勢を連れて尾張清須城に入城したのである。尾張側の軍はわずか五千。

「あの計算高い徳川と組めば、先鋒隊はすべてこちらに押しつけられる。そうなれば羽柴の大軍の前に皆殺しにされるのがおちだ。逃げるに限る」とばかり、城外の兵は消えてしまった。

一方の秀吉。

「では一戦、手合わせすることとしようか」

悠然と立ち上がった。一声かけただけで、十二万の大軍の動員が決まったのである。

「それにしても一益め。余の動員令にどのような顔でやってくるのか。早く見たいものじゃ」

秀吉は、からからと笑ったことであろう。

秀吉は、以上の事の経過を進軍に当たって面白おかしく笑い話をまじえて朝廷に報告した。

これが武友を通じて、いち早く嘉隆と守隆の耳に入ったのである。

これに続いて、一益が鳥羽砦に飛び込んできた。

「一大事到来じゃ」

顔面蒼白《そうはく》だった。

「何事でござるか」

嘉隆は、素知らぬふりで応対に出た。

一益は、どうやら秀吉に散々油を絞られた後のことだったらしい。

さすがに、一益との会談に、守隆は同席を許されなかった。子の前で、かつて上司のような立場にあった一益の醜態を見せることは嘉隆としても忍びがたかったのであろう。

襖の蔭で聞くこともできなかった。

その一部始終を父から聞いたのは、一益の帰った後である。

「やれやれ」といった顔で、父は砦の守隆の部屋に現れた。茶を一杯所望すると、語り始めた。

「滝川殿は、さすがに憔悴《しょうすい》の跡は隠しようもなく、歯切れも悪かったな。勧めた上座も断り、ぽつりと、こう言われた。頼む。後生一生の願いじゃ、とな」

「あの傲慢なお方が！　信じられませぬ」

守隆は、目を丸くして驚いた。

「事実だ、人は落ち目になりたくないものだな。俺は、まさか、滝川さまに、こうも下手《したて》に出られるとは思ってもいなかったので、かえって緊張したくらいだ」

「でも、養子の犯した罪ですから、本来なら養父も切腹ものの咎《とが》ではございませぬか」

「確かにな。拙者なら生きてはおられぬ。ということで、滝川さまは、此度の三河戦では、伊勢湾の三河軍の物資輸送の封鎖作戦としての参加でなく、陸戦部隊を志願して、そこで働くことにしたそうだ」

「なぜでございましょうか」

「働くこととしたのではなく、信用できない人物として羽柴さまから配置替えさせられたのだろう。代わって、伊勢湾の両海岸の水軍の指揮には、羽柴さまの旗本の一人、加藤嘉明なる若者がなる予定だと聞いた」

「で、一益さまは、いかな、お働きを？」

守隆は注意深く訊ねた。

「解らぬ。ただただ、羽柴さまの、大恩《だいおん》に報いるためには一心不乱に働くしかない。ついては右馬允殿にも、つまりわしにも、陸戦にてお働き下さらぬかと言われてな」

「陸戦？　父上に陸戦を、と申されたのですか。で、父上はなんと？」

「いや、それはご遠慮願おう。伊勢湾は幅広うござれば、監視をおさおさ怠らぬためには、部下任せとはできませぬゆえ、と断った。すると、そこをなんとかと粘られてな」

「なぜ、そこまで言われるのでしょうか」

「恐らく、部下が散ってしまって集められず、心細いのであろうな」

嘉隆は、気の毒そうに答えた。


世に言う「小牧・長久手の戦い」は、実に奇妙な戦さであった。どちらも意地を張るだけ。本気で相手を潰す気はなかったし、また、できなかったのである。

秀吉は家康を稀代《きだい》の戦さ巧者と認めていた。

だからこそ、ここでは自分に屈服してみせてくれればそれでいい。いずれ不落の大坂城が完成し、周辺を、ガッチリと羽柴陣営で固めてしまえば、家康が、どれほど抵抗しようと、できない時期がくる。ここで血を流すだけ、つまらぬと思っていたのである。

一方の家康は、トコトン戦えば負けることを知っていた。ただ、信長時代同様に、

「部下ではない別格の存在」として扱われたかったのである。秀吉は、自分より十歳年上だし、その泣き所は子がないことだ。

となれば、すべては、いずれ時が解決するだろう。そう考えるしかなかった。

しかし、両将はそうでも、下は、その通りに動くとは限らない。戦端は、まず、

三月三日　織田信雄、秀吉と断交

で開始された。次に、

同月十三日　池田恒興《つねおき》（羽柴方）犬山城占拠

同月十五日　徳川家康小牧山に陣す

と続いた。

ここまでは、どちらにとっても想定を大きくはずれてはいなかっただろう。

ところが――、ここで、秀吉にとって「予想外」のことが起きたのである。

家康が謀略戦に出たのだ。

一つは、徳川譜代の重臣・榊原康政《さかきばらやすまさ》が、檄文を全国の諸将に送り、各地に高札を立てて、秀吉の不忠・不義の非を鳴らしたのである。

秀吉は主君信長公の恩を忘れ、先には三男信孝卿を害し、此度《こたび》は次男信雄卿を亡き者にせんとしている

なんたる大逆非道ぞ。これを憎まれたわが家康公は信長公との旧交を思い信雄卿の

微弱をあわれみ、大義のために立ち上がった。秀吉の横暴を憎む者こそ、よろしく
我等義軍に合力めされよ

康政の挑発とは知りながら、その文意の激烈さに秀吉は、平静を失ったのである。

怒り心頭に発した秀吉は、

「康政の首を取った者に十万石の領地を与える」

と宣言したのである。

家康の戦術はそれだけではなかった。

家康は、紀州の雑賀《さいか》衆を初め、門徒勢二万、四国の長宗我部《ちようそかべ》一万を味方に引き入れた。

秀吉軍の大挙尾張遠征で空白となった五畿内を、一挙に占拠させようという魂胆だった。

さらに秀吉の心胆を寒からしめたのは、大坂から左遷して大垣城主に据えた池田恒興が寝返りの画策を謀《はか》ったことである。

この動きは、それ以前から恒興の動きを監視していた忍びからの報告で秀吉の耳に入った。

恒興は、信長の父・信秀時代からの譜代の家臣である。織田家では秀吉より大先輩。

ところが、「本能寺の変」で急遽《きゆうきよ》東上してきた秀吉の軍に、同僚の積もりで援軍した時、秀吉にアゴで使われ、それからというもの不満たらたらだったことは公然の秘密で

あった。

まして、大坂から大垣への左遷直後である。

驚いた秀吉は、すぐさま地元出身の蜂須賀小六を説得役に派遣して、平身、慰留に努め、

「天下取りの暁には、尾張一国を与える」

という証文を書いて恒興を黙らせたのである。

その代わり、

「早急に羽柴側にとどまるという証しの仕事を見せよ」と要求することも忘れなかった。

恒興の犬山城の占拠は、この証しである。

この恒興の勝利で緒戦は秀吉の勝ちとなった。

しかし、二日後、榊原康政の精鋭部隊が、反撃に出て、今度は羽黒八幡林《はぐろはちまんばやし》に陣する恒興の女婿・美濃兼山《かねやま》城主・森長可《もりながよし》を攻め、あっさりと森軍を破った。これで一勝一敗。

ここまでの経過を聞いた秀吉は、新装なった大坂城から、きらびやかに装って出発した。

時に三月二十一日。

一番隊から十四番隊まで総勢十二万
これは日本史上でいえば、
源頼朝の奥州追討軍（一一八九年）の二十八万四千

承久の乱（一二二一年）の幕府軍の十五万に次ぐ大軍の大編制である。

二十七日。犬山城に着陣すると、家康本陣のある小牧山に対して半月状に五カ所の砦を構築する指示を出す。翌月五日。砦の進捗を見て、本陣を楽田《がくでん》城に移し、ここを拠点に家康を野戦に誘い込もうとした。

しかし、家康は全く動かなかった。

最初から本格的な戦いをする積もりがなかったこともある。だが、それだけではない。家康にも予想外の事が起きていたのである。

家康は小牧山を動かなかったのではなかった。動けなかったのである。家康本陣が完全な箝口令《かんこうれい》をしいたことで漏れなかったが、この時、家康は病気だった。背中に大きな癰《よう》を患っていたのである。

開戦を前に、背中に小さなおできができた。

なんとしても治さねばと小姓に命じて腫れ物を貝の蓋に挟んで潰したが、これがこじれて化膿《かのう》が益々大きくなり、手の施しようもない。

身動きできない痛さ。眠ることもできない。

風に吹かれただけでも痛む。とても野戦などできる状態ではなかった。

家康の念頭にあったのは、退却の汚名を着ることなく、療養のために岡崎城に戻る。ただ、それだけであった。家康は七転八倒しながら、その時期を探っていた。

ここで幸運にも、池田恒興が動いたのである。

徳川方が紀州の雑賀や四国の長宗我部をそそのかして畿内を突くなら、我等も家康不在の手薄な岡崎を突いて小牧山を孤立させよう、という提案を秀吉が呑んだのであった。

しかし、秀吉から条件がついた。

「単独行動は許さない。池田・森の一番隊、二番隊に、三番隊、四番隊をつけよ」

三番隊が戦さ巧者・堀秀政隊三千、四番隊は羽柴秀次八千。池田だけでは、いつまた寝返るか解らないという秀吉の不安の表れであった。

このため、本来は密行すべき迂回隊の隊列は延々八キロの公然の蛇行部隊となった。

これを知った徳川方幹部は、

「これこそ、上さまのご帰還の好機」

と、家康を岡崎に移送させたのである。裏道、抜け道は徳川方だけが熟知するところだったから、池田軍に知られることなく、無事、家康は帰国できた。そこに特効薬が待っていた。

部下の一人が、摂津国真上《まかみ》村にある笠森稲荷《かさのもりいなり》の裏庭のコケを塗ると、どんな悪質な腫《は》れ物でも劇的に消えるという噂を聞いて出向き、持ち帰った土であった。今でいうペニシリンの青カビであろう。痛みと高熱に喘《あえ》ぐ家康は躊躇なく、その塗布を命じた。すると、噂に違《たが》わず、癰は数日を待たずに劇的に消えたのである。

こうして家康は死地を脱することができた。

勇気を得た徳川軍は、ここで反撃にでる。迂回の途中で、もたついていた池田・森軍は、家康本陣一万と、その護衛で帰国した榊原隊四千の精鋭の前に壊滅してしまうのである。

家康本陣と榊原軍の連合一万四千対池田・森軍九千のぶつかり合いの結果は、
池田恒興、森長可の両将戦死
池田・森軍の戦死者二千五百
という、秀吉側の惨敗で終わった。

秀吉は、池田迂回部隊の敗戦を聞くと、ただちに二万の軍勢を率いて、一旦は長久手に向かったが、一切の攻撃もせずに引き揚げた。

それからの二十日余りを、秀吉は戦線を維持しながら、進むでも引くでもなく、ぐずぐずと無為に過ごした。なぜかは誰も解らない。

そして、五月一日。
突如、秀吉は小牧戦線に小部隊を残しただけで、美濃への撤退を宣言したのである。
窮地に追いつめられていた信雄は、五月三日、逃げるように伊勢長島へと去る。
徳川方も、小牧山に酒井忠次の軍勢五千を残して清須に撤収した。
六月二十七日。秀吉、大坂へ帰国。

こうして「小牧・長久手の合戦」は、圧倒的な兵力差を生かせなかった秀吉の完敗となったが、それを人々が口にすることは憚《はばか》られた。

この間、九鬼の動きは、というと。

秀吉から九鬼水軍にきた最終の命令は次の二つである。

第一が、田丸《たまる》城主田丸直息《なおおき》と共に海上封鎖を行うこと。

第二が織田信雄方の津川弥太郎らが守る松ヶ島城その他の長島付近の城を攻撃すること。

指令を受けた時、守隆は嘉隆の部屋にまっ先に呼ばれて訊ねられた。

「守隆、この命令、まだ部下には伝えておらぬ。その前に、まず、そなたの意見を聞きたい」

そこまで自分に対する信頼感が強くなってきているのは嬉しかった。が、この判断は極めて難しかった。

（なんと答えたらいいものか）

守隆は、一瞬、躊躇した。

「難しかろうな」

守隆の躊躇する様子を見ていた父が、ぽつりと口を開いた。

「はい、残念ですが、特に第一点の田丸さまとの海上封鎖の連携の件については、近隣のことゆえ、そのお城は、しばしば望見しております。しかし行き来はありませぬ。当家との関係が解りませぬゆえ、なんとも答えようが……」

「そうだろう、いや、これは俺の説明不足だったかも知れぬ」

嘉隆は、そう言ってから、おくればせに両者の過去の難しい関係を話してくれた。

それによれば――、
田丸城（現三重県度会《わたらい》郡玉城《たまき》町）は遠く北畠親房《ちかふさ》の築いた砦に由来する。現在の直息の妻は親房の八代後の具教《とものり》の娘である。

親房は南朝の忠臣であった。後醍醐天皇が中興の政事を行われた時は、一時は、従一位、准大臣に叙任されたほどの高官である。

そんな親房だったが、やがて現れた源義家の後裔《こうえい》を自称する足利尊氏と対立して野に下る。

しかし、万一の時、帝をお迎えする南遷の場として選んだのが、この伊勢・田丸だというのである。

「このように、田丸家は我々とは比べものにならぬほど由緒のある、お家柄だ。我が祖は、その頃、紀州・九木浦から志摩に渡ってきた。それが、なんのためかは不明だが、最初に得た領地が前の南朝の領主のものであったところを見ると、どうやら足利氏の立てた皇統である北朝側であったらしいな」

父は苦笑いしながら、しかし本心困った顔で言った。

「……それゆえ我が父は、この志摩では田丸城を別格扱いとしてきた。俺もそうだ。だが、信長公は、そんなことは一向に頓着せず、羽柴さまに命じて伊勢の北畠領を侵略されたのだ。すべてを、徹底して焼き尽くせと命じてな」

「そして征服の暁に、次男の信雄さまを、世継ぎにと押し込んだわけでございますね」

「そうだ」

「では、ここで反織田信雄の羽柴軍に、お味方するのは、当家以上に当然でございますね」

「それはそうだが、羽柴さまは、仮にも織田軍の手先として北畠領を徹底して焼き尽くした張本人だぞ。恨みは深いぞ」

「いえ、そうでもないようです」

「ほう、なぜそういえる」

父は不審そうな目で守隆を見つめた。

守隆は答えた。

「幼い頃、私は、ひそかに武吉と一緒に北畠領を探ったことがございました。その時、地元の者から聞きました。羽柴軍は、ここを焼き払ってはいない。焼き払ったと、あの悪鬼・信長に報告しただけだったと。ご存じでしたか」

嘉隆は、首を横に振った。

「知らなんだな。そうか、そうして秘かに恩を売ってきたのか、羽柴殿は。そういえば信長公の比叡山攻め（元亀二年、一五七一）でも、羽柴殿は、全山を焼き尽くせ、坊主も寺の老若男女もすべてを焼き殺してしまえというご下命に、裏に回っては人々を解放していたとも聞いている」

「そちらは知りませんでした」

「人命を救ったばかりではない。比叡山の寺宝も火災から守ったそうな。その一つが叡山の寺宝中の寺宝といわれた『阿弥陀聖衆来迎図《あみだしょうじゅらいごうず》』だ。恐らく、当時、羽柴さまの軍師だった竹中半兵衛さまの献策で、どさくさの中で選ばれたのであろう。これを叡山の下の民家に移し隠したと聞いておる。羽柴さまとは、そんなお方じゃ」

「奥が深い？」

「そう、奥が深い。それだけに恐ろしい、お方でもある」

「となると、ここでは羽柴さまの、ご指示通りに田丸さまと組まれるのが賢明かと」

「そちもそう思うか。では、過去のわだかまりは忘れて、そうするか」

「ぜひにも。もっとも田丸さまの方が忘れてくださるかどうかは解りませぬが」

「それもそうだ。が、南朝方か北朝方かなどというのは昔々のことじゃ。何食わぬ顔で、という手もあるわな」

「しかし、最後に一つだけ気がかりなことがありますが」

「申してみよ」

「伊勢湾のこちら側は、この九鬼・田丸の連携でよいとしても、向こう岸の方は、どうなるのでしょうか」

「向こう岸？　というと大野か」

「さようで。こちら側だけで封鎖しても、東側の封鎖が手薄では、徳川方に渡る火薬の封鎖が抜かることになりませぬか」

「うむ」

嘉隆は、腕組みをして考え込んだ末に、ようやくつぶやいた。

「そう言えば、あの緻密な作戦を立てる羽柴さまらしくないな。調べてみよう」

忍びを放って得た大野諜報の結果は、すぐ出た。信長公の妹さま（市）の残された三姉妹の末娘の小督《おごう》と申されるお方が、佐治家の嗣子・一成殿の所に嫁入りしたらしい。これで大野水軍が羽柴側に付くことは安泰となった。

「道理であちら側の話がなかった筈だ」

嘉隆は笑った。田丸との連携の方は支障なく運んだ。伊勢湾の監視に当たった船量は、保有船の圧倒的に多い九鬼水軍で占められたから、田丸側から文句の出ようもなかったのである。

問題はむしろ、第二命令であった松ヶ島城などの攻撃であった。この方面の羽柴方の指揮は丹羽長秀、蒲生氏郷の両将がとった。

松ヶ島、峯、国府、千種などの長島付近の小城群の攻撃は順当に進んだ。

九鬼と田丸の両水軍は、秀吉派遣軍の陸戦に呼応し、敵の海上離脱を阻止するため、百艘の船で海上を封鎖、監視を続けたのである。

ところが、長秀、氏郷らの派遣将校は、小牧・長久手の戦況の停滞と停戦を聞いたらしく、いつのまにか帰国してしまった。

いち早く陸上の合戦の異変に気付いたのは、父の旗艦の前に船を出して陸上の動きを観察していた、目のいい守隆である。

父の元に小舟でやってくると、

「なにやら、戦場が急に静かになりましたが、どうかしたのでしょうか」

と訊ねた。生憎《あいにく》、海上に靄が立ちこめて、今は様子が窺えなくなっていた。ここに、一益の使者からの指令が、かち合ったのである。

これより蟹江《かにえ》城を攻撃する。援軍せよ。

かつての上官のような口調の指示であった。

この蟹江城を守っていたのは、三年前に信長に追放され、高野山をさまよって餓死したと伝えられる佐久間信盛の叔父・前田種利《たねとし》。

種利と一益は従兄弟である。なにやら一益の勧めに応じて寝返る気になっているらしかった。

蟹江城が、ここで無傷で手に入れれば大戦果である。そうなれば、自分も罪一等を減じられ、必ず羽柴水軍の総大将として復活できる。いやでも復活してやるぞ。

一益は、そう豪語し、またその積もりで、大見得切って城に乗り込んだのである。

しかし、九鬼親子は、そんな一益の大言壮語にしらけて城内を避けていた。

「城カラ半町バカリ程ヲオキ居タリ」

と、史書は、この時の九鬼軍の居た位置状況を、さりげなく記述する（『九鬼御伝記』）。

これが正解だったのである。

帰国して健康を取り戻した家康は、池田・森の連合軍を葬った後、水軍、間宮権左衛門と、小浜民部《みんぶ》を派して蟹江城奪回を謀った。

不意を突かれて九鬼水軍は、かろうじて鳥羽へと逃げ落ちることができた。一方、一益は逃げ遅れて家康に捕まり、降伏した。

罪一等を減じてくれたのは家康であった。

この時、家康に書いて差し出した降伏の起請文の存在が、やがて秀吉に知れる。怒った秀吉は、今度は本当に越前大野に蟄居させた。

これで気落ちした一益は、翌々年（天正十四年）、六十二歳を最後に配所で死ぬことになる。

秀吉と家康との正式な和睦は、この年（天正十二年）の十二月末のことである。和睦後、秀吉の伊勢・志摩に対する人事発令が行われた。

大和の筒井順慶を伊賀上野に、大和を異父弟の秀長に、志摩・鳥羽は、逃亡を咎めることなく九鬼嘉隆に、その上で、蒲生氏郷を松ヶ島城主として、南伊勢五郡十二万三千石を統括させた。

これによって、九鬼も田丸も蒲生家の与力として編入された。しかし、この時も、向かいの大野砦の佐治家は独立独歩のように見えた。

だが、事実は違っていた。そちらではとんでもない事件が発覚したのである。

去る小牧の合戦の時であった。癰《よう》の病で岡崎へと逃げる家康。これを追う秀吉は、退路を遮断し、あわや家康を追いつめるところだった。

この時、佐治水軍が船を出して、家康の窮地を救ったというのである。事実か、作為か。

作為とすれば、この弁明の場があったのか、なかったのか。それも不明。

怒り狂った秀吉は、一成（十六歳）に与えた市の末娘・小督を奪い返し、一成を追放。やがて出戻らせた小督を、家康の嗣子・秀忠の妻にと、強引に押し込むことになるのである。

追放された一成は、叔父・織田信包《のぶかね》を頼って伊勢にむかった。どうやらそこまでは秀吉の追及がなかったようである。

ここまでの話を、忍びの諜報で得た嘉隆は、ほっとした顔で、守隆に、この事実を伝え、最後に、こう結んだ。

「対岸の不幸とはいえ、気の毒なことだな」

守隆は意外に思って訊ねた。

「父上は一成さまに同情なされますか」

明らかな利敵行為。処罰は当然と思っていた。

だが父は違った。

「考えてもみよ」

嘉隆は続けた。

「あの場合、なぜか必死で帰国を急ぐ徳川の大軍を前に、羽柴さまとの盟約の手前、徳川さまの帰国の船は出せませぬと言えたかどうか。他人事《ひとごと》なら、いかようにでも批判はできよう。だが、己《おのれ》の事として考えてみよ。妻子もあれば、可愛い部下もいる。国の存亡をかけてできることではないぞ。それに……」

一息いれて、また続ける。

「果たして、この話、本当かどうか」

「えっ！」

守隆は驚いた。

「またしても策略だと仰せで」

「うむ。もしかすると、この話は、でっち上げで、本当は、一成殿の妻にと与えた小督さまとやらを取り戻すことが目的だったのではないか。なぜかは解らぬがな。というのは、俺は三河さまが、帰国に当たって辿ったであろう山道を、図面でなぞってみたのだ。その上で思った。そこに水軍船の出番があったのかどうかとな」

「で、結論は？」

「あり得ぬな。川や海があっても、地元の川船か漁船で間に合おう。よいか守隆、物事というものは、上っ面で信じるものではない。俺のように、自分の目と耳で確かめてから納得するものだ。以後もそう思うがよい」

「解りました」

「ともかく、此度の一件、俺は一成殿に同情する。ひょっとすると、危うく我が身に降りかかるところを、身代わりになってくれたようなものじゃでな。この意味解るか」

「さて、なんのことやら」

「やはり、そなたはネンネじゃな。もしかすると、小督さまとやらは、そなたの嫁御になったかもしれぬお方だったのじゃよ。あはははは」

一方、家康は再び傍観者に徹した。これをいいことに、秀吉は、無人の境を行くように天下統一への坂を駆け上って行く。

翌天正十三年三月二十一日。秀吉は、家康・信雄と組んで、自分の背後を襲おうとした根来衆《ねごろしゅう》に復讐《ふくしゅう》する。十万の大軍で紀伊に攻め込み、根来寺を焼いて、根来一揆を一掃。

その掃蕩《そうとう》に十日とはかけなかった。

同四月。今度は紀の川沿いの雑賀衆を攻めた。

雑賀衆が、小雑賀《こざいか》太田城（和歌山市）に立て籠もると、秀吉は、待っていたとばかり水攻めに切り替えた。雑賀は山岳戦は得意だが、水上での戦いは苦手である。ここで九鬼嘉隆は、中村孫兵次《まごへいじ》、仙石権兵衛尉《せんごくごんのひょうえのじょう》らの各将とともに自軍を率いて同城を包囲。信長を苦しめた雑賀衆も一カ月たらずで征服されてしまう。

秀吉は、また、並行して別軍を派遣し、熊野を鎮定、高野山をも屈服させた。とは言っても、こちらは武力というより金力であった。信長と違って宗教関係に対しては、敵対しないかぎり決して強硬策を採らなかった。

同年五月。秀吉は一旦大坂に帰城。ここで、驚いたことに、これまで摂関家の持ち回りだった「関白」の位を簒奪《さんだつ》。豊臣の姓まで得た。

その就任最初の仕事が四国の長宗我部攻めであった。勇猛果敢な難敵ということで、亡き信長も手を焼いた相手であった。それもあるが、関白秀吉としては、自分に従う武将たちに、どの程度の忠誠心と器量があるかを、ここで見たかったのであろう。自分は大坂に残り、必要以上の大軍を派遣して傍観に徹したのである。

まず五月四日には黒田官兵衛を先発として淡路へ。次に弟の秀長に八万の大軍を預けて四国へ。甥の秀次に摂津・丹波領国の兵五万を与えて播州から淡路へ。備前からは宇喜多秀家勢が手勢三万を率いて讃岐（香川県）へ。中国からは、毛利輝元、小早川隆景《こばやかわたかかげ》が兵三万を率いて伊予（愛媛県）へ。

こうして六月中旬。多方面から始まった秀吉の四国戦線は、一カ月あまりの攻防でケリが付いた。

八月上旬、和議が成立。長宗我部元親《もとちか》には土佐一国を安堵したが、その周囲には、阿波国に蜂須賀小六《はちすかころく》、讃岐国に仙石権兵衛、伊予国に小早川隆景と、子飼いと準子飼いを配置して、長宗我部への警戒は、おおさお怠りない態勢を維持したのであった。

この間、九鬼親子はどう過ごしたか。

実は、秀吉の天下統一戦が西に向かう五月をもって「お役御免」を許されて帰国。もっぱら鳥羽城の築城に専念していたのである。

幸運だったのは、大坂城のために、秀吉が大金を出して「木曽三川（木曽川、長良川、揖斐川）」から切り出させた大石が、熊野灘の難所のために大坂に輸送できず、鳥羽に打ち上げられたままになっていたことである。

この流用を願い出て許され、一層立派な城が造れた。その代わり、秀吉の北伊勢、尾張に乱立する小さな城の「城割り（破壊）」命令を受けて、田城《たじょう》城を破却した。

この田城の城石の転用も、また有益だった。それはまた、田城に残っていた旧本家筋の不満分子を排除するのにも役だったからである。

こうして鳥羽城は天正十三年末に、当時、観音山と呼ばれた小高い山に、ほぼ完成した。

水軍の城らしく、大手門は海にむかって拡がり、城下町用に広い後背地も造成された。だが、そこに城下町が発展するのは、ずっと遅い。文禄年間（一五九二～九六）を待たねばならなかった。

「場所としては悪くないのだがな」

嘉隆は城下町にめだつ空地を残念がった。

確かに陸上の東海道からは、ややはずれるが、海上交通では、日本のほぼ中央に位置する。

それに東西に熊野灘と遠州灘の難所を控えていることから、海上船舶は、海の荒れた時の避難所として、あるいは水や食料の補給地として鳥羽湊を利用した。それなら城下町としても発展するに違いない。嘉隆は、そう踏んだのだが、いささかアテがはずれたようだ。

人の流れは大坂一辺倒だったのである。

「時期が悪かったのかな。やはり、城下町造りも焦ってはいかぬということか。そなたの言うように、時を待つしかないらしいな」

嘉隆は、そう守隆に言って、肩をすくめた。

「もちろん、時を待つことは大事なことです。しかし、地元に民を定住させるには色々と工夫も必要かと存じます」

「例えば？」

「ここ志摩でなければという物産を、これから工夫せねばなりませぬ。それに民は、心の中で、ここに居て安全かどうか、城主が敵に攻められて、自分たちにまで危害が及びはせぬか、それを推し量っております。まだまだ民は、当家のことを信じていないのかも知れませぬ」

鳥羽城の完成を見越したように、再び秀吉から新造船を含む「出陣準備指令」が、秘かに届いたのは、天正十四年八月であった。

「どちらへ」という守隆の問いに、

「九州遠征だ。相手は、どうやら薩摩の島津義久殿のようだな」

父は、久しぶりの出陣に腕を撫《ぶ》して、まっ先に守隆に告げた。

「しかし、その場合は、そなたを連れてはゆかぬ。いや、ゆけぬのだ。悪く思うな」

と、断った。なぜ？　と訊ねる前に、父は難しい顔で弁解した。

「一緒に参加する水軍には色々としがらみがあるからな。近隣の田丸や佐治と一緒に働くのとは訳が違う。万一ということもある」

そこまでしか言わなかった。

が、言われずとも守隆には察しがついた。

内なる仮想敵は村上水軍。万一、九鬼親子が、この遠征で、村上軍に密殺されて、一緒に命を失えば、九鬼軍はガタガタになるということのようだ。

「承知いたしました。父上のお留守、守隆、身命を賭《と》して守らせていただきます」

きっぱりと答えた。

だが、この九州遠征は、予告だけで、なかなか始まらなかった。

出発は、なんと翌年（天正十五年）三月一日であった。半年以上待たされた計算になる。

遠征の発端は、島津義久が、秀吉の四国遠征中、北上して肥後（熊本県）の甲斐鎮隆《しげたか》を追い払い、さらに豊後（大分県南部）の大友宗麟《そうりん》の領土に侵入したことに遡《さかのぼ》る。

秀吉は、もはや一介の武将ではない。いやしくも関白である。秀吉は、（天正十三年）十月二日、勅命を得て、大友、島津両家に和睦を勧告したのである。一段上から余裕のあるところを見せつけるような姿勢だが、本心は違っていたろう。

自分の畿内不在中に、大坂城を家康に乗っ取られたらなんとする。もしかすると義久の豊後侵攻は、家康と組んだ謀略ではないのか。

あれこれ考えると、迂闊には動けなかったのであった。案の定、義久は和睦を拒否した。

「当家は鎌倉の御代《みよ》から薩摩、大隅、日向三国の守護であった。秀吉ごときの指示は受けぬわ」

なにが関白だ！　しゃらくさいと、わざと挑発的な姿勢を見せているように見えた。

他方大友氏。こちらも鎌倉期以来の名門。かつては豊後を始め筑後（福岡県南部）、豊前（福岡県東部と大分県北部）、肥後（熊本県）六国の守護であった。

むしろ、当時（鎌倉時代）は、島津より一つ格上の存在だったかも知れない。

ところが、先代・義鑑《よしあき》、現・宗麟と二代に亘って家臣の妻女にまで手を出すような女色狂い。これで自らを弱体化した。

宗麟は老齢を迎えて切支丹に宗旨替えしたが、もはや昔日《せきじつ》の力はなく、ここを島津に付け入られたのであった。

秀吉は、関白という権威と家康に弱い立場の狭間《はざま》で懊悩《おうのう》したろう。

知恵を絞った結果が、

「我が妹を家康の正妻に押し込み、自分が家康の義兄となる」という奇策であった。

目的はそれだけではない。これを名目に、侍女に女忍びを帯同させて徳川方の諜報を入手するためである。その上に、徳川の中枢に忍び軍団を打ち込まねばならない。

その名目が妹の旭姫《あさひひめ》であった。

姫とはいうが、秀吉の同腹の七歳下で、この時、四十四歳。当時としては、すでに老婆である。それも秀吉の家臣・佐治日向守の妻であったのを引き裂いての再縁であった。

当然、徳川陣営は憤激した。

「そんな老婆を押しつけおって」

と思った筈だ。

すると、今度は旭姫の付け人として秀吉の母を、しばらく帯同させると言い出したのである。

これには、なぜ、関白さまが、そこまで三河さまに卑屈になるのかと豊臣方はいぶかった。

徳川方は、徳川方で、

「あの親孝行な秀吉が、なぜそこまで」

と啞然としたろう。

結局、家康が、

「関白さまが、そこまで言われるならば……」

と折れた。もちろん、正妻といってもただの飾りである。人質と思えばいいというのが、その本心だったろう。

天正十四年十月二十七日。

家康は、大坂城までやってきて、居並ぶ大名の前で関白秀吉に拝謁、臣下の礼をとった。

裏工作の是非はあったにせよ、ここに天下人・秀吉が誕生したのであった。

第六章　素顔の天下人

家康が臣下の礼をとったことで、秀吉の天下が事実上決まった。
後は、どのように箔《はく》を付けるかである。
すでに秀吉は、一年前の天正十三年七月、従一位関白の位を得ていた。だが、この時は、いずれも藤原北家からの枝わかれである摂関五家の一つ、近衛前久《このえさきひさ》の猶子《ゆうし》（養子に似た存在。ただし相続権がないのが普通）となって、
関白　藤原秀吉
を名乗ったに過ぎない。猶子といっても、秀吉の方が年上である。このおかしな親子のでっち上げによる「名義借り関白」であった。
そこで——であろうか。翌十四年十二月、その暮れも押し迫った十九日。後陽成《ごようぜい》の帝から新しい氏を賜る「賜姓《しせい》」の伝達を受けた。
官位も太政大臣が加わり、

関白太政大臣　豊臣秀吉
の誕生となった。

もっとも、ここ志摩の九鬼家では、「関白」といい「太政大臣」といい、全く雲の上の話で一向にピンとこない。

息子と二人きりになると、嘉隆は、自分の無学を、あっけらかんとさらけ出せるらしい。

「どうも、この辺りの官職の意味がよう解らぬ。そなたは解るか」

と、守隆に無造作に訊ねてきた。

「なにがでございますか」

「一体、関白と太政大臣と、どこが、どう違うのだ。後から追贈されたのだから太政大臣の方が上のようにも思うが、そうでもないらしい」

「さあ、そう問い詰められましても」

「お前でも解らぬことがあるのか。それで安心した。では、その荒木田武友さまに、もう一度、こちらにご足労ねがって、じっくりと中央情勢の、御教示を賜《たまわ》ることにしようか」

年が明けると、武友が、ひょうひょうと、鳥羽城に顔を出すことになった。

着る物には無頓着らしい。古い柿色木綿の小袖に紺色の袖無し、下は浅黄色の野袴《のばかま》。どう見ても公家衆と交流する有名な歌人の姿ではない。それも、この時は、海風が寒いせいか、真新しい綿入れを着て亀の子のように首を縮めていた。

築城は着々と進んでいたが、武友には、そんな俗事には全く関心がないらしい。

新年の挨拶もそこそこに、

「伊勢の初詣を済ませて参りました。今年は天候もよく大層な人出で」

と言い、父と並ぶ守隆の顔を見ると、

「そうそう思い出しましたぞ。左京《さきょう》殿から、守隆さまは近頃とんとお見えにならぬが、如何しておられようか。一度、その後の研鑽《けんさん》の報告かたがた、お会いしたいがと伝言されました」

と、声をかけてきた。

面談は、新年の祝いの宴の後、父・嘉隆の部屋で秘密裏に行われた。

同席したのは守隆一人。それだけに放談会のように腹蔵なく質疑がかわされた。

「まず、朝廷から関白さまに下されたという豊臣という家名の意味は？」

という父・嘉隆の、最初の問いに対しては、武友は、はたと膝を打って、

「さて、なんだろう。これまで、そのようなことを訊ねる者がおらんかったわ。皆、天朝さまの宣せられることゆえ、へへっと聞くばかりじゃったでな。一度、なにか苗字の由来でもあるかどうかは、調べてはみるが、そう、たいした意味はないのではないかな」

と、にたりと笑い、「例えば、ただの豊かな臣下という意味かも……」と、もう一度、

今度は腹の底から笑った。

つられて九鬼親子も顔を見合わせ「そうかもしれませぬな」と、武友の高笑いに加わった。

たしかに秀吉は、この数年で、あれよあれよと言う間に、中部以西の畿内、中国、四国のすべてを豊臣家臣団で押さえてしまった。自らも二百万石以上の土地を領有する。加えて国内のおもだった金山、銀山のすべてを直轄にしてしまったのである。

帝はこれ以上金持ちの臣下を、未だかつて持ったことはなかったろう。「豊かな臣」と命名したとしてもおかしくはない。続く関白と太政大臣については、よどみなく答えてくれた。

「関白とは天皇を補佐し、百官を率いて大政を執行する重職と定義されているものでしてな。なんでも中国前漢（前二〇二～後八）の博陸侯《はくろくこう》が幼帝を補佐した故事に始まるといわれておるほど、古い古い職制じゃ」

日本では、仁和《にんな》三年（八八七）、五十九代宇多《うだ》天皇が太政大臣藤原基経《もとつね》に賜った勅書にこの言葉が出たのが最初だとされている。当初は、成人した後、宇多帝と基経との間でゴタゴタがあったらしい。そのため基経の死後、帝は関白を置かず親政を維持し、菅原道真を起用するなどで綱紀粛正《こうきしゆくせい》、民生の安定などに効果があった。

しかし、六十三代冷泉《れいぜい》天皇（九五〇～一〇一一）の頃から、天皇の幼少の間は摂政を、成長後は関白を置くのが慣例となった。最上位の地位であるところから、「一の人」とも呼ばれている。

「ところで、次にお訊ねの太政大臣でござるが、これが又、妙な官職でござってな。我々にも、なんのためにあるのか解らぬのでござるよ」

これは太政官の最高の官職だが、名前だけあって職務内容がない。令文には、「天子の道徳の師、四海の民の規範」などという、訳の解らないことが書かれているらしい。

「要するに、天子さまを、良き方向に導くようなお話をする話し相手。ただ、それだけのことでござろうよ」

それが結論であった。

「それより九鬼殿」

武友は、膝を進めた。

「はい」

「いよいよ九州の島津攻めだそうな。ついては、貴殿にも出陣のご沙汰がありましたかな」

「お蔭さまで十二月早々に正式な参加命令が届きました」

嘉隆は嬉しそうに答えた。先の「小牧・長久手の戦い」で、滝川一益の蟹江《かにえ》城攻めに加わり、逃げ帰った前科がある。もしやダメでは、と危惧《きぐ》していたところであった。

「それはよかった。よかった」

武友は、わがことのように喜んでくれた。

「なにしろ、前の四国攻めでは、あちら、瀬戸内付近には、その独特の海の流れを知る地元の水軍が大勢いる。それゆえ、四国の長宗我部《ちょうそかべ》攻めでは、貴殿にお呼びがなかったわけじゃろう。しかし、此度《こたび》の九州攻めでは、傍観してはならぬと思うていたのだ。なぜか解るか」

「お教えいただけますか」

進み出たのは、むしろ守隆である。

このまま、志摩の九鬼水軍という中途半端な存在でいたくなかった。

どこかで現状を脱皮したい。

その突破口には九州で他国を見聞し、他国の水軍を見る機会を持つことだと思っていた。

ちらりと守隆を見た武友。

「うむ、よかろう。そうこなくては」

と、大きく頷《うなず》く。ここからは嘉隆と守隆の双方を交互に見ながら話し始めた。

「関白さまの出現で、ともかく、この国の騒乱は収拾に向かうことになりましょう。そうなったら、これからは武弁者《ぶべんもの》より商売上手が幅をきかせる時代となりましょうな」

「なるほど」

九鬼親子は、顔を見合わせて、頷いた。

「武将の中にも、ボツボツそういう人物が現れ始めましたな」

「ほう」

「ご存じか」

「いえ、残念ながら」

「小西行長さま、加藤嘉明さま、脇坂安治《わきさかやすはる》さまといった方々じゃ。このうち加藤、脇坂のご両所は、ご存じ、賤ヶ岳《しずたけ》の戦いでは七本槍と言われた根っからの騎馬武者育ち。それが進んで水軍に転向なさるらしいと聞きましたぞ」

「水軍と商売上手がどうやって嚙み合うのでしょうか」

「そこよ、それを学ぶために、このお二人は小西さまに師事するようですな。そなたたちも、そう心得て九州戦線では、海域の様子や商売の極意まで小西さまに学び、励むがよかろう」

「解りました」

守隆は、そう答えると、ちらりと父を振り仰いだ。

(此度の九州遠征には、私も連れて行っていただけますね)

という確認の合図だ。父がダメと言っても、なんとしても出掛けたい。そう思った。

そんな九州遠征の慌ただしい準備に追われる志摩とは対照的に、中央では、さりげない形で、奇妙な情景が展開された。

天正十五年二月六日。聚楽第《じゅらくだい》でのことである。

聚楽第とは、秀吉が大坂城に次いで造った京の自邸である。場所は、京の内野《うちの》、昔の平安京大内裏跡の北東部。一昨年、従一位関白になったのを機に、秀吉が、その地位にふさわしい邸宅を、ということで突貫工事で建設を進めているものだ。まだ未完成だが、中心部分はすでに出来上がっていた。
本丸には天守（閣）・大広間、山里丸《やまざとまる》
その北に北の丸
西に西の丸
南に南二の丸
各々《おのおの》が張り出し、それら全体に堀を巡らせ、その外に、また総構《そうがまえ》の堀。そして総構の堀の四囲には諸大名の屋敷が建ち並ぶという威容である。自宅というより完全な居城であった。
この威容を見せるために「参賀《さんが》」名目で、秀吉は、諸大名一同に集合を命じたのである。
「正月過ぎて、いまさら参賀でもあるまいに」
小首を傾げながらも、呼び出しをかけられた三十七カ国の大名のほとんどが、遠征準備半ばで、飛んできたのである。
すると、城の大広間の上段の間に現れたのは――、
立烏帽子《たてえぼし》を頭に、白絹の狩衣《かりぎぬ》姿の秀吉。
そして、その横に、唐衣《からぎぬ》に身を包み、右手に女房檜扇《にょうぼうのひおうぎ》を握った、金銀糸あやなす女

房装束の、うら若い女性が一人。

誰であろうか？　総員の好奇の眼が一斉にその女性に注がれた。やがて誰言うとなく、ひそひそ話が、さざ波のように伝わり始めた。

あれは茶々《ちゃちゃ》さまだ！　あの、信長公の妹・市さまの残された三人娘の長女だ。それにしても、秀吉を毛嫌いした母・市のことを承知の上で、のこのこと、こんな新邸に顔を出すとは！　この娘、どういう了簡なのであろうか。

遠征準備の途中、やや遅れて参加した九鬼嘉隆も、そんな一人であった。

遅れた理由の一つに、関白秀吉に対する負い目があった。例の蟹江城攻撃の失敗と戦線からの逃亡事件である。これが重荷になって、重い腰がなかなか上がらなかった。

（それを問い詰められたら、なんとしよう）

頭の半分は、そんな自問自答で占められていたのである。

参賀の後は、例によって秀吉の好きな無礼講の宴となった。もちろん、突然の茶々の出現は、宴の話題をさらった。

だが、ほとんどの武将が、

「殿下が、安土におられる茶々さまの無聊《ぶりょう》を、お慰め申し上げるために、聚楽第見物にお招きしただけのことでござろうよ」

という、あっさりした感触しかなかった。

事実、柴田勝家と再婚した母・市に連れられ、北の庄城に住まって一年たらず。茶々の運命は、義父・勝家と母の死によって一転した。その後は、旧織田家の伯父や従兄弟たちの居城を、タライ回しにされるような不遇の身をかこっている。

この間、妹・小督《おごう》（三女）は、秀吉の命令で、一旦は大野水軍の嗣子・佐治《さじ》一成《かずなり》に嫁した。だが、「小牧・長久手の戦い」の後、一成と離別する。

同じ妹・初《はつ》（二女）は、近々、北近江大溝《おおみぞ》の城主・京極高次《きょうごくたかつぐ》に嫁入りすると噂《うわさ》されている。

一人、長女の茶々だけが残った形である。

だが、これは、滅亡した浅井家の再興を本人が願って、伯父・信長の目を逃れ、いずれかに落ちたと噂される弟の行方を捜すため、嫁入りどころではないとの話がもっぱらであった。

「そうではないか。いくら女好きの関白殿下であれ、主筋の姪御《めいご》の茶々さまに手を出すことなどありえまいて。それに、ご年齢も三十から離れておりまするぞ」

そんな関白子飼いの武将たちの解説に、外様《とざま》の武将たちも、一応納得。ひとしきり咲いた二人の噂話も、その場で消えた。

無礼講の後は、碁大会となった。秀吉は、囲碁史上、茶の千利休（宗易改め）、能の世阿弥《ぜあみ》とも対比される日海《にっかい》（初代本因坊算砂《さんさ》）から直接指導を受けただけあって碁は強い。おなじ指導を受けた信長が、意外に理詰めの碁を好んだのに較《くら》べ、ひらめき型で、奇手を好んだ。

この夜、関白の指名で、最初に碁の相手をしたのは、なんと九鬼嘉隆であった。

「えっ」と驚いて、とまどいを見せる嘉隆を、他の武将たちは、

「なにをためらわれる。ささ、早うにいかれよ」

と、指名された不思議さと羨望《せんぼう》の混じった眼差しで、背中を押した。

嘉隆は背筋が凍っていた。よろよろと関白の居間へと案内する茶坊主の後に従った。生きた心地がしなかった。


関白秀吉は、ごく内輪だけで使うのであろうか、金屏風《きんびょうぶ》を巡らせた八畳ほどの小部屋で、碁盤を前にして待っていた。

「近う、近う。堅苦しい挨拶《あいさつ》は抜きじゃ。余も、かように楽にしておるでな」

平伏した嘉隆は、言われるままに恐る恐る顔を上げた。確かに、白綸子《しろりんず》の夜着に紫の単衣《ひとえ》帯《おび》、これに金刺繡の袖無し羽織という、ごく、くつろいだ格好で、関白が笑っていた。

すでに碁笥《ごけ》から白石を出し、カヤの六寸盤の真新しい盤上で、パチリ、パチリと音を立てて石を弄《もてあそ》んでいる。機嫌がいいらしい。

嘉隆は、詫びを言いそびれた。

「そちとは、互先《たがいせん》であったかな」

と、覗《のぞ》き込むように言われた。

白を交互に持つ。黒を持ったものが第一着《ちゃく》をおろす。つまり技量互角という意味である。

「滅相もございませぬ。置碁《おきご》も置碁。五子《し》以上戴きませんと、とても、あい勤まりませぬ」

冷汗が、たらたら流れた。

「あはははは、冗談じゃ。そちの技量は、よう解っておるわ。いくつなりと置くがよい」

そう言われては、かえって置きにくい。考えた末に、一、二、三、四と、四子置かせてもらって対局を開始した。

第一戦は「中押し負け」。二戦、三戦は終局まで戦えたが、いずれも地《じ》の差で負けた。

「関白殿下にはかないませぬ。これで八連敗でござる」

嘉隆は兜《かぶと》をぬいだ。

「そうか」

関白は近頃蓄え始めた薄いアゴ髭《ひげ》をなぜて、嬉しそうだ。

（いまだ！　詫びるとすれば）

嘉隆は、ここで思った。

「時に……、唐突でございますが、殿下」

「なんだ」

「過ぐる三河さまとの戦さの折でございましたが」

「ふむ、それがどうした」

関白の碁石を持つ手が、一瞬、止まった。

「はい。拙者不覚にも蟹江城から徳川の間宮、小浜水軍に追われ、逃亡いたしました。今更ながらですが、まっこと面目ない次第で」

嘉隆は、改めて平伏した。

関白は、その様子を見ると、もう一度、碁石をつまみ、碁笥に向かって、ポンと放り込んで言った。

「そんなことを気にしていたのか右馬允《うまのすけ》は」

「はい、気になって、気になって……、此度の年賀参上も、いたく気が重うございました」

嘉隆は、正直に告白した。

「わははは、それは難儀させたな。なにも沙汰せずに済まぬことをしたな」

「なにか、ご沙汰がございますので？」

「ある。沙汰も沙汰、褒美の沙汰じゃ」

「褒美？　ですか」

「そうじゃ。その方の手柄は、あの合戦の時じゃからな」と、にやにや笑っている。

「と申されましても……」

「いや、手柄よ。そなたは、退くことのできない時に退いた。それこそ、将としての見事な見識よ。それをつたえたかったのだ」

関白はそれ以上なにも言わず、すっと立ち上がると、そのまま奥へと消えてしまった。

嘉隆は、キツネにつままれたような気持ちで、もう一度平伏した。


翌日、そのまま夢心地での帰国となった。

気分こそ晴れたが、帰国後も関白との不思議な会話が、頭にこびりついて離れなかった。


そんなぼんやりと考え込む父の姿に気付いたのは守隆である。

ある日、思いきって声をかけた。

「近頃、どこかで、気ふさぎになるようなことがございますのでしょうか、父上は」

「そう見えるか」

嘉隆は、照れくさそうに言った。

「はい、なんとなく」

「では言うが……」

父は、ここで聚楽第での関白との会話の一部始終を語った。

「ということで、俺には、よう解らぬのだ、殿下の言われることが。そなたは解るか」

「もちろん、とんと解りませぬ」

「本当か。しかし、そなた、なにか、父に解らぬことを知っているようにも思えるのだが」

「お気のせいでございましょう」

守隆は、頭を振って、そのまま逃げるように父のもとを辞した。

父に言うわけにはいかない。が、なんとなく、関白の心の内が読めたのである。

あの三河さまとの戦さで、退くことのできない時に退いたのは、関白さまご自身なのだ。それを父・嘉隆の退却に仮託し、自分自身の行動をなんとか納得させようとしたのだと。

守隆は気付かなかった。が、この時、守隆の洞察力は父のそれを超えたのであった。

翌月（三月）一日。関白秀吉は、旗本、脇備え合わせ三万余の軍勢を従えて大坂城を発進。

陸上、海上行路を併用して西下《さいか》した。九鬼水軍の主力は、この荷の輸送部門を担当した。

守隆は父に従い勇躍参加した。だが、陸を行く関白の本隊が、なんとも、のろのろした行進だった。それもその筈、秀吉は、正室の祢々《ねね》を除く側室のほとんど全員を連れだし、山陽道の名所、名所で泊まり込んでは、もっぱら名所見物に、うち興じていたからである。

秀吉に連なる女駕籠《おんなかご》の数は五十を超えていた。

あまりのノロさに、嘉隆が、まず悲鳴を上げた。関白の本隊の移動が遅すぎて、海上を行く九鬼水軍の動きと合わない。何度も湊、湊に停泊しては調整したが、それでも、部下の水主頭《かこがしら》は、日がな一日、あくびするばかり。たまりかねて、「お館さま、なんとかしてくれ」と、談じ込む者までいた。だが、嘉隆としても返事のしようもなく陸上を睨《にら》むだけである。

「戦さの方は、弟の秀長さまを総大将に、黒田官兵衛殿を軍監として主力九万が先発されている。それだけで十分すぎる軍勢なのだろう。海上部隊も小西さま以下脇坂、加藤さまの水軍でも、余りぎみのようだし」

一人になると、嘉隆はそうボヤき、腕を撫することでは水主たちと変わりなかった。

筑後まで北上してきた島津軍は、三月二十日には、彼我《ひが》の勢力、特に、鉄炮、火薬などの火力の差に驚嘆して、早々に故郷の薩摩に向けて撤退を開始しているとの報が入った。

たまりかねた嘉隆は守隆を呼んだ。

「これでは、そなたの戦さ修業にならぬ。守隆、いっそのこと、国に帰れ」

「嫌です。このままでは、なんのために来たのか解りませぬ」

守隆は、頬を膨らませて抵抗した。が、

「いや、これでは、若い身体も頭もナマるだけだ。此度は諦めて次の合戦に備えよ」

言い出したら引かない父である。

「次の合戦？　そんなものがありましょうか」

「おおありだ。最後は北条攻めだ。そうなると、それ、そなたに昔教えた、伊豆水軍との遭遇戦になる。此度の九州攻めでは、九鬼は、ほんのつけたしだが、北条攻めでは我等が先頭に立つことになる。それだけではない。北条には、他の水軍にない難しい敵がおるでな。風魔《ふうま》党よ」

父は、難しい顔で言った。

「風魔党？　それはなんですか」

守隆は意表を突かれた。

「それみろ。そなたは、その後の伊豆水軍の勉強が足りぬぞ。風魔は忍者だ。帰って調べよ」

父の質問に煙に巻かれた守隆は、渋々引き揚げた。もっとも、自分が率いてきた軍船十艘に、新たに新鋭艦を含む百艘の船団を間引いて守隆の傘下につけてもらったことで、すっかり機嫌を直していた。

帰国すると、父から借りたままになっている伊豆の「アテ覚書」を改めて引っ張り出した。

海上から見た陸地の山や岬の形、山なみの重なり具合などを記録した、船の現在地を知る資料である。その村々の名も附されていた。

それを前に置いて、磯部武吉《いそべぶきち》を呼んだ。

武吉は、すでに伊勢路の磯部村に隠居していたが、それでも「若殿の、お呼び」とあって、喜び勇んで飛んできた。

しかし、挨拶も早々に、守隆が、

「伊豆水軍に風魔党という集団がいると聞いた。じいは知っているか」

と訊ねると、「はあ?」と言ったきりで答えがない。

九州に行かず残っていた他の古参の老人たちに、同じことを訊ねたが、誰一人、伊豆に水軍のあることすら知らなかった。

鳥羽城から直線距離にして、わずか四十五里（約百八十キロメートル）。それでも遠州灘の激しい潮流は、伊豆を、未知の国として断絶していたのであった。

「弱ったな。これでは調べる、とっかかりも見つからぬぞ」

守隆は頭を抱えた。

「いっそのこと、この父の『アテ覚書』を頼りに、船団を組んで伊豆に乗り出すかな」

そんな守隆の突飛《とっぴ》な提案に、武吉は顔色を変えて反対した。

「とんでもありませぬ。今年の潮は蛇行が一段とキツイと聞きまする」

下手すると、西伊豆で難破する。難破せずに伊豆に着いたとしても、どの湊が、船団で入港できるか全く解らない。そんな無謀はできないと、顔を朱に染めるのであった。

「嘘じゃ嘘じゃ。じいをからかっただけだ」

守隆はそう言って詫びた。

そんな話し合いの末に、一案が浮かんだ。漁師の中から、東からの難破船の乗組員を探し出し、伊豆の知識を事前に得ようというのであった。

あれこれ手を回した末に、一人の男が浮かんできた。名を利助《としすけ》といった。

通称は、としだという。この数年、大野の造船場で働いていたが、そちらも最近は仕事が減ってしまったため鳥羽の女の元に戻ってきた男だという。

元は伊豆の吉田（現南伊豆町）の「浦百姓《うらびゃくしょう》」と呼ばれる漁師であった。船が難破し、志摩の漁船に救助されたことで、そのまま鳥羽に住むようになったという。

「面白い。話が聞きたい。呼んできてくれ」

守隆は身を乗り出した。

やがてやってきた、としは、三十を少し出た、赤銅《しゃくどう》色の痩せぎすの男であった。今で言うならイケメンである。

顔を見た時は解らなかったが、としという名と、その背格好に見覚えがあった。

四年前、夜の眼の鍛錬のために浜辺を散策したとき、靄の中で女と逢い引きしていた、あの時の男に違いない。

「利助といったな」

守隆は、威厳を込めて言った。

「へい」

「九鬼守隆だ。早速だが、話を聞きたい」

「なんなりと」

その悪びれぬ調子は、したたかなのか、それとも相手を若造と見くびってか、解らない。

「まず最初に、つかぬことを聞くが」

そこで、守隆は、横の脇息《きょうそく》を、小脇に抱え直して、ぐっと前のめりになり、としを睨んだ。

「大湊の造船場のふいごで眼を失った、そなたの女の、とと（父）は、その後どうしている？」

「えっ！」

男は仰天した。

守隆は、更に追い打ちをかけた。

「女のかか（母）のたたらで怪我《けが》した足は、もう治ったか？」

「なんで、若さまが、そげなことまで」

男の声が、がらりと変わった。

「当然だろう。この地元のことは、そなたらの家の米びつの量まで知っている、いや知ろうと努めておる。それが領主の務めだからな」

ハッタリだが、その気持ちに嘘はなかった。

「へい、では申し上げます。眼の見えなくなった、うちの奴のととは、岩間から落ちて亡くなりました。かかの方は、足を引きずりながらも元気でおりやす。今は、孫のお守りで、なんとか安気《あんき》に暮らしておりますだ」

「そうか、ととは気の毒だが、女のかかが、そなたらの子を抱いて安気にしていると聞いてホッとした。子は男か、女か」

「娘でごぜいます。が、次は……」

「ほう、次ができたか」

思わず、頬が崩れた。

「いや、まだでございます。まだ、これで」

と、としは腹を指し示した。

「それはいい。後継ぎの男の子だと、なおいいがな。そうだ、しばし待て」

守隆は手を叩くと、侍女を呼んで、三方《さんぽう》に木綿の反物一反と少量の砂金を持参させて、

「使え。後継ぎの生まれる前祝いだ」

と、ぽんと与えた。さらに「時に、これからが、そなたを呼んだ本当の理由だが
……」と前置きして質問に入った。

「そなたの生まれ故郷は、西伊豆の吉田と聞いたがそうか」

「へい」

「領主の名は？」

「たしか相良《さがら》……」

「四郎か」

父の「アテ覚書」にあった領主の名を口にした。古い覚書だが、代々四郎を名乗っているらしい。しかし、相良の名が出てくるところをみると、この男の言う話、満更嘘《まんざら》ではないらしい。

「へい、さようで」

としは、感嘆し、上ずった声で答えた。

「よろしい。ではさらに訊ねる」

「なんでしょうか」

「そなた、風魔という名を聞いたことがあろう」

「フウマ！」

途端に、としの顔が引きつった。

「存じませぬ」

「嘘を言うなよ。風魔小太郎だ。知らぬ筈はない。ここは志摩だ。恐れることはない。隠さずに申すのだ」

こうして、ぽつり、ぽつりと語らせたことで、風魔党の一端が見えてきた。

本拠地は、どうやら相模《さがみ》らしい。

そこに風間という集落がある。その「間」が、いつのまにか「魔」に入れ替わった。

それほど残虐非道な振る舞いをするらしい。

「時々、船でやってきては、乱暴狼藉《ろうぜき》、収奪の限りを尽くすのでございます。見つかったが最後、老婆はその場で殺し、若い女は拉致されます。あれは人間ではございませぬ。悪魔で」

としは震えながらしゃべり続けた。

「それで風魔の集団はどのくらいいるのだ」

「およそ、二百から三百。十艘ほどの船に分乗して、突然、伊豆の西海岸の村落を襲います。それも闇の夜に限って」

「なに、闇の夜に限ってだと？」

守隆は、思わずコブシを握りしめた。

「はい、恐らく、その頭領が、醜い顔を見られないためでございましょう。なにしろ小太郎と申す者、噂では身体は七尺（約二メートル）を超え、赤毛で、その容貌は、頭は福禄寿《ふくろくじゅ》、鼻は異様に隆起して赤くとがり、歯にはキバが四本突きだしているとか」

「プッ」と、守隆は噴き出した。

「そんな人間がおるものか」

「ところが本当におるのでございます」

としは、マジメくさって頭を振った。

「では、風魔は何を奪いにくるのだ」

「金銀と刀剣。後の物は見向きもしませぬ」

「ほう、金銀か。というと目標は、そちの吉田よりもっと北の西土肥《とい》か」

「そうです。そこの金がねらいのようで。その砂金の出荷の時をねらって襲うようです。わしらの村では、帰りがけに食い物と水を補給することの方が多いようで。それと女」

「それでも食い物を召し上げられては困ろう」

「はい。それはもう」

「北条方の領主さまはどうしているのだ」

「事情は報告しておりますが、とんと」

「ナシのツブテか」

「はい、それに風魔と北条は一心同体。苦情を言い立てても、なにもしては下さいませぬ」

「なるほど、そうか。では後のことは、この九鬼に任せておけ。いずれ手を打つ。悪いようにはせぬ。その折は、そちに船の水先案内を頼むかも知れぬから心しておけ。では、子と女の所に、この手土産を持って戻るがよい」

「有り難うごぜいやす。では早速に」

「待て、最後に一つ」

「なんでございましょう」

「さきほど、風魔は闇夜に襲うと言ったな」

「申しましたが、それがなにか？」

「あの西伊豆の難しい潮の流れを、暗夜に船を操るには、よほどの技が必要だ。なにか、それについて知るところはないか」

「さて、わしは漁だけしか知りませぬ。が、仲間の中に、風魔に捕まり、船を操っていた者がおります。その者に聞いて参りやすだ」

としは、土産を抱えて立ち上がった。


父・嘉隆が九州から鳥羽に戻ったのは、その年（天正十五年）の八月下旬。真っ黒に日焼けしての帰国となった。すでに島津義久は、五月八日には、剃髪僧衣となって薩摩・川内《せんだい》の泰平寺《たいへいじ》で謹慎。ほとんど戦火を交えることもなく関白に降伏。薩摩・平佐《ひらさ》城主の桂忠昉《かつらただあき》、高《たか》城の山田有信《ありのぶ》らが意地を通して城に立て籠もり、頑強に抵抗した。が、これも小西、加藤、脇坂らの水軍と共に海上からの火力による攻撃で、わずか二日で攻め落とした。

そのため領地の再配分などで居残った関白本陣の帰国より一カ月以上早い鳥羽帰りとなった。

「そんなことで、まあ、そなたに見せるほどの戦さではなかったわ。そなたを先に帰してよかったのだ。悪く思うな」

「いいえ、決して。お恨みは申しませぬ。それより、こちらの収穫のほうが大きかったようで」

「ほう、そうか。そうこなくてはな。では、その話を聞こう」

戦勝祝いもそこそこに、親子で部屋に籠もって密談する姿に、部下たちは呆《あき》れるやら、二人の関係の良さを喜ぶやら、こもごもだった。

密談は守隆の居間で行われた。

というのは、そこに船底の異様な形をした船の絵が貼られていたからである。

「おう！　これは」

一目見た嘉隆は、大声を上げた。

「南蛮船ではないか。どこで手に入れた」

「伊豆水軍にいたと申す者の言うがままに私が想像で素描いたしました」

「それはスゴいぞ。ということは、なにか、伊豆水軍には、このような竜骨（キール）の船があるということになるな」

「どうもそのように思われます」

「うむ」

嘉隆は、うめいたまま腕を組んで動かない。

「如何でしょうか。父上も、昔、南蛮船に、一時乗り組んでおられたと聞きましたが、これと同じでしょうか」

「南蛮船には、若い頃、たしかに半年ほど乗っていた。しかし、船底は船内からしか知らぬ。外側から眺めたのは初めてじゃ。このような船が伊豆水軍にあるとすれば、これは容易なことではないな。攻撃の仕方を考え直さねばならぬわ」

竜骨船とは、角材の船底材構造の船である。

これを、

西欧人はキール

中国人は竜骨

日本人は、間切り瓦《がわら》

と呼んだ。この船は前方から見れば船体がローマ字のV字型になる。それだけ喫水線《きっすいせん》下が深くなるから、「間切り走り」、つまり向かい風帆走には有効な構造と考えられていた。

だが欠点もある。

船底が深いため浅瀬や海底の突起に弱い。沿岸航路の多い日本では不向きだった。そのため日本では発達しなかった。

九鬼の船も、すべて、船底は平らな二重底である。

「で、この竜骨船の船主は誰じゃ。我等や大野らと同じ水軍の武将か。それとも北条か？」

嘉隆は再度訊ねた。

「水軍の武将には違いないのですが、ちと素性が変わっているようで」

「というと？」

「その将は、どうやら忍者らしゅうございます」

「まさか、それが風魔小太郎だというのではあるまいな」

嘉隆は微笑まじりに言った。が、

「実は、その通りで」

と守隆が答えると、途端に、父の顔色が変わった。

「ということは、風魔は、もしや異人？」

「はい。様子や背格好がまるで違うとか」

「例えばどうじゃ」

「聞くところでは、身の丈七尺余、赤毛で鼻が突き出すように高く、到底我等と同じ、この国の者とは思えませぬ。かつて父上が、伊豆には、南方から黒潮に乗って流れ着いた者がいる筈、と申されました。まさに風魔が、その潮で漂流した異人に違いありませぬ」

「それでは、伊豆水軍対策は、風魔対策であり、その竜骨船との戦いになるな」

「さよう。私めもそう思います」

守隆は、きゅっと唇を噛みしめた。

幸い、中央からのその後の出陣指令は、しばらくというより、なかなか来なかった。

やがて、その遅れている事情がわかった。当初、聚楽第に遊びに来ていただけ、と思われていた信長の姪・茶々が関白の側室になっていたのである。

「そんなバカな」

人々は唖然、騒然となった。

こちら志摩一帯は、成り上がり関白である秀吉を、やや斜めに見る三河衆と旧織田家臣団の多い尾張人の影響が強い。当然、秀吉と茶々との関係についても、冷ややかであった。

「いくらサルが天下を取ったとて、あの茶々さまが、その側室に身を堕《お》とされようとは」

そんな茶々に対する慨嘆から、しかし、

「あのタネなしサルに子ができるわけはなかろう」

と、高をくくる者まで噂で持ちきりだ。

この種の噂は千里を走る。当然、鳥羽城内にも、同じような噂は流れた。だが、嘉隆は断固として、城中での、この種の話題を禁じた。

「男として子なきは屈辱だ。為政者としての弱点でもある。多くの子に恵まれた信長さまと家康殿にはさまれた関白さまの、つらいお気持ちを考えてもみよ。それを話のタネに弄ぶのは以《もっ》ての外《ほか》ぞ」

いつになく厳しい箝口令《かんこうれい》となった。

そんな中、謎の風魔対策は試行錯誤のまま遅々として進まなかった。

諜報が少なすぎるせいであった。

風魔が、どの程度の大きさの軍船を操るのかどの程度の飛距離の銃と火薬を装備するのかこれが解らない。

そのため対策が取りにくいのである。

「いっそのこと鉄炮のことは鉄炮屋に訊《き》くか。それが手っ取り早かろう」

嘉隆は手を回して、八年前に信長に蟄居《ちっきょ》を命じられ、家屋敷まで没収された北近江の鉄炮鍛冶・国友《くにとも》与四郎の行方を捜した。

解ったのは、その後、国友は三河に移り、徳川家康の配下として復活していることであった。

「それはよかった、と言いたいところだが、三河さまのご家中となると、俺はどうにも近づきがたいな」

今は豊臣方と見られている九鬼である。そんな逡巡《しゅんじゅん》の日々が無為に過ぎていった。

この閉塞《へいそく》感を打開できたのは、思いもかけぬ一人の男からの一通の手紙であった。

手紙の主は石田三成。

近江の生まれで、幼くして書を観音寺に学び、十三歳の時に秀吉と出会う。その異才を見抜いた秀吉の抜擢《ばってき》で、三年前の天正十三年には従五位下治部少輔《じぶしょうゆう》、翌年から堺奉行を兼ね奉行筆頭になっていた。

その文面には「弥生（三月）十二日、京・龍安寺《りょうあんじ》にて、お会いいたしたし。委細は面談の上で」とだけしか書かれていなかった。

龍安寺は右京《うきょう》にある臨済《りんざい》宗妙心寺派の寺である。大雲山《だいうんざん》と号し、俗に石寺ともいう。宝徳《ほうとく》二年（一四五〇）。当時、有力管領であった細川勝元が建立。のちの江戸期には塔頭《たっちゅう》二十一《こ》を数える大寺であったという。が、この頃は、応仁の乱の数度の火災であちこち焼け焦げだらけだった。秀吉は、この寺に「てこ入れ」して、ちょくちょく聚楽第から抜けだしては、一人池を眺め、孤独を楽しんだという。

招聘《しょうへい》を受けて、急遽上洛《じょうらく》した九鬼親子は、そんな経緯を知らない。知らぬままに、関白の使う隣室の小方丈《こほうじょう》に案内され、そこで読書中の治部少輔・石田三成との面談となった。

それまでの嘉隆は、三成とは大坂城の回廊などですれ違う挨拶程度で深い関係はなかった。

もちろん守隆は初対面である。

秀吉は自分の身体が小さいせいか、小姓には大柄の若者を好んで登用した。三成だけが、その例外である。小柄なせいで、小姓時代は、福島、加藤といった猛者《もさ》の仲間から、ひどいイジメを受けた。それを持ち前の負けん気とアタマの回転のよさ、そしてさわやかな弁舌で拮抗《きっこう》。この頃は立場が逆転し、関白の側近筆頭である。

茶坊主に部屋に案内されると、嘉隆がまず挨拶し、後に控える子息の守隆を引き合わせた。

　三成は目を細めた。

「ほう、お幾つにおなりか、守隆殿は」

「はい、十六歳にございます」

「十六歳。それにしては筋骨逞《たくま》しいな。身の丈《たけ》は、いかほどになる」

「恥ずかしながら五尺七寸を少々超えましてございます」

　守隆は内輪《うちわ》に答えた。実際はほとんど五尺八寸（百八十センチ弱）近い。父とならんで遜色がなかった。

「羨《うらや》ましい。志摩者は育ちが早く、すくすくと大きくなると聞いてはいたが、やはり本当らしいな。余も、つくづく志摩に生まれたかった」

　心底から羨ましそうな声を出して笑った。

　しかし、大男の九鬼親子は、これには、いかんとも答えようがない。話の接《つ》ぎ穂もないまま当惑するばかりだった。それを見ていた三成が、ふと思い直したようにつぶやいた。

「そうそう、ここに来たからには、是非、この景色の馳走《ちそう》を致さねばなるまいな」

　三成は、独り合点すると、立って自ら隣室の大方丈との間の唐紙を開いた。

「殿下の御居間でござる。ご覧あれ」

　三成は、にこやかに部屋を指さした。そこは三十畳ほどの方丈であった。南面して関白の御座をしつらえ、その左手に石庭が見えた。

もっともこの頃の龍安寺の庭は、石庭よりも池を中心とした回遊式庭園の方が有名で、池の端に大きな糸桜（しだれ桜）があった。

「先月の二十四日。殿下は花見に、ここにお越しになられた。が、開花が遅れ、春雪の舞う生憎《あいにく》の天気でござった。ところが殿下は、ご機嫌斜めになられることもなく、雪景色を眺められた後、筆を執って、即興で歌を詠まれた。それが、ほれ、あそこの違い棚の後に立てかけてある短冊の歌でござる。守隆どの、よろしかったら遠慮は要らぬ。手に持ってご覧あれ」

「ははっ」

素早く立った守隆。うやうやしく違い棚に近づき色紙を押し頂く。これをまず父に捧《ささ》げた。

「読んでみよ」

との父の許しを得て、そっと口ずさんだ。

ときならぬさくらがえだ（枝）にふるゆきは
はなはをそし（遅し）とさそいきぬらん

「如何か」

座高の低い三成は、見上げるようにして九鬼親子を見た。

「とても即興とは思えませぬ。いやはや殿下の詩心の豊かさには感服の他ありませぬ」

嘉隆は素直に答えた。

「そうであろう、そうであろう」

三成は満足げな笑顔を見せた。

「花見に随行した前大納言の飛鳥井《あすかい》（雅春《まさはる》）、前田（利家）、蒲生（氏郷）の諸公も、各々和歌を献じられたが、いずれも殿下とは較べものにならぬ出来。自作は持ち帰りたいほどだ、との仰せで、お披露目はいたしませぬ」

その言い方に、持って回った関白礼賛の聞き苦しさがあったが、二人は黙って聞き流した。

「さて、さて、そういうことで、今日の本題に入ろう。まずは右馬允殿、この三成、そちに折り入って頼みがあるのだ」

「なんでございましょうか」

「来るべき北条との戦さ、陸戦にはなんの不安もない。一年前の九州遠征同様、いやそれ以上に兵の動員力、火力の差は、こちらが圧倒的に有利だ。問題は水軍だ。数の上では言うまでもなく優位に見えるが、こちらの水軍にはいま一つまとまりがない。それと相手の実力が見えぬのだ。それを余は懸念しているのだが……」

「まとまりという点については、その水軍の端くれである拙者からは申し上げるべき立場ではございませぬゆえ、ご勘弁願います」

嘉隆はさらりとかわした。

味方の水軍のあり方については、言いたいことは山ほどある。だが、悪口はどこでどう伝わるか解らない。まして相手が辛口で知られる三成である。用心するに越したことはない、と思ったのである。

「よかろう」

三成は苦笑いした。どうやら嘉隆の意中を察したようである。

「では北条水軍について、知るところを教えてもらいたい」

軽くだが、頭を下げてきた。これには、九鬼親子は、いささか面食らった。

「はい、では、まずはこれなる愚息・守隆からの話をお聞き下されませ。その点については、拙者より、ずんと詳しいかと存じますゆえ」

いきなり父に話題を振られ、守隆は、一瞬、面食らったが、説明する自信はあった。

「ほう、そうか。益々頼もしいな。苦しゅうない、忌憚《きたん》なく申すがよい」

三成は上機嫌だった。

「備忘録を取りながら聞きたいが、よいか。もちろん、余が自分で書き取る。部下には頼まぬ」

「ご随意になされませ。ただし、推測も多々ございますれば、その点は、しかと、お含みおき下されませ」

守隆は予防線を張った。

「承知した」

三成は、懐紙と筆を用意した。こうして、関白秀吉の側近筆頭・石田三成に対する、若き九鬼守隆の、一世一代の北条水軍に関する講義が始まったのである。

「まず、私が、かねて考えておりましたことですが、北条水軍の持つ三つの特徴を申し上げたいと思います」

「うむ」

三成は大きく頷いた。

偶然だが、三成も秀吉も、呑み込みの速さを好んだ。そのため、冒頭の、こういう概括的な話のくくり方が好きだったのである。

守隆は続けた。

「第一は、その基地が特異な形であることでございます。我等九鬼水軍の鳥羽、村上水軍の能島《のしま》、因島《いんのしま》、来島《くるしま》のように一カ所乃至《ないし》数カ所に固まらない。相模灘一帯あるいは伊豆半島の東西海岸の湊《みなと》に散らばる点でございます」

と、言って懐から伊豆とその付近の略図を取り出したのであった。

守隆が取り出した略図には、長浜、江梨、大瀬《おおせ》、井田、戸田《へだ》（以上沼津市）、土肥《とい》、八木沢（伊豆市）、安良里《あらり》、田子、仁科（西伊豆町）、松崎、雲見（松崎町）、妻良《めら》、子浦、長津呂（南伊豆町）、下田（下田市）、稲取（東伊豆町）、伊東（伊東市）、網代《あじろ》（熱海市）

など二十カ所近い北条系の基地が並んでいた。

　これを見た三成。さすがに、

「その間の連絡はどうしているのであろうな」

　間髪を入れず勘所《かんどころ》を訊ねてきた。

「おそらく忍者による連絡でございましょう。海と山の双方を使っての狼煙《のろし》による連絡。風雨の強い時は、韋駄天《いだてん》走りの逸足《いっそく》などを使うと推量いたします。しかし、この中には異分子も混じっております。どうも忍者の統一はとれていない様子で」

「異分子の忍者？　ほう、どういうことだ」

「恐らく遠州灘の強い潮に流されて漂着した異国の者でございましょう」

「というと紅毛の忍者か。初耳だな」

「どうもそうとしか考えられないのでございます。なにしろ、背は、我等九鬼の者より更に一尺（三十センチ強）も高く、尖《とが》った鼻、腕や脛《すね》の剛毛は、まるで針のようだと、伊豆から流れてきた者が申しております。和名は風魔小太郎。噂では、この国に漂着して五代になるとか」

「五代！　それほど昔から、伊豆にそのような怪しげな者が定着しているのか。知らなんだな」

　三成は天井を睨《にら》んだままとなった。

　守隆は続けた。

「さらに、その船を操る技までが我等とは異質のようでございます」

「というと、如何なる点で？」

「それが彼らの特徴の第二点でございます。船の大きさは五百石程度。しかし、横波に強く、舳先《へさき》の旋回が恐ろしく速い。これは攻撃と遁走《とんそう》のいずれにも有利でございます」

「理由はなんぞ」

「船底の構造の違いでございましょうか」

守隆は、ここで懐紙と筆を取り出して、竜骨の説明をした。が、さすが頭脳明晰《めいせき》な三成でも、その構造の差で生じる「波切り」の違いは理解するのが難しかったようだ。

「次の第三点はなんぞ」

と、話を切り替えてきた。

「第三点は……」と、言いかけて守隆は父を見た。どこまで明かすべきか、明かしていいか。父の了解を取りたかったのであった。

九鬼の五百石以上の大型船には、幼稚な木製の「船磁石」が取り付けてある。しかし、蓋《ふた》をして隠し、滅多な者には見せない。

父は、かすかに頭を横に振り、鼻に二本の指を当てた。すべてを明かすな。匂いだけにせよの意味だ。

「第三点は、彼ら北条水軍でも、この風魔の異分子どもは、月も星もない真っ暗な海からの夜襲が得意なことでございます」

「ふむ、ということは？」

「ただの操船の巧みさや竜骨船だけでは、伊豆に向かう難しい潮流を制御することはできませぬ」

「というと？」

「操舵《そうだ》の指針となるような、何らかの特別な器機を工夫していると見なければなりませぬ」

「それは我が国にはないのか？」

「残念ながら……」

「では、その対策は？」

「当面は勘と熟練しかございませぬ」

「心許《こころもと》ないな」

三成は顎を撫《な》で、口をへの字に曲げた。

「余は、来るべき北条戦では、その風魔とやらも含め、北条水軍を徹底して駆逐したいと思うておる。その上で伊豆を隈無《くまな》く探索し、どの程度の金があるのかを調べたいのだ」

「金？　でございますか」

九鬼親子は顔を見合わせた。

「そうだ。伊豆の西海岸には北条氏の家老の富永なにがしの手代で市川喜三郎なる者が伊豆代官となり、十年ほど前から土肥で金山の開発を行ってきたと聞いた。量としては少ないようだが、侮《あなど》れぬ。それ以外にも、隠れ金山があるかも知れぬ。なにしろ、あそこは原始林が多く残る未知の国だ。金銀の鉱脈のある所だけに繁茂するという金山草《かなやまそう》(シダ。別名へびのねござ)も多い。となると伊豆を北条氏の直轄地としておくわけにはいかぬ。ましてや徳川に渡したくはない。それゆえ戦さの始まる前に、そこもとたちの手で伊豆を探索して貰いたいのだ。豊臣の旗をなびかせていけば、風魔とやらは知らぬが、北条も徳川も手出しはしまい。それに、此度は格好の水先案内人がおる」

「ほう、それはまた」

三成の用意周到さに二人は目を見張った。

「日本に金探しにきて行方不明になった父を訪ね、ゴアからやって来た男でな。父はアンゲリア(英国の古名)人。母は明《みん》国沿岸の海賊の娘だ。なにかと役に立つぞ。使え」

男の名は、徐《じょ》・ブラデスタ(英語名:ブラッドレー)と言った。

イエズス会が、これまでの保護者だった信長から秀吉のキリシタン禁教政策への大転換で動揺する天正十六年(一五八八)――つまり三成と九鬼親子が面談している、この年の年初、秘かに明の海賊船に乗って日本の土を踏んだ。

ゴア生まれ。中国南方系の色の浅黒い男で、当時三十歳である。

ゴアはアラビア海に面し、ゴア島とこれに接する南北に長い海岸地帯からなるインド有数の貿易港である。ヴァスコ・ダ・ガマが、ゴアに上陸したのが、九十年前。その後、ポルトガル人のインド総督アルブケルケがゴア入りし、ビジャープル王国軍は鎮圧された。

以来カトリック文明一色に塗りつぶされた。

そんなゴアで、父は国籍とプロテスタントの身を隠し、デリコ・ブラデスタと称して、表向きは貿易商人を通した。内実は冒険家である。

徐は、そんな父の下、なに不自由ない少年時代を過ごし、父の指導で天文学と航海学を習得した。惜しむらくは、父デリコが十年前に「黄金のジパング」探検に取り憑かれ、数艘の海賊船を率いてゴアを出港。そのまま消息を絶ったことである。

それさえなければ――、この父か息子は、十二年後、難破船で日本にたどり着き、徳川家康に取り立てられた三浦按針《みうらあんじん》ことウィリアム・アダムスに先行する歴史的存在になったかもしれない。

父がいなくなって五年たった時、母も風土病で死んだ。徐は父母の事業と財産を承継したものの、商売上から受ける白人たちの皮膚の色に対する差別意識に耐えられなくなって、次第にやる気を失っていった。

キリシタンは、
白人だけが理性を持つ人間。

黒い肌の黒人は「理性」とは結びつかない奴隷になるために生まれた存在。

と考えていた。そんな中で、アジアにも、「白い肌の白人が居る」という噂を知ったのである。

それがゴアから千マイル離れた極東の国、日本人だった。以来、徐は夜な夜な日本人の女を漁り、その肌の白さを実感で知り幻惑される。

「行ってみよう日本へ。父の行方を尋ねよう」

こうして期せずして父と同じ運命を辿ったのである。

徐は、「キリシタン禁教令」を承知の上で、トヨトミと会ってみたいと思った。そのためには棄教しても構わない。

（どちらにしても異国の宗教だ）

九州の博多に上陸すると、日本語に堪能な明人に頼んで、関白に歎願書《たんがんしょ》を書いた。

それが、石田三成の手許に廻り、九鬼親子との対面の話題となったのである。


「実はその書面だが……」

三成は無表情のまま言った。

「そこにある経歴の、天文学と航海術を学んだというところが気にいった。もしかすると北条攻めに使えるかも知れぬ。早速、関白殿下にご相談申し上げると、大乗り気でな。すぐにでも『会ってみよう』とのお言葉まで頂戴したのだ」

「事情はわかりました。私どもとしても、少しでも新しい水軍の技を会得できるなら、むしろ願ってもない好機と存じます」

九鬼嘉隆は即座に答えた。

「そうか、そう言ってもらうと、この仕掛けを考えた余としても嬉しいが」

「で、どうすればよろしいので。我等が大坂まで出向きましょうか、それとも聚楽第へ？」

「先走るなよ」

「恐れいります。あまりにも嬉しいご配慮に気もそぞろとなり、つい浮かれました」

嘉隆は恐縮した。

「その気持ち、解らぬでもない。が、大坂城、聚楽第の、どちらも気が進まぬ。ここ龍安寺に呼びたいと思うておるのだがのう」

三成は愉快そうに言うと、突然、守隆に向かって鋭い声で訊ねた。

「なぜ龍安寺か、わかるか、守隆」

一瞬、守隆は、三成の語勢に圧されたが、出来るだけ気を静めて答えた。

「恐らく……」

「うむ、余と父との話から汲《く》み取った、そなたの意見で申してみよ」

「恐らく大坂城や聚楽第では、この関白さまと異国の男の話がパッと拡《ひろ》がってしまう。それが妙な憶測を生む。これを恐れてのことでは？」

「そうだ。よくぞ申した。のう右馬允、そちの子息はたいしたものだ」

「ははっ。光栄の至りにございます」

嘉隆は真っ赤になった。が、顔は息子を褒められ、好々爺《こうこうや》のようになっていた。

「実は、この話、三河タヌキ（家康）の耳には絶対入れたくないのだ。それともうひとつ」

三成は、ここで、ずいと膝を進めた。

「来るべき北条水軍との戦いは、右馬允、余は九鬼水軍を後詰《ごづめ》（援軍）でなく先頭に立たせたい。そなたの功績になるように計りたい。こればかりは、その理由は守隆にも解るまいな」

「はい、解りませぬ」

守隆は、素直に首を横に振った。

「これは理窟ではないのだ。というのは、賤ヶ岳七本槍の連中（加藤嘉明、脇坂安治ら）に、これ以上大きな顔をされたくない、させたくない、という余の側近筆頭としての意地なのだ。解るな、いや解ってくれい」

三成は軽く頭を下げた。会見は、こうして最後は意外な幕切れで終わった。

九鬼親子は、そのまま帰国。三成からの追っての沙汰を国元で待つことになる。

待ちに待った徐の志摩訪問は三月末に実現した。だが、予期に反して、この伊豆探索隊の編制は九鬼水軍の単独にはならなかった。徳川方の向井水軍が加わっていたのである。

どうやら関白と三成の、徐の招聘、そして伊豆探索の動きを察知した家康が、関白に頼み込んで割り込んだらしい。

もっとも向井水軍は、まだ中型の伊勢船を中心とする百艘に満たない小規模船団であった。

その将は向井忠勝といい、伊勢北畠氏の旧臣・向井政綱の子であった。当時まだ七歳。ちなみに父・政綱は武田氏が滅亡した後、徳川に仕えていた。

嘉隆は、この向井水軍の参加に、露骨に嫌な顔を示したが、守隆は、

「まだ子供です。よろしいではないですか」

と父を説得した。幼少時代、父から外海に出させてもらえなかった日々の悔しさを、この少年に重ね合わせていたのである。

もっとも条件がついた。参加する向井水軍の船を五艘に限定し、そのいずれにも船長と操舵手を九鬼からの派遣とするとのことであった。

忠勝は、身体はやや細く華奢《きゃしゃ》だが、真っ黒に日焼けした礼儀正しい少年であった。

一方の徐は短身。日本語が不自由なためゴア生まれの、守隆と同年齢ほどの通詞《つうじ》・ゼンジローを従えての登場であった。

（これは二度と味わえない貴重な旅になるぞ）

守隆は心の中で、そう呟いた。

守隆は、天候の安定を待つ数日を利用し、徐に「天文学」と「航海術」の話をしてほ

しいと申し出た。

「望むところです。私も海に囲まれた日本の皆さんの天文知識と航海術が、どのようになっているのかに興味がありますので」

徐の方が、むしろ乗り気だった。

講義の出席者は、九鬼側は嘉隆、守隆親子と、参加する三十艘の船長三十人と操舵手。向井側は忠勝の他は、五艘の船に乗船を予定する幹部十人ほどであった。しかし前半の「天文学」の講義については、シリウス星とナイル川の氾濫《はんらん》との気象上の数値関係だとか、太陽と月が十九年でほぼ同じ位置に戻る周期性の話等々、この時の出席者には、あまりにも高度すぎて、ついていけなかった。かろうじて最後まで講義に食いついて離れなかったのは好奇心の強い守隆一人。後は、嘉隆も含め、皆、退屈のあまりに眠ってしまった。

一旦休憩に入った時、

「おはずかしい。こんなことなら伊勢神宮の、その道の専門の方をお連れしておくべきでした」

守隆は、聴講者の無礼の詫びを述べ、中北左京《なかきたさきょう》のことを思いつかなかった迂闊さを恥じた。

「いや、いや、通詞の私の説明の仕方が悪かったのでしょう。シリウス星の明の訳語(天狼星《てんろうせい》)すら知らなかったのがいけなかったと思います。これでは通詞落第です」

ゼンジローが意外に謙虚だったことで救われた。この結果、「次の航海術についての話では、学問的なことでなく、できるだけ実務上の問題点を語り合う」ことで話が一致した。

守隆の提案で、次は、まず日本側から、居眠りの張本人・嘉隆が、その名誉挽回のために、紀伊半島沖から遠州灘沖にかけて発生する特異な潮の流れの話をすることになった。

海図を前に、今年の潮の蛇行するさまを筆で書き込みながら四半刻《しはんとき》あまり。嘉隆は、意外なほど能弁だった。

「この強い潮の流れは、遠州灘沖を直進する場合と大きく南に蛇行する場合との二つがあり、昨年、今年は、この蛇行型でござる。それだけに伊豆西海岸の根っこに着くには、相当の熟練が必要と存ずる」で、話を結んだ。

この講義は徐から絶賛を浴びた。

もしや、それが父の行方が解らなくなった理由ではないか、と思ったのかも知れない。

「それで、伊豆半島が未知の地として残った理由が、よく解りました」

徐は嘉隆に握手を求めた。この後、さらに、

「お館さまに二つ訊ねたいことがあります。一つは潮の直進と蛇行の変化を決めるのはなにか」

「難しいお訊ねですな。拙者にもよう解らぬことです。ただし、一つだけ手がかりがあ

る」

「ほう、なんでしょうか」

「潮が蛇行する年は、沖合で採れる魚の種類が違うのです。どうも海水が冷たいようですな。理由はよく解りませぬが」

「それは素晴らしい手がかりですよ。私もゴアに帰ったら、早速、それをよりどころとして研究してみたいと思います。では、第二のお訊ねですが、さきほど伊豆の西海岸に無事到達するには相当な熟練が要ると言われたが」

「申しました」

「その難潮の速さはどの位でしょうか。そして、それを克服する秘策は？」

「恐ろしくて潮の速さを測ったものはおりませぬ。その流れにハマったが最後、一刻（二時間）で二十里、三十里（八十〜百二十キロ）は軽く流されてしまうとの噂ですな」

「では、その対策は」

「あれでござるよ」

嘉隆は、後に従う船長と操舵手を指さした。

「彼らは、海水の、ちょっとした色の変化で素早く潮路を読みとります。また海に出ている岩の岩肌と、そこに付着する海藻や、這い回る小さな虫や魚を見るだけで、水深を測ることなく、海の深さを知ります」

「シンジラレナイ」

徐は片言の日本語で叫んだ。

「まあ、百聞は一見にしかず。実践でお目にかけましょうぞ」

こんな意見交換の場を持ったことで、両者の気心がわかり、以後、準備はトントンと進んだ。

あくまで視察が目的だが、万一のことを考え、嘉隆は、自分の乗る旗艦の大安宅船に国友製の大筒の鉄炮を二十、息子の副旗艦にも同数を配備し、これに見合う銃隊をひそませた。

こうして向井軍を含む総数三十艘の水軍団が、鳥羽湊を後にしたのは、天正十六年四月上旬であった。追い風を受けて、船団は順調に東に向かった。夕刻、浦凪《うらなぎ》となり遠江の掛塚《かけづか》沖に停泊。

翌日の日の出を待って、今度は向井水軍五隻を先頭に立てて清水湊に入った。

清水は江尻《えじり》とも呼ばれ、戦国時代には今川氏が駿河《するが》府中（駿府《すんぷ》）の外湊として保護した。

その後は、徳川氏の管轄下に置かれ、駿河の国では唯一の良港である。

当時、巴川《ともえがわ》の広い河口を利用した深い湾内には、木材運搬船など十数隻が停泊していた。

それでも大型船中心の九鬼船団の入港は異様だったようだ。たちまち岸壁は、黒山のような人だかりとなった。

その中を嘉隆は、百人ほどの船長や操舵手を連れて上陸した。今夕《こんせき》開かれる徳川方との懇親の席に出るためである。

守隆は船内に残った。徐はというと、最初から首を横に振って、

「私は陸上には興味ありません。見聞は船上からのフジヤマの眺めだけで十分です」

と上陸せず、もっぱら船室の一つに籠もって出てこなかった。

「本当は、自分の短身を指されるのがいやなのですよ。海外では人を指さしてヒソヒソ話をするのは非礼に当たるのですが、この国の人たちは、それが解らないのです」

ゼンジローは、そう守隆に言って、肩をすくめる身振りで笑った。

「国によって風俗、習慣はさまざまなのです。指さすのも悪気があるわけではありません。徐さんに、よく伝えておいてください」

守隆は苦笑するよりほかない。

「もちろん申し上げました。誤解はしていないと思いますよ。今は、ここでの体験の備忘録書きに夢中のようです」

「それはよかった。では、いい機会なので我々だけで食事しながら積もる話をしませんか」

「望むところです」

守隆は父の旗艦の船長室に案内した。三十畳ほどの広さである。様々な読みかけの資料が、山のように持ち込まれていた。

「勉強家でいらっしゃいますな」

「父は物を読むのは好きです。それより……」

「なんでしょうか」

「失礼ながら、通詞殿は、我が国の言葉の使い方が上品でおいでだ」

「そうでしょうか」

ゼンジローは顔を赤らめた。

「どこで、そのような我が国の美しい言葉を習われたのですか。差し支えなければ教えてくれませんか。もちろん他言はしませぬ」

守隆は、じっと覗き込むようにして訊ねた。

「そうですか。九鬼の御曹司が、そこまで言われるならば、恥を忍んで申し上げましょう」

「恥を忍んで？　とは、容易ならぬ御言葉。謹んで承りましょう」

守隆は、居ずまいを正した。

ゼンジローの語る前半生は驚くべきものであった。

「私の母は、朝倉氏の家臣の娘でした。が、織田信長に滅ぼされ、父母は合戦で死に、お家は消滅。やむなく遠い親族を頼って大坂に移りましたが、そこで人にダマされて奴隷に売られ、インドのゴアに流れたのです。そこで母は唐人に買われ、現地妻となりました。恥ずかしながら、私はその子でございます」

「どのような数奇な少年期を過ごしたのですか。それにしては、失礼ながら暗さがないように見受けられますね」

「そうでしょうか。だとしたら、それは母と共に、幼い頃、信仰していたヤソ教（キリシタン）のせいでございましょう」

「で、お母さまは？」

「亡くなりました。原因はわかりません。突然、高熱と下痢で十日ほど患った後のあっけない死でございました。私が十八の時でございます」

「その後、父上とは？」

「別れ別れになりました。父は日本からきた新しい奴隷女を買って、また一緒に住んでいましたが、仲間との喧嘩が原因で殺されました」

「というと天涯孤独？」

「そうです。しかし、幸い父の商売ぶりを横で見ながら、幼い頃からその操る多数の言葉を、耳から先に覚えましたので、それが今役に立っています。徐さんの通詞の話は現地ゴアの商人の斡旋によるものでございます」

「何カ国語を操れるのですか？」

「さあ、数えたことはありません。が、五つか六つでしょうか」

「いつも徐さんと話しているのは？」

「明の言葉です。時々下品な話題ではイタリアの言葉が混じります」

「ほうなぜでしょうか」

「イタリアの人々は率直です。下ネタでは語彙《ごい》も多いのです。おかしな国ですね。ははは」

笑いにも全く暗さがない。これには感心しきりであった。

「で、次の話に参りましょうか」

守隆は、ずいと膝を進めた。

「私がゼンジローさんに、お訊ねしたい一番大きな問題ですが……、よろしいでしょうか」

「どうぞ、なんなりと」

ゼンジローは気軽く受けた。

「聞くところでは、徐さんはアンゲリア（英国の古名）人の父と明の水軍の娘である母との間に生まれたそうですが、となると信仰の方は何を？」

「日本への航海に出て行方不明になられた父上はキリシタンの改革派と聞いております」

「改革派というのは？」

「よくは解りませぬ。が、キリシタンにも色々あって……」

自信がないのか言葉を濁らせた。

無理はないだろう。ヨーロッパのキリスト教が聖職者の堕落から批判を浴びて分裂。

その改革派（プロテスタント）が力を得て、まだ十数年しかたっていない時代である。ヨーロッパ情勢を知らないゼンジローが知るわけがない。

「解りました」

守隆は、この話を打ち切った。

「となると、次は明人の母親ですが、この方は？」

「信仰ですか？」

「そうです」

「さきほど水軍の娘と言われましたが、明国沿岸の海賊の娘ですから特別な信仰があったかどうか。多分なかったでしょうね」

「ではご本人は？」

「禅宗だと思いますよ。この世以外は一切が無。そんなことを時々申しておりますから」

「それはよかった。我々としても話がしやすいですよ。ついでに勉学のほうはどうですか、天文学と航海学は、お詳しいとしても鉱山については？」

「目下猛烈な勉強中です」

「ほう、そうですか」

流石《さすが》だと思った。

原始林同様の伊豆半島では、天文学と航海学は知識のふるいようがないだろう。

「本人も自覚していますよ。例えば、金。その発掘場所には、どんな植物が生えているか。そんな基礎知識を懸命に独学していますよ」

「それは頼もしい。この国では、そんな勉強をするのは、金掘《かねほり》師とか山師と言われる特別な人たちにかぎられるからです。それより……」

「なんでしょうか」

「徐さんは、なぜそこまで伊豆の勉強に没頭されるのでしょうか」

「恐らく……」

ゼンジローは、一呼吸おいて続けた。

「父親探しのためだと思いますよ。聞くところでは、徐さんの父はジパングの金を求めて五艘の船を仕立てて出港した。そのまま行方知れずとなったそうですから。さきほどの、お館さまの、日本付近の海流の強さの話が、その行方を知る大きな暗示になったようですね」

「しかし、まさか伊豆の怪人風魔小太郎が徐さんの父親ということはないでしょうね」

「それはないでしょう」

ゼンジローは笑いながら答えた。

「どうしてそう断言できますか」

「一つは背格好です。父親のデリコは小柄だった。背が低いのが嫌で、本国を脱出して船乗りになったそうですから。船では小柄の方がいいのです。それに赤毛でも容貌魁偉《ようぼうかいい》でもなかったようです。むしろ眉目秀麗《びもくしゅうれい》の方だったといいます」

「母親は？」

「同じです。女としては、すらりとしていたらしいが、こちらもむしろ小柄の方だった。噂の身の丈七尺と聞くフーマとやらは別人です。おそらくヨーロッパでも北の果ての出身ではないでしょうか。おなじ白人にも色々ありますから。そして、特に宗派の対立では、血で血を洗う争いを、彼らは平気でします」

「ほう、そんなに宗派が分かれているのですか」

「はい。さきほど申し上げた改革派と、日本にやってきたキリシタンと呼ばれる古い教派。その両方が相手を異端と罵《ののし》り、捕まえては幽閉したり焚刑《ふんけい》にするなどは、ゴアでもしょっちゅうですよ」

「仏教も同じようなものですね」

「でも仏教徒同士は、血で血を洗うような争いまではしないと父から聞きました。亡き父は、母の献身ぶりが気に入り、正式な夫婦ではなかったが、仲はよかったようです。しかし、こと信仰については、いつもキリシタンが平和の使徒なものか、奴らは有色人種の生き血を吸う悪魔の手先だと罵り、しょっちゅう母と私に棄教を迫っていました」

「解りました」

話が一段落したころに、父が数人の部下を連れて船に戻ってきた。したたかに酔っていた。

「他の者たちは？」

「遊女屋に置いてきた。明日は風向きが悪い。船を出すのは難しいので、ここに居続けしますと、ぬかしおってな」

「ということは、父上も遊女屋にいたのですか」

守隆は、眉を顰《ひそ》めた。

「まあ、そうなるかな。しかし、連れていって皆のカネを、代わって払ってきただけだぞ。それ以上は父に言わせるな。わはははは」

そのまま、這うようにして隣室に入った。

「困った父です」

守隆は、その後ろ姿を眺めながら言った。

「いい父君ですよ。上に立つ者は、そのくらい鷹揚《おうよう》でなくてはいけない。私の父は、商売上の損得がらみではカネを惜しまなかったが、目下の者には、ビタ銭一枚使わなかったようです。だから恨みと裏切りを買ったのです」

こちらは羨望の眼であった。

「ところで、さきほどの風魔の話。父上と別人だということなので、明日の朝、徐さんに申し上げてよろしいですね」

「どういうことが想定されますか」

ゼンジローは念を押してきた。

「遭遇した場合、戦さになります。場合によっては、撃ち殺さねばならぬかと思いますが」

「構いません。こちらもその話をもとに、色々な場合を想定して対応を考えておきますから」

「ではそういうことで」

ゼンジローは右手を差し出した。

釣られて守隆も手を差し出す。すると、ゼンジローは、その手をぎゅっと握り、

「では明日」

と、にっこり笑った。

これが、あちら流の挨拶なのだと知った。

翌朝は、一転して風も波も高かった。

陽光がカンカンになってから、眠そうな目を擦《こす》りながら現れた嘉隆。

海と空を眺め、苦笑いして呟いた。

「奴らの祈りが招いた風と波だ」

艀《はしけ》輸送もままならないため、部下たちは遊女屋に昼過ぎまで居続けたらしい。三々五々と船に戻ったのは、夕凪《ゆうなぎ》で風の止まった日暮れ方である。

全員が戻ったのを確かめると、嘉隆は旗艦へ、幹部の三十人の非常呼集をかけた。

「遊びはここまで、褌《ふんどし》を締め直せ。今夜は飲酒を禁じ、戌《いぬ》の上刻（午後七時）までに全

員強制就寝させよ。寅《とら》の上刻（午前三時）前の起床、同中刻（四時）出港だ。食事は手の空いているものから取らせよ。屯食《とんじき》（握飯）と干した小魚、それに極上の一夜干しのイカを用意する」

嘉隆は続けた。

「次だ。かねて発表の編制の通り、第一船団から第五船団まで、順に長浜、江梨、大瀬、井田を目指す。余の旗艦船団と守隆の副旗艦は戸田に入港する予定だ。此度は戦さをする積もりで来たのではない。が、戸田辺りからは徳川さまと北条の入会地のようなもの。豊臣の旗を掲げてはいるが、いつなんどき発砲されるかも解らぬ。その積もりで、旗艦と副旗艦は臨戦態勢を取っていく。その旨《むね》心得よ」

いつものとおりの、キビキビした武将・九鬼嘉隆に戻っていた。

その様子を徐とゼンジローは広間の遠くから眺めていた。

すでに昨夜の話は伝えられ、方針が決まっているらしい。嘉隆の方針発表が終わると、二人そろって笑顔で近づいてきた。

「お話があります。オヤカタサマ。話はゼンジローから聞きました」

徐は、片言の日本語で切り出した。が、その後は、複雑な説明のため再びゼンジローを介しての会話となった。

「そのフウマとやらは、聞くところの風貌から考えて、父の出身国であるアンゲリアよりも、もっと北方の異端の者に違いありません。だから伊豆で仮に彼らと戦うことがあっても心配ありません。もしかすると、逆に難破した父を殺した敵かもしれません」

「ほう、そうでしたか。そう聞いて安心しました。後はこちらで判断します。ついでですが、日本流の航海の仕方をどう思われますか」

「まだ途中ですが、スバラシイの一語に尽きると申しております。航海学は学問ではありませんでした。実務でした。それがよく解りました」

ゼンジローが、代わって補足した。


寅の中刻、まだ真っ暗な中だ。

「出帆！」

旗艦からの声と共に幟《のぼり》がスルスルと中空に上がり、陣太鼓が軽やかに鳴る。

たらし（錨《いかり》）が上げられた反動で、船体が、一瞬、グラリと揺れた。

船団は、嘉隆の旗艦、続いて向井忠勝の中型安宅船を挟んで守隆の副旗艦。この後を快速の物見船が数隻続く。やや離れて三百石から五百石級の中型船が波をけたてて南に舵《かじ》を切った。

「いよいよ未知の国、伊豆だ」

守隆の胸は高鳴った。

清水から沼津は海上からは指呼《しこ》の間である。

ただ、東北に上ってくる強い潮流と、半島の岸辺で跳ね返ってくる潮の流れのぶつかりあいで、西伊豆沿岸は意外なほど潮の動きが複雑である。

目の前に陸があるだけに、かえって操舵の錯覚が大きくなるらしい。

それを踏まえた潮見役の「勘」が伝える潮の流れの変化への判断。これに、じっと聞き耳たてて、それを、いかに早く船の左右の漕ぎ手の力加減にまで及ぼすかの、水主頭《かこがしら》のさじ加減が勝負であった。

九鬼水軍は、長浜、江梨、大瀬、井田湊と分かれ、その先頭に向井水軍が一隻ずつついて入港した。

ここまでは無難であった。

最後に南下する戸田湊組が意外に難航した。

大安宅《おお》船は、矢倉が三層になっている。それだけ重心の揺れと傾きが大きい。そのひき波の煽りで、次を行く忠勝の船までが左右によろめいた。

守隆の副旗艦は、何度も向井船と海上衝突しかけた。水主頭は怒り心頭。前に向かって怒鳴りつけた。もちろん相手には聞こえない。

が、その都度、守隆は下に降りていって、

「よせ、よさぬか。船の間隔をもっとあけよ」

と、止めに入った。

「そんなことを言ったって若頭領。これ、ご覧のとおり」

前を行く忠勝の船が大きく視界をよぎって、危なくてしょうがないのだ。

「しかし、向井の船のせいだけではない。父の舵取《かじと》りも、強い潮のせいか、日頃のキレがないぞ。向井ばかりを責めるな」

「お館さまに限ってそんな！」

水主頭はムキになって父を擁護したが、それほど伊豆西海岸の海は、平静に見えても、うねっているのだろう。

まして、後続の小型の物見船は、潮の流れに巻きこまれてギイギイと悲鳴を上げるのが、守隆の大船からもよく聞こえた。

やっとのことで大瀬崎《おおせざき》の突起を避けて南下。達磨山《だるまやま》を真東に見て沿岸に接近した。戸田湊である。湾内に入ると、強い潮流の渦はそこまでは追いかけてこなかった。

水主たちは一斉に櫓《ろ》を上げ、船を海水の滑りに任せた。この一瞬が彼らの至福の時である。

だが、ここで、突然旗艦のホラ貝が鳴った。

「聞け」の呼びかけである。続いて太鼓の早打ちが続いた。異常を知らせる合図であった。

戸田は、駿河湾に開かれた天然の良港である。東、南、北の三方を達磨山系に囲まれ「陸の孤島」のように平和な村であった。

達磨山沿いには果実が豊かに実り、海は手で掬《すく》えるほどの魚群に恵まれている。

それは戦国とは全く無縁の別天地であった。

ところが――、そんな平和は十一年前の天正五年で終わった。近隣の土肥《とい》に金鉱山が開発され、事情が一変したのである。

地元農漁民は、採鉱現場に強制的に駆り出された。ひどい土ぼこりの中の長時間労働で、当時、ヨロケとよばれた珪肺症《けいはいしょう》になった。男の厄年は、ここ西伊豆では、当時四十二歳でなく、三十二歳と言われるほど短命になったという。

それだけではない。各地からどっと採鉱夫が集められ、地元土肥は、その近郊も含めて、すっかりすさんだ村落と化してしまった。

その金銀目当てに山賊、海賊まで横行するようになったのである。そして、今、入港した九鬼嘉隆の旗艦の眼前に展開していたのは、彼らによって、ごく最近破壊された漁船団、焼失した沿岸倉庫、そして累々《るいるい》たる男たちの死体の山であった。

嘉隆と守隆は、二百人の鉄炮の射手を従え、達磨山の隠れ家から戻ったばかりという村の長老たちから事情を聴取した。

事件は三日前だったという。

「年に数回でございますが、月明かりの淡い月初に、海の静かな時は、下田方面から船団を仕立て、海の荒れた日には、狩野川《かのがわ》沿いを船原峠《ふなばらとうげ》越えに、恐ろしい風魔の一党がやってくるのでございます。此度は海からでした」

古老は、今も震えながら言った。

「予告も予兆もなしか」

「ありませぬ。不意に襲います。眼を付けるのは土肥の金銀、こちら戸田では米麦や鰹《かつお》節《ぶし》などの貯蔵食糧。そして若い娘は、さらっては海外に奴隷としてたたき売るのでございます」

「海外に奴隷として？」

守隆は眉をひそめ、ふと、背後に控えているゼンジローの心を思った。いたたまれない気持ちになった。

「代官さまは守ってはくれぬのか」

「北条さま時代の富永さまも、今の徳川さまの彦坂さまも、そのわずかな手兵では歯が立ちませぬ。金銀を隠して、まっ先に……」

「逃げるだけなのか！　役人は」

守隆の怒りが爆発した。

「そう言えば若い娘がいないな」

嘉隆は、守隆の怒りが鎮まるのを待って、話題を変えた。

「いえ、おります」

長老は、後ろの数人の浅黒い小柄な男を指さした。

「近頃は娘ッ子は髪を切り、顔も黒く塗って男姿になっておりますので、殿様にお解りにならないだけでございます」

「おう、そうだったのか。では、幼子《おさなご》連れの女はどうしている」

「男姿になれない、幼子を持つ母子は、いつも達磨山の彼方《かなた》で暮らすようにしております」

「そうか、不便であろうがやむを得まい。それにしても、その風魔とやら、一体どの程度の勢力なのだ」

「本拠は、どうやら相模灘沿いのようで、当方では全体像は把握できませぬ。が、こちらを襲う連中は、総勢二百、いや三百ぐらいでしょうか。他の山賊どもの流れ込みで年々手下は増加の一途を辿っているようでございます」

「で、その首領は？」

「さて、それが……」

「顔は、背丈は？　身の丈七尺を越す赤毛の鼻の高い男と聞いて参ったが、本当か？」

「残念ながら首領とそれを取り巻く者は、世にも恐ろしげな仮面をつけておりまして、誰もその素顔を見た者がおりませぬ」

「言葉は？」

「我々には理解できませぬ」

「例えばこうか」

守隆は、ゼンジローを招き寄せ、アンゲリア（英国）語を知っているか、とささやいた。

ゼンジローが頷く。

するとと、さらに、ささやいた。

「若い女はいないか！　金はどこだ。食い物をどこに隠した。言え、言わぬと痛い目に遭わすぞ、と、風魔になった気で叫んでくれ」

ゼンジローは前に出てきて、いきなり長老の首を絞めてアンゲリア語でわめいた。

驚く長老。ゼンジロー迫真の演技だった。

「そこまで！」

守隆の一言でゼンジローが、「失礼仕った」と引き下がる。

「どうだ。長老殿、聞き覚えの言葉ではないか？」

「似てるような、似てないような……」

やっと芝居と解った長老に笑顔が戻った。

「これでよし。よろしいですね。徐さん」

守隆は、小さくなって隅の方にたっていた徐に笑顔で、声をかけた。

翌朝。再び戸田に上陸した九鬼水軍の射手団は、守隆の命令で風魔軍団の残した足跡しらべを開始した。

海浜に使い棄てた履《は》き物やわらじ
放った火矢の燃え残り
破裂した鉄炮の銃身

銃弾などが次々に回収されてきた。

一方、守隆自身は志摩から連れてきた漁師の利助《としすけ》を先頭にして住民を訪ねて回り、念のために持参した船の絵を見せた。子供の頃に、波切《なきり》の海の外洋を行き来する船を描いた、幼い日の思い出のものだが、主柱と帆の数だけは正確に描いてある。

「風魔の船に似ているのはどれか」

が守隆の関心の的であった。

この間、徐は向井水軍の仲立ちにより、徳川方の代官の案内で土肥金山を見学した。

こうして三日がかりで回収したものは、旗艦の嘉隆の部屋の机の上に山と積まれた。

これを戻ってきた徐を招いて見せた。

徐は、守隆の研究熱心に目を見張った。

「スバラシイ御曹司ですね。サムライにしておくのは惜しい」

妙な言い回しだが、父・嘉隆は悪い気はしないのか、ただニヤニヤ笑っていた。

回収品から解ったことは、風魔の乗ってくる船、その使用する火矢も鉄炮も、なに一つ傑出したものではないということだった。

「武器は、すべて一時代前のもの。弱い者イジメのコケ脅しに過ぎませぬ」

守隆は、自信を持って、こう述べた。

「ただ、問題が三つあります。一つは風魔の船の構造が解らないこと。旋回力に優れた竜骨を備える船か否か。もう一つは、方向を知るための高度な器機類を持っているかどうか。これは、なお探索の余地があります」

「同感だな。しかし、三つめはなんだ」

嘉隆は首を傾げながら守隆に訊ねた。

「伊豆にさらに大規模な金山があるか、という石田さまのご下問に、帰国後、どう、お答えするか。徐さんは、どう返事なされますか」

守隆は、徐に質問を向けた。

「言うまでもありません。答えは、いいえです。なぜなら、住民に、これ以上苛酷な労働を強いるような金鉱山の発見と開発は、決して地元の幸せにはなりませんから」

一同、大きく頷くだけであった。


（下巻につづく）

初出
北海道新聞・中日新聞・東京新聞・西日本新聞各夕刊
二〇一二年七月二日～二〇一三年九月二十八日
神戸新聞夕刊　二〇一二年十月二十七日～二〇一四年一月三十一日
単行本　二〇一四年二月　文藝春秋刊
文庫化にあたり、上下巻に分冊しました。
DTP制作　エヴリ・シンク

水《すい》軍《ぐん》遥《はる》かなり　上

定価はカバーに
表示してあります

2016年8月10日　第1刷

著　者　加《か》藤《とう》　廣《ひろし》
発行者　飯窪成幸
発行所　株式会社　文藝春秋

東京都千代田区紀尾井町3-23　〒102-8008
TEL　03・3265・1211
文藝春秋ホームページ　http://www.bunshun.co.jp

落丁、乱丁本は、お手数ですが小社製作部宛お送り下さい。送料小社負担でお取替致します。

印刷・図書印刷　製本・加藤製本

Printed in Japan
ISBN978-4-16-790672-6

（　）内は解説者。品切の節はご容赦下さい。

安部龍太郎
バサラ将軍
新旧の価値観入り乱れる室町の世を男達は如何に生きたか。足利義満の栄華と孤独を描いた表題作他「兄の横顔」「師直の恋」「狼藉なり」「知謀の淵」「アーリアが来た」を収録。（縄田一男）
あ-32-1

安部龍太郎
金沢城嵐の間
関ヶ原以後、新座衆の扱いに苦慮する加賀前田家で、家老の罠に落ちた武辺の男・太田但馬守。武士が腑抜けにされる世に、義を貫かんと死に赴く男たちの美学を描く作品集。（北上次郎）
あ-32-2

荒俣　宏
帝都幻談（上下）
天保11年、江戸を妖怪どもが襲います。その危機に平田篤胤、遠山奉行らが立ち向かう。下巻では時代を嘉永6年に移し平田銕胤と妻・おちょうが江戸を再び襲う化け物たちと対峙します。
あ-37-2

浅田次郎
壬生《みぶ》義士《ぎし》伝《でん》（上下）
「死にたぐねえから、人を斬るのす」――生活苦から南部藩を脱藩し、壬生《みぶ》浪と呼ばれた新選組の中にあって人の道を見失わなかった吉村貫一郎。その生涯と妻子の数奇な運命。（久世光彦）
あ-39-2

浅田次郎
輪違屋《わちがいや》糸里《いとさと》（上下）
土方歳三を慕う京都・島原の芸妓・糸里は、芹沢鴨暗殺という、新選組の内部抗争に巻き込まれていく。大ベストセラー『壬生義士伝』に続き、女の〝義〟を描いた傑作長篇。（末國善己）
あ-39-6

浅田次郎
一刀斎夢録（上下）
怒濤の幕末を生き延び、明治の世では警視庁の一員として西南戦争を戦った新選組三番隊長・斎藤一の眼を通して描き出される感動ドラマ。新選組三部作ついに完結！（山本兼一）
あ-39-12

あさのあつこ
燦　―3―　土の刃
「圭寿、死ね」。江戸の大名屋敷に暮らす田鶴藩の後嗣に、闇から男が襲いかかった。静寂を切り裂き、忍び寄る魔の手の正体は。そのとき伊月は、燦は。文庫オリジナルシリーズ第三弾。
あ-43-8

（　）内は解説者。品切の節はご容赦下さい。

あさのあつこ
燦　4　炎の刃
「闇神波は我らを根絶やしにする気だ」。江戸で男が次々と斬りつけられる中、燦は争う者の手触りを感じる。一方、伊月は圭寿の亡き兄の側室から面会を求められる。シリーズ第四弾。
あ-43-11

あさのあつこ
燦　5　氷の刃
表に立たざるをえなくなった田鶴藩の後嗣・圭寿、彼に寄り添う伊月、そして闇神波の生き残りと出会った燦。圭寿の亡き兄が寵愛した妖婦・静門院により、少年たちの関係にも変化が。
あ-43-14

あさのあつこ
火群《ほむら》のごとく
兄を殺された林弥は剣の稽古の日々を送るが、家老の息子・透馬と出会い、政争と陰謀に巻き込まれる。小舞藩を舞台に少年の友情と成長を描く、著者の新たな代表作。（北上次郎）
あ-43-12

秋山香乃《かの》
総司　炎《ほむら》の如く
新撰組最強の剣士といわれた沖田総司。芹沢鴨暗殺、池田屋事変など、幕末の京の町を疾走した、その短くも激しく燃焼し尽くした生涯を丹念な筆致で描いた新撰組三部作完結篇。
あ-44-3

梓澤　要
越前宰相秀康
徳川家康の次男として生まれながら、父に疎まれ、秀吉の養子に出された秀康。さらには関東の結城家に養子入りした彼はその後越前福井藩主として幕府を支える。（島内景二）
あ-63-1

青山文平
白樫の樹の下で
田沼意次の時代から清廉な松平定信の息苦しい時代への過渡期。いまだ人を斬ったことのない貧乏御家人が名刀を手にしたとき、何かが起きる。第18回松本清張賞受賞作。（島内景二）
あ-64-1

阿部智里
烏《からす》に単《ひとえ》は似合わない
八咫烏の一族が支配する世界「山内」。世継ぎの后選びを巡る有力貴族の姫君たちの争いに絡み様々な事件が……。史上最年少松本清張賞受賞作となった和製ファンタジー。（東　えりか）
あ-65-1

文春文庫　歴史・時代小説

（　）内は解説者。品切の節はご容赦下さい。

井上ひさし
手鎖心中
材木問屋の若旦那、栄次郎は、絵草紙の人気作者になりたいと願うあまり馬鹿馬鹿しい騒ぎを起こし……歌舞伎化もされた直木賞受賞作。表題作ほか「江戸の夕立ち」を収録。（中村勘三郎）
い-3-28

井上ひさし
東慶寺花だより
離縁を望み決死の覚悟で鎌倉の「駆け込み寺」へ——女たちの事情、強さと家族の絆を軽やかに描いて胸に迫る涙と笑いの時代連作集。著者が十年をかけて紡いだ遺作。（長部日出雄）
い-3-32

池波正太郎
鬼平犯科帳　全二十四巻
火付盗賊改方長官として江戸の町を守る長谷川平蔵。盗賊たちを切捨御免、容赦なく成敗する一方で、素顔は人間味あふれる人情家。池波正太郎が生んだ不朽の〈江戸のハードボイルド〉。
い-4-52

池波正太郎
おれの足音
大石内蔵助（上下）
吉良邸討入りの戦いの合間に、妻の肉づいた下腹を想う内蔵助。剣術はまるで下手、女の尻ばかり追っていた〝昼あんどん〟の青年時代からの人間的側面を描いた長篇。（佐藤隆介）
い-4-93

池波正太郎
秘密
家老の子息を斬殺し、討手から身を隠して生きる片桐宗春。だが人の情けに触れ、医師として暮すうち、その心はある境地に達する——。最晩年の著者が描く時代物長篇。（里中哲彦）
い-4-95

岩井三四二
踊る陰陽師
山科《やましな》卿《きょう》醒《せい》笑《しょう》譚《たん》
貧乏公家・山科言継《ときつぐ》卿とその家来大沢掃部助《かもんのすけ》は、庶民の様々な揉め事に首を突っ込むが、事態はさらにややこしいことに。室町後期の京の世相を描いたユーモア時代小説。（清原康正）
い-61-4

岩井三四二
一手千両
なにわ堂島米合戦
堂島で仲買として相場を張る吉之介は、花魁と心中に見せかけ殺された幼馴染のかたきを討つため、凄腕・十文字屋に乾坤一擲の勝負を仕掛ける。丁々発止の頭脳戦を描いた経済時代小説。
い-61-5

（　）内は解説者。品切の節はご容赦下さい。

おかげ横丁
井川香四郎
樽屋三四郎　言上帳
江戸の台所である日本橋の魚河岸に、移転話が持ち上がった。私欲の為に計画をゴリ押しする老中に、三四郎は反対の声をあげるが、関わる人物が次々と殺されて——。シリーズ第12弾。
い-79-12

狸の嫁入り
井川香四郎
樽屋三四郎　言上帳
桐油屋「橘屋」に届いた、行方知れずの跡取り息子・佐太郎の訃報。だが、とある絵草紙屋の男を死んだはずの佐太郎と疑う浪人が現れた。浪人の狙いは、果たして。シリーズ第13弾。
い-79-13

近松殺し
井川香四郎
樽屋三四郎　言上帳
身投げしようとした商家の手代を助けた謎の老人。百両ばかり入った財布を放り出して去ったこの男、どうやら近松門左衛門と浅からぬ因縁があるらしい——。シリーズ第14弾。
い-79-14

ちょっと徳右衛門
稲葉　稔
幕府役人事情
剣の腕は確か、上司の信頼も厚いのに、家族が最優先と言い切るマイホーム侍・徳右衛門。とはいえ、やっぱり出世も同僚の噂も気になって…新感覚の書き下ろし時代小説！
い-91-1

ありゃ徳右衛門
稲葉　稔
幕府役人事情
同僚の道ならぬ恋を心配し、若造に馬鹿にされ、妻は奥様同士のつきあいに不満を溜めている。リアリティ満載の新感覚時代小説！　家庭最優先の与力・徳右衛門シリーズ第二弾。
い-91-2

月は誰のもの
宇江佐真理
髪結い伊三次捕物余話
大人気の人情捕物シリーズが、文庫書き下ろしに！　江戸の大火で別れて暮らす、髪結いの伊三次と芸者のお文。どんな仲のよい夫婦にも、秘められた色恋や家族の物語があるのです……。
う-11-18

明日のことは知らず
宇江佐真理
髪結い伊三次捕物余話
伊与太が秘かに憧れて、絵にも描いていた女が死んだ。しかし葬式の直後、彼女の夫は別の女と遊んでいた……。江戸の人情を円熟の筆致で伝えてくれる大人気シリーズ第十二弾！
う-11-19

（　）内は解説者。品切の節はご容赦下さい。

宇江佐真理
余寒の雪
女剣士として身を立てることを夢見る知佐は、江戸で何かを見つけることができるのか。武士から町人まで人情を細やかに描く七篇。中山義秀文学賞受賞の傑作時代小説集。（中村彰彦）
う-11-4

宇江佐真理
河岸の夕映え　神田堀八つ下がり
御厩河岸、竈河岸、浜町河岸……。江戸情緒あふれる水端を舞台に、たゆたう人々の心を柔らかな筆致で描いた、著者十八番の人情噺。前作『おちゃっぴい』の後日談も交えて。（吉田伸子）
う-11-15

植松三十里《みどり》
群青　日本海軍の礎を築いた男
幕末、昌平黌で秀才の名をほしいままにし、長崎海軍伝習所で、勝海舟や榎本武揚等とともに幕府海軍の創設に深く関わり、最後の海軍総裁となった矢田堀景蔵の軌跡を描く。（磯貝勝太郎）
う-26-1

海老沢泰久
無用庵隠居修行
出世に汲々とする武士たちに嫌気が差した直参旗本・日向半兵衛は「無用庵」で隠居暮らしを始めるが、彼の腕を見込んで、難事件が次々と持ち込まれる。涙と笑いありの痛快時代小説。
え-4-15

逢坂　剛
道連れ彦輔
なりは素浪人だが、歴とした御家人の三男坊・鹿角彦輔。彦輔に道連れの仕事を見つけてくる藤八、蹴鞠上手のけちな金貸し・鞠婆など、個性豊かな面々が大活躍の傑作時代小説。（井家上隆幸）
お-13-13

逢坂　剛
伴《ば》天《て》連《れん》の呪い　道連れ彦輔2
彦輔が芝の寺に遊山に出かけたところ、隣の寺で額に十字の焼印を押された死体が発見される。そこは切支丹の伴天連が何十人も火炙りにされた場所だった！　好評シリーズ。（細谷正充）
お-13-14

逢坂　剛・中　一弥　画
平蔵の首
深編笠を深くかぶり決して正体を見せぬ平蔵。その豪腕におののきながらも不逞に暗躍する盗賊たち。まったく新しくハードボイルドに蘇った長谷川平蔵もの六編。（対談・佐々木　譲）
お-13-16

（　）内は解説者。品切の節はご容赦下さい。

乙川優三郎
生きる
亡き藩主への忠誠を示す「追腹」を禁じられ、白眼視されながら生き続ける初老の武士。懊悩の果てに得る人間の強さを格調高く描いた感動の直木賞受賞作など、全三篇を収録。（縄田一男）
お-27-2

乙川優三郎
闇の華たち
計らずも友の仇討ちを果たした侍の胸中を描く「花映る」ほか、封建の世を生きる男女の凜とした精神と、苛烈な運命の先に輝くあたたかな光を描く。名手が紡ぐ六つの物語。（関川夏央）
お-27-4

奥山景布子
源平六花撰
屋島の戦いで、那須与一に扇を射抜かれたことから疎まれるようになった平家の女の運命は——。落日の平家をめぐる女人たちの悲哀を、華麗な文体で描いた短編集。（大矢博子）
お-63-1

海音寺潮五郎
田原坂《たばるざか》
小説集・西南戦争
著者が最も得意とした〝薩摩もの〟の中から、日本最後の内乱となった西南戦争に材をとった作品と、新たに発見された未発表作品「戦袍日記」を含めて全十一篇を贈る。（磯貝勝太郎）
か-2-59

海音寺潮五郎
茶道太閤記
天下人秀吉を相手に一歩も引かなかった誇り高き男・千利休。二人の対立を、その娘お吟と北政所らの繰り広げる苛烈な人間模様を通して描く。千利休像を一新させた書。（磯貝勝太郎）
か-2-60

加藤　廣
信長の棺
（上下）
消えた信長の遺骸、秀吉の中国大返し、桶狭間山の秘策——。丹波を訪れた太田牛一は、阿弥陀寺、本能寺、丹波を結ぶ〝闇の真相〟を知る。傑作長篇歴史ミステリー。（縄田一男）
か-39-1

加藤　廣
秀吉の枷
（全三冊）
「覇王（信長）を討つべし！」　竹中半兵衛が秀吉に授けた天下取りの秘策。異能集団〈山の民〉を伴い天下統一を成し遂げ、そして病に倒れるまでを描く加藤版「太閤記」。（雨宮由希夫）
か-39-3

（　）内は解説者。品切の節はご容赦下さい。

加藤　廣
安土城の幽霊
「信長の棺」異聞録

たった一つの小壺の行方が天下を左右する。信長、秀吉、家康と持ち主の運命に大きく影響した器の物語を始め、「信長の棺」外伝といえる著者初めての歴史短編集。（島内景二）

か-39-8

加藤　廣
信長の血脈

信長の傅役・平手政秀自害の真の原因は？　秀頼は淀殿の不倫で生まれた子？　島原の乱の黒幕は？　『信長の棺』のサイドストーリーともいうべき、スリリングな歴史ミステリー。

か-39-9

風野真知雄
耳袋秘帖
妖談うつろ舟

江戸版UFO遭遇事件と目される「うつろ舟」伝説。深川の白蛇、幽霊を食った男…。怪奇が入り乱れる中、闇の者とさんじゅあんの謎を根岸肥前守はついに解き明かすのか？　堂々の完結篇。

か-46-23

風野真知雄
死霊大名
くノ一秘録1

伊賀国でくノ一として修業を積んできた16歳の蛍。千利休から松永久秀を探る命を受け、父とともに旅に出る。そこで目にしたのは「死と戯れる」秘技だった。新シリーズ第1弾！

か-46-24

風野真知雄
死霊坊主
くノ一秘録2

生死の境がゆらぐ乱世で、即身成仏に失敗した筒井順慶――敵対する松永久秀の率いる死霊軍団との壮絶な闘いに、16歳のくノ一・蛍は巻き込まれていく！　圧巻のシリーズ第2弾。

か-46-25

風野真知雄
死霊の星
くノ一秘録3

彗星が夜空を流れ、人々はそれを弾正星と呼んだ――。松永弾正久秀が愛用する茶釜に隠された死霊の謎。狐憑きが帝の御所で跋扈するなか、くノ一の蛍は命がけで松永を探る！

か-46-26

梶　よう子
一朝の夢

朝顔栽培だけが生きがいで、荒っぽいことには無縁の同心・中根興三郎は、ある武家と知り合ったことから思いもよらぬ形で幕末の政情に巻き込まれる。松本清張賞受賞。（細谷正充）

か-54-1

（　）内は解説者。品切の節はご容赦下さい。

梶よう子
夢の花、咲く
植木職人の殺害と、江戸を襲った大地震、さらに直後に続く付け火。朝顔栽培が生きがいの気弱な同心・中根興三郎は、無関係に見える事件の裏に潜む真実を暴けるのか？　（大矢博子）
か-54-2

北方謙三
独り群《ぐん》せず
大塩の乱から二十余年。武士を辞めて、剣を包丁にもちかえた利之だが、乱世の相は大坂にも顕われる。『杖下に死す』続篇となる歴史長篇。舟橋聖一文学賞受賞作。　（秋山　駿）
き-7-11

北原亞以子
恋忘れ草
女浄瑠璃、手習いの師匠、料理屋の女将など江戸の町を彩るキャリアウーマンたちの心模様を描く直木賞受賞作。表題作の他、「恋風」「男の八分」「後姿」「恋知らず」など全六篇。　（藤田昌司）
き-16-1

北原亞以子
昨日の恋
爽太捕物帖
鰻屋「十三川」の若旦那爽太には、同心朝田主馬から十手を預かるという別の顔があった。表題作のほか「おろくの恋」「雲間の出来事」「残り火」「終りのない階段」など全七篇。　（細谷正充）
き-16-2

北原亞以子
あんちゃん
江戸に出た若い百姓が商人として成功した後に大きなものを失ったことに気づく表題作など、江戸を舞台にしながら現代に通じる深いテーマを名手が描く。珠玉の全七話。　（ペリー荻野）
き-16-8

北　重人
白疾風《しろはやち》
金鉱脈に、埋蔵金？　武蔵野の谷にひっそりと暮らす村をめぐって、風魔などが跳梁する。昔、伊賀の忍びとして活躍した三郎は、自分の村を守るため村人と共に闘う。　（池上冬樹）
き-27-3

北　重人
月芝居
天保の御改革のために江戸屋敷を取り壊され、分家に居候中の留守居役。国許からは早く屋敷を探せと催促され、江戸中を駆け回るうちに失踪事件に巻き込まれるのだが……。　（島内景二）
き-27-4

（　）内は解説者。品切の節はご容赦下さい。

北　重人
花晒し
元芸者で亡夫の跡を継いだ元締・右京が、江戸の街に起こる事件を鮮やかな手筋で仕切る―。急逝した著者の最後の連作短篇ほか、新人賞を受賞した幻のデビュー作を収録！　（池上冬樹）
き-27-5

五味康祐
柳生武芸帳（上下）
散逸した三巻からなる「柳生武芸帳」の行方を巡り、柳生但馬守宗矩たちと、長年敵対関係にある陰流・山田浮月斎一派が繰り広げる死闘、激闘。これぞ剣豪小説の醍醐味！　（秋山　駿）
こ-9-13

小前　亮
蒼き狼の血脈
チンギス・カンの死後、熾烈を極める後継者争いに背を向け、モンゴル帝国の拡大に力を尽くした名将バトゥ。史上空前の東方遠征を成功に導き、後世に賢明なる王《サイン・カン》と呼ばれた男の生涯。
こ-44-1

堺屋太一
豊臣秀長　ある補佐役の生涯（上下）
豊臣秀吉の弟秀長は常に脇役に徹したまれにみる有能な補佐役であった。激動の戦国時代にあって天下人にのし上がる秀吉を支えた男の生涯を描いた異色の歴史長篇。　（小林陽太郎）
さ-1-14

佐藤雅美
私闘なり、敵討ちにあらず　八州廻り桑山十兵衛
北関東を廻っていた十兵衛は、旧知の元町奉行が、名門の総領息子から逆恨みされた挙句、理不尽な「敵討ち」により落命したと知る。怒り心頭の十兵衛、珍しくお役目も忘れて…。
さ-28-21

佐藤雅美
縮尻《しくじり》鏡三郎（上下）
有能であるが故に勘定方から仮牢兼調所でもある大番屋の元締に左遷された鏡三郎が、侍から町人、果ては将軍から持ち込まれる難問を次々と解決。江戸の暮らしぶりを情感豊かに描く。
さ-28-5

佐藤雅美
夢に見た娑婆　縮尻鏡三郎
鏡三郎も好む江戸庶民の味、鳥肉料理。だが鳥問屋をめぐっておかしな動きがあり、窮地に陥った仲買人・新三郎のために、鏡三郎はひと肌脱ごうと東奔西走！　人気シリーズ第七弾。
さ-28-22

酒見賢一
泣き虫弱虫諸葛孔明　第弐部
酒見版「三国志」第2弾！　正史・演義を踏まえながら、スラップスティックなギャグをふんだんに織り込んだ異色作。孔明出廬《しゅつろ》から長坂坡《ちょうはんは》の戦いまでが描かれます。（東　えりか）
さ-34-4

酒見賢一
泣き虫弱虫諸葛孔明　第参部
魏の曹操との「赤壁の戦い」を前に、呉と同盟を組まんとする劉備たち。だが、呉の指揮官周瑜は、孔明の宇宙的な変態的言動に殺意を抱いた。手に汗握る第参部！（市川淳一）
さ-34-6

酒見賢一
墨攻
古代中国、「墨守」という言葉を生んだ謎の集団・墨子教団。たった一人で大軍勢から小さな城を守った男を、静謐な筆致で描いた鬼才の初期傑作。（小谷真理）
さ-34-5

桜庭一樹
伏《ふせ》　贋作・里見八犬伝
娘で猟師の浜路は江戸に跋扈する人と犬の子孫「伏」を狩りに兄の元へやってきた。里見の家に端を発した長きに亘る因果の輪が今開く。（大河内一楼）
さ-50-6

指方恭一郎
江戸の仇《かたき》　長崎奉行所秘録　伊立重蔵事件帖
長崎開港以来初めてとなる「武芸仕合」の開催が決まった。重蔵も腕を見込まれてエントリー。阿蘭陀人、唐人、さらには江戸で因縁の男まで現れて……。書き下ろしシリーズ第五弾！
さ-54-5

指方恭一郎
フェートン号別件　長崎奉行所秘録　伊立重蔵事件帖
出島に数年ぶりの外国船がやってきた。阿蘭陀船かと喜んだ長崎の街は、イギリス船だと知り仰天する。重蔵は仲間を総動員して街の防衛に立ち上がるが……。人気シリーズ完結編。
さ-54-6

佐々木味津三
旗本退屈男
額の三日月形の刀痕が目に入らぬか——東は仙台から西は京まで、庶民の味方、旗本退屈男こと早乙女主水之介が大活躍！　映画でも人気を博した大衆小説がついに復刊。（阿部達二）
さ-55-1